南宮魔帝

남궁마제

남궁마제 12

2022년 10월 7일 초판 1쇄 인쇄
2022년 10월 13일 초판 1쇄 발행

지은이 문운도
발행인 김정수 강준규

기획 이기헌 왕소현 박경무 강민구 조익현
책임편집 백승미
마케팅지원 이원선

발행처 (주)로크미디어
출판등록 2003년 3월 24일
주소 서울시 마포구 성암로 330 DMC첨단산업센터 318호
Tel (02)3273-5135 **편집** 070-7863-8595 Fax (02)3273-5134
홈페이지 rokmedia.com E-mail rokmedia@empas.com

값 8,000원

ISBN 979-11-354-8062-1 (12권)
ISBN 979-11-354-7200-8 04810 (세트)

南宮魔帝
문운도 신무협 장편소설
12
남궁마제
ROK MEDIA
로크미디어

차례

진압할 진鎭 꽃 화華 : 황궁의 꽃들

황족의 식사는 수십 명의 황궁 숙수들의 손에서 까다로운 법도에 따라 만들어지기 마련이다.

건희전에도 진화만을 위한 숙수들이 스무 명 가까이 있었고, 매 끼니 중원 전역에서 들어오는 최고급 재료로 그들이 정성껏 만든 요리가 수십 가지였다.

남궁진혜는 황후의 손님으로 창신궁에 머물고 있었기에, 현재 건희전에는 진화를 포함해서 남궁구와 남궁교명까지 세 명이 있었다.

한창때의 무인이기는 하나 단 세 명으로 수십 가지 요리를 다 먹어 치울 수는 없는 일이라, 매 끼니 많은 음식이 남았고 그렇게 남은 음식은 건희전 궁인들에게 돌아갔다.

그런 중에 사달이 난 것이다.

“황자님---!”

어린 궁녀가 숙수들에게 얻은 천병을 조금 떼어 기르던 새에게 먹였는데, 그 새가 피를 토하고 죽은 것이다.

공교롭게도 오늘은 식탁에 올리고 남은 천병이 있었고, 나머지 천병은 막 진화와 손님들의 식탁에 오른 후였다.

“조용히 궁의를 데려와라! 창신궁에도 이 일을 전하고!”

“예!”

사색이 된 내관들이 동 태감을 찾고, 동 태감 또한 하얗게 질린 얼굴로 진화가 식사 중인 방으로 뛰어들었다.

“황자님! 황자님-! 헉!”

“…….”

멀뚱멀뚱.

놀란 눈 세 쌍이 동 태감을 보았다.

동 태감은 귀신이라도 본 듯 하얗게 질린 얼굴로 세 사람을 살폈다.

“화, 황자님, 괘, 괜찮으신……?”

“무슨 문제라도 있는가?”

“그, 그게……!”

너무도 느긋한 진화의 물음에, 동 태감의 눈이 급격하게 흔들렸다.

“태감님, 우리 도련, 아니 황자님이 안 괜찮을 이유가 있는 겁니까?"

남궁구가 능글맞게 웃으며 물었다.

남궁교명은 남궁구가 슬며시 젓가락 한 짝을 손안에 숨기는 것을 모른 척했다.

그때, 정신을 차린 동 태감이 급히 달려왔다.

"아!"

툭.

남궁구가 동 태감의 목덜미에 젓가락을 휘두르려는데, 남궁교명이 그의 손을 잡았다.

-공격이 아니다.

남궁교명의 전음에 동 태감을 보자, 아니나 다를까 동 태감은 그저 식탁의 음식들만 뚫어져라 보고 있었다.

"처, 천병! 천병은! 드, 드셨습니까?"

오늘따라 조금 적게 올라간 천병.

벌써 다 먹었다. 그런데 동 태감이 울먹이면서 간절하게 묻자, 뭔가 크게 잘못을 한 느낌이었다.

"먹……었다면?"

천병은 귀한 쌀 전분 반죽에 고기와 야채를 넣어 기름에 얇게 부친, 그렇다, 만두와 비슷한 황궁 음식이었다.

일찌감치 천병을 해치운 진화가 조심스럽게 물었다.

그러자 동 태감이 기겁하듯 내관들에게 소리쳤다.

"어의! 어의-! 해독제부터 가져와라! 어서-!"

동 태감이 난리를 치는 통에, 진화와 남궁구, 남궁교명도 상황이 어떻게 된 것인지 알아차렸다.

"태감님, 진정해요!"

"황자님은 괜찮으니 진정하십시오!"

"아이고! 이 늙은 놈이 마음을 놓고 있어서 우리 황자님이! 아이고, 아이고!"

황자에 대한 독살 시도.

앞으로 건희전 궁인들이 모조리 잡혀가 고문 중에 죽는 건 기정사실이었다.

동 태감은 늙은 제 목숨이야 아까울 것이 없었지만, 순진하고 착한 적통 황자와 건희전 궁인들이 저의 부주의로 큰일을 겪는다는 데에 눈앞이 깜깜해졌다.

"태감, 진정해라. 난 멀쩡하다."

진화가 정신없이 눈물을 흘리며 어의를 찾는 동 태감의 손을 잡았다. 단단히 붙들리는 힘에 동 태감이 놀란 눈으로 진화를 보았다.

"태감, 이것 봐라. 난 멀쩡하다."

"하, 하지만…… 독이……."

"……어쩐지 맛이 좀 시큼하다 싶긴 했다."

한쪽에서 남궁구와 남궁교명이 한심하다는 눈으로 진화를 보고 있는 것이 느껴졌다.

아마도 천병 속에 있던 독은 극히 미량이었던 듯, 그 정도

탁기는 기운이 순환하면서 자연스럽게 정화되는 터라 진화도 미처 몰랐던 모양이었다.

"하지만 어떻게…… 독이……."

토닥. 토닥.

"아이고, 태감님 많이 놀라셨네. 괜찮아요, 괜찮아요. 놀라실 만도 했습니다."

남궁구가 동 태감의 어깨를 두드리며 그를 진정시켰다.

동 태감이 여전히 창백하지만 어리둥절한 얼굴로 그들을 보자, 남궁교명이 진화의 눈치를 살피다 한숨을 쉬었다.

"뛰어난 무인은 수련을 통해 독을 극복할 수 있습니다."

"만두를 먹으려고 수련하는 건 아니지만요."

동 태감은 여전히 뭐가 어떻게 된 일인지 모르겠지만, 평소 말이 없고 진중한 남궁교명의 설명이니 일단 고개를 끄덕였다. 무엇보다 진화가 멀쩡하다 보니 차츰 진정이 되는 듯했다.

그때.

"황자-!"

"황자님--!"

아름다운 얼굴이 눈물범벅이 된 황후와 궁인들, 줄줄이 어의들이 급히 건희전에 뛰어 들어왔다.

마침 황후궁에 있던 사례교위 조정호까지 건희전으로 오

고, 그는 병사들로 하여금 건희전 주변을 철통처럼 둘러싸게 했다.

"일이 점점 커지는데."

"괜찮은 걸 알고 나면 금방 수습되겠지."

"아니, 우리 도련님 쪽팔리겠다 싶어서."

"……."

사람들의 호들갑에 남궁구와 남궁교명이 태연하게 대화를 나누는 동안, 실제로 진화는 저를 걱정하는 사람들에게 둘러싸여 귀 끝을 붉게 물들이고 있었다.

"아니, 난……."

"어허, 움직이지 말고 누워 있거라, 어서."

부드러운 황후의 강요에 진화는 일어나려던 것을 멈추고 침상에 누웠다.

황실 어의들이 와서 심각한 얼굴로 맥을 짚으려는데, 진화의 눈빛이 번뜩였다.

하지만 그 전에, 황실 어의가 놀라서 손을 뗐다.

"왜, 왜 그러는가!"

황후가 놀라 물었다.

그러자 황궁 어의가 얼떨떨한 표정을 지우고 안심하라는 듯 웃었다.

"허허허, 이렇게 건강한 맥은 오랜만이라 놀란 것이니, 황후마마께서는 안심하셔도 됩니다."

어의가 황후를 안심시키는 동시에, 뭔가 비밀을 지켜 주겠다는 듯 진화에게 눈을 찡긋거렸다.

"아아!"

"마마!"

긴장이 풀려 쓰러지려는 듯한 황후를 급하게 조정호가 붙잡았다.

놀란 진화도 벌떡 몸을 일으켰다.

그때, 황후가 조정호의 부축을 물리고 눈물을 글썽이며 진화를 보았다.

"아가!"

퍼억.

소리가 날 정도로 세게 저를 껴안는 황후의 행동에 진화가 눈을 크게 떴다.

어색한 자세, 주변에 보는 눈들까지 많아 불편하기 짝이 없었지만, 차마 황후를 밀어낼 순 없었다.

진화를 안은 채 온몸으로 덜덜덜 떨고 있는 것이 전해졌기 때문이다.

"아가, 내 또 너를 잃는 줄 알고…… 너를 잃을까 봐……."

어깨가 축축해지는 게 느껴질 정도인 것을 보니, 황후가 다시 눈물을 쏟고 있는 듯했다.

조정호와 궁인들이 황후를 위해 돌아서 있었다.

"……."

툭. 툭…….

진화가 어색한 손길로 황후의 등을 토닥거렸다.

"저는 괜찮습니다. 걱정하지 않으셔도 됩니다."

"그래. 그래……."

진화의 위로에 황후도 점점 진정이 되는 듯했다.

그리고 진화의 맥을 잡았던 궁의가 목소리를 키우며 분위기를 바꾸었다.

"황궁 어전에는 웬만한 해독제는 다 구비되어 있으니 걱정하지 마십시오. 이 허명의 특제 만독해독제도 있습니다. 상태를 보아 독이 아주 미량인 듯하니, 한 알이면 끄떡없을 겁니다."

어의의 자신감 넘치는 단언에 그제야 황후와 조정호, 궁인들의 얼굴이 한결 밝아졌다.

"자, 정확한 용량을 보려면 맥을 한 번 더 짚겠습니다. 어차피 한 알이면 끄떡이 없……."

어차피 한 번 잡혀 준 맥.

진화는 황후를 보아 한 번 더 손목을 내 주었다.

그런데 자신만만하게 맥을 짚던 어의가 말을 하다 말고 당황한 듯 진화를 보았다.

"……정말 끄떡이 없는데요? 상한 곳이 아무 데도 없습니다!"

어의는 믿기지 않는다는 듯 눈을 크게 뜨고 진화를 보았고, 황후와 조정호도 놀란 눈으로 어의와 진화를 보았다.

모두의 시선 속에 진화가 한숨을 쉬었다.

"나는 정말 괜찮습니다. 경지를 넘어선 무인은 만독불침입니다."

"아……!"

만독해독이니 뭐니 떠들었던 어의는, 실제로 만독불침의 소유자를 보며 경악을 금치 못했다.

황후와 조정호는 지금의 상황을 선뜻 이해하지 못하는 듯했다.

"후후, 다들 무림인은 처음 겪어 보시는 듯합니다. 우리 도련님은 그것 외에도 놀랄 일이 많으실 텐데."

"모든 무인이 다 그런 것은 아닙니다. 우리 공자님이 특출하신 겁니다."

남궁구와 남궁교명이 당황하고 있는 어의와 황후, 조정호를 향해 의기양양하게 말했다.

몹시 갑작스럽고 당황스러웠던 상황이 모두 끝이 나고.

어의를 비롯하여 모두가 약간 민망한 듯한 웃음을 지으며, 진화에게 쉬라는 말을 남기고 건희전을 나갔다.

아닌 게 아니라, 진화는 조금 쉬어야 할 것 같았다.

한숨을 돌리고 나니, 밥을 먹다가 갑자기 이게 무슨 난리인가 싶었다. 그렇게 진화가 험한 전투를 치른 것보다 지친 얼굴로 널브러져 있을 때였다.

"허허허, 황자님이 이러고 계실 줄 알았습니다."

"외조부님……?"

진화는 갑작스러운 조위례의 방문에 놀란 듯 자리에서 벌떡 일어섰다.

조위례는 그런 진화를 보며 깍듯하게 인사했다.

"그간 평안하셨는지요."

"아, 태, 태사께서도 평안하셨습니까."

평안하지 않았다는 걸 알지만, 그걸 무시한 인사였다.

하지만 그것을 지적하기엔 너무 완벽한 예법에, 진화는 저도 모르게 조위례의 모습을 따라 했다.

어색함이 역력한 표정과 달리 완벽한 동작.

조위례가 흐뭇한 얼굴로 진화를 보았다.

"허허, 잘하셨습니다. 표정만 잘 관리하시면 완벽할 듯싶습니다."

"아, 예."

"때에 따라 다르지만, 황궁의 사람들은 모두 그리 인사를 할 것입니다. 아무 일도 없었던 듯, 모르는 척."

"……."

진화는 이제야 조위례가 왜 이렇게 인사를 했는지 알 것 같았다.

"조금 여독이 풀리시고 나면 글씨 스승이나 하려던 차였는데, 소동이 있었다지요? 황후궁에서 도움을 청하기에 급히 왔습니다."

"황후궁에서요?"

진화가 의아한 듯 조위례를 보았다.

어의의 확언을 몇 번이나 듣고 돌아갔으면서, 또 무슨 도움이 필요해서 조위례까지 불렀단 말인가.

진화가 고개를 갸웃거렸다.

그에 조위례가 빙그레 웃으며 물었다.

"대전의 충고를 기억하십니까?"

"……?"

아, 혹시 대전, 엄 태감이나 황태자의 일을 말하는 것인가.

하지만 그땐 분명히 주변에 아무도 없었다.

진화의 기감으로도 확인했던 것이었다.

"이번 일 덕에 황태자와 엄 태감의 충고를 실감하시게 되었으니, 앞으로는 좀 더 조심할 필요성도 느끼셨겠지요?"

"……조부님은 귀가 많으시군요."

진화는 확실히 그 일을 알고 있는 듯한 조위례에게 놀라면서 약간 경계의 눈초리를 보냈다.

조위례는 그 모습조차 귀엽다는 듯 인자하게 보았다.

"궁궐에는 모든 곳에 누군가의 눈과 귀가 있습니다. 부는 바람에조차 소문이 퍼지는 곳이니, 황자님은 이것부터 꼭 명심하시는 것이 좋겠군요."

"예. ……그래야겠습니다."

자연스럽게 충고하는 조위례의 모습에, 진화는 황궁의 무서움이 뭔지 알 것 같은 느낌이었다.

설마 경지를 넘은 무인의 기감까지 피해 전해지는 소문이 있을 줄이야.

진화가 심각한 얼굴로 고개를 끄덕였다.

조위례는 진화의 얼굴이 진지해지기를 기다렸다는 듯 한결 더 진중한 표정으로 입을 열었다.

"황제 폐하의 총애가 황자님께 향해 있다는 말이 파다하고 또 그게 사실이지 않습니까? 이번 중독 시도는 그것에 따른 인사에 지나지 않습니다. 범인은 찾으려 할 것이나, 상관치 마십시오. 따지자면 황족들 모두가 범인이 되고도 남을 터이니."

"……."

"황족들 모두가 황자님을 지켜보고 있을 겁니다. 건희전이 어찌 움직이고, 황후와 황제는 어찌 반응하는지, 하남 조씨들이 움직이는지 아닌지."

"그것으로 그들이 얻는 것이 있습니까?"

"이 일로 황후께서 손수 뽑은 궁인들을 전부 갈아치운다면 궁의 인심도 사나워지고, 혹시 제 사람을 건희전에 끼워 넣을 수 있으니 좋고, 그게 아니라도 황자님께서 겁을 먹는다면 연회 전에 기를 죽일 수 있고, 만약 들킨다고 해도 아랫사람 몇 잃고 나면 그만이니 손해 볼 것은 아무것도 없습니다."

실로 비정한 말에 진화의 미간이 저도 모르게 구겨졌다.

확실히 황궁 안에 있는 황족들과는 다른 반응이었다.

하지만 그것이 나쁘다는 건 아니었다.

"이번 일은 다른 이유보다 황자님을 알아보기 위한 것이 목적일 겁니다. 곧 황실 연회를 앞두고 있으니까요. 갑자기 나타나 황태자마저 밀어내신 격이니, 이제는 모두 황자님을 경쟁자로 여기기 시작했습니다."

"그럴 생각이 없는데도요?"

"허허허, 황자님, 황족들에게 다른 사람의 생각은 중요하지 않습니다."

조위례의 말속에 냉소는 있을지언정 그 내용은 한 치의 거짓 없는 진실이었다.

"그들은 갖가지 방법으로 황자님을 시험해 보고자 할 것입니다. 어쩌면 연회에서 짓궂은 장난으로 황자님의 위신을 떨어뜨리려 할지도 모르고요. 이 외조부가 혹시 모를 일에 대해 주의하실 것을 간단하게 알려 드릴 것입니다."

조위례의 말에 진화가 잠시 생각에 빠졌다.

이런 것이 있을 거라곤 생각도 못 했기에 받아들이는 데 조금 시간이 필요했던 듯.

생각을 마친 진화는 평소처럼 침착한 모습으로 돌아왔다.

"저는 상관없습니다만, 혹시 제가 거기서 실수를 하게 되면 모후께 피해가 갑니까?"

진화의 물음에 조위례의 눈이 커졌다.

뭐든 알고 있을 것 같던 조위례도 진화가 이런 질문을 할 거라곤 생각을 못 한 듯했다. 하지만 이내 진화의 마음을 알아차리고 미소를 짓고 말았다.

"허허, 그렇진 않을 것입니다. 저도 있고, 폐하도 계시니까요."

"뭔가 뒷배가 필요할 정도는 피해가 있을 수 있다는 거로군요."

순진하긴 하지만 동시에 영민한 황자라.

진화는 조위례의 말뜻을 금방 알아차렸다.

그에 조위례가 어쩔 수 없다는 듯 진지하게 말했다.

"황족은 황궁의 꽃입니다. 화려하고 아름다우나 하나같이 위험한 독을 품고 있지요. 황실 연회의 장난도 생각하시는 단순한 장난은 아닐 것입니다. 온갖 트집을 잡아 황자님의 화를 돋우고 반응을 살필 테지요. 그리고 황자님이 가진 능력도 시험해 보려 할 것입니다."

"걸어온 싸움을 피하는 편은 아닙니다."

"걱정 마십시오, 제가 도와드릴 테니."

눈을 빛내는 진화의 모습에 조위례가 흐뭇하게 웃었다.

용감한 황자의 무위에 대해서는 익히 들어 알고 있었다.

하지만 황궁에서 황족이 실제로 무공을 쓸 일은 극히 드물었으니.

조위례는 그저 진화가 의욕을 보이는 것만으로도 기특한 듯 진화에게 준비해 온 것을 천천히 풀었다.

"먼저 황족의 싸움에 대해 알려 드리지요."

조위례의 말에 진화가 고개를 끄덕였다.

건희전, 높은 지붕 위.

"뭐 하냐? 왜 실실거려?"

남궁교명이 혼자 피식 웃는 남궁구에게 물었다.

"아, 밑에, 우리 도련님 외조부께서 우리 도련님한테 싸움에 대해 가르쳐 주신다길래."

아, 공자님의 외조부라면 태사시니까.

남궁구의 말에 고개를 끄덕이던 남궁교명이 순간 멈칫했다.

"……태사께서 우리 공자님께 뭘 가르친다고?"

남궁교명이 못 들을 말을 들은 듯 되물었다.

제국에서 가장 아름다운 꽃이 피어 있는 정원이라 불리는 황제의 후원.

그곳은 실제로 푸릇한 초목과 향기로운 꽃이 핀 정원이 아니라, 황제가 있는 장추궁의 뒤쪽으로 위치한 후궁전을 일컫는 말이었다.

황궁을 채운 수천 명의 궁녀들을 차치하고 중원 각지에서 미색과 재주로 뽑아 올린 여인들만 수십이었다. 그들 모두가 오매불망 황제의 손길만을 기다리는 꽃이었다.

이전 황제들이 다스릴 때는 엄격한 황궁 법도에 따라 불공평하지만 모두에게 골고루 황제를 만날 기회가 주어졌다.

하지만 현 황제는 달랐다.

현 황제는 한 제국을 부활시킨 위대한 장군이자 전대 황제를 죽이고 황위를 쟁취한 패황이었다.

신 제국의 위협이 여전히 도사리는 와중에도 빠르게 제국을 안정시키고 끌어가고 있는 황제에게 누구도 황궁 법도를 들어 황제의 생활에 관여하지 못했다.

하여 황제는 무신과 문신 양쪽에서 골고루 후궁을 받아들여, 경의(更衣)의 첩지 하나 던져두고 모두 후궁전에 처박아 두었다.

"하나, 아무리 무소불위의 황제라도 후사를 튼튼하게 하는 것은 거부할 수 없는 의무지요. 그래서 폐하께서 선택한 방법이 꽃들의 암투에서 살아남는 여인을 올리는 것이었습니다."

"암……투 말입니까?"

진화의 조심스러운 물음에, 조위례가 '그때 참 재밌었다'며 껄껄 웃었다. 하지만 진화는 물론이고 그의 얼굴을 본 사람이라면 누구라도 그의 말을 믿지 않았을 것이다.

잔뜩 비틀린 입꼬리의 끝에는 북풍한설보다 매서운 기운이 느껴졌기 때문이다.

왜 안 그렇겠는가. 제 딸이 피난 중에 지켜 낸 하나밖에 없는 아들을 잃어버린 후에 벌어진 일이었다.

조위례의 외손자가 사라지고 사랑하는 딸이 쓰러진 지 얼마 지나지 않아 대소 신료들이 합심하여 황제의 후궁전에 여인들을 밀어 넣은 것이니.

그 광경을 바라보는 조위례 마음은 어떠했겠는가.

조위례는 제 생살을 씹어 삼키는 기분으로 후궁전의 암투를 지켜보았다. 하나하나 죽어 나갈 때마다 배를 채우는 만족감과 살이 뜯기는 고통을 동시에 느끼는 심정이란, 미치지 않은 것이 이상할 정도였다.

조위례의 인생에서 가장 끔찍했던 시간이었다.

그런데 지금, 사라졌던 외손자가 눈앞에 있다.

딸을 꼭 닮은 눈으로 조심스럽게 저를 보는 손자의 모습에, 조위례는 실로 오랜만에 고통 없이 숨을 쉬는 기분이었다.

진화를 보는 조위례의 눈이 촉촉하게 빛났다.

'왜 날…… 만두 보는 현오처럼 보시는 거지?'

진화는 저도 모르게 두 손을 공손하게 모았다.

“법도에 따라 기회는 모두 한 번씩 돌아갔지요. 그 기회를 잡아 회임을 한 여인들은 한 계단 올라서고, 복중의 아이를 끝까지 지켜 낸 여인들은 그보다 더 위로 올라섰죠. 그리고 마지막까지 황제 폐하께 종육품 이상의 첩지를 받아 내고 따로 전(殿)을 하사받은 여인은 단둘뿐입니다. 무신과 문신 측을 대표하는 각 한 명씩. 참 공교롭지요?”

냉소와 함께 흘리는 의미심장한 물음.

“…….”

진화의 눈빛이 흔들렸다.

‘대체 뭐가 공교롭다는 거지?’

‘……전혀 이해하지 못하셨군.’

진화의 흔들리는 눈빛이 그의 속내를 고스란히 드러내고, 조위례를 그런 진화를 보며 씁쓸하게 웃었다.

“그만큼 치열했던 겁니다. 서로를 모함하고 죽고 죽이다가, 나중에는 마음이 맞는 이들끼리 야합해서 노골적으로 상대편을 죽였습니다. 그러다 종반에는 대소 신료들까지 끼어들어 동맹과 배신을 일삼아 후궁들을 죽이고…… 결국, 무신과 문신으로 나뉘어 치열하게, 각각 하나씩 남을 때까지 싸웠던 겁니다.”

“아!”

“…….”

진화의 감탄사에 조위례는 생각보다 갈 길이 멀다는 것을 깨달았다.

염녕전.

귀빈 원승혜의 거처로, 붉은 꽃으로 만개한 정원과 중앙의 연못이 인상적인 곳이었다.

"마마."

"오늘은 저것으로 하지."

궁녀가 내놓는 갖가지 금은보석은 모두 붉은 것들이었지만, 다 같은 붉은색은 아니었다.

오늘 원귀빈은 피처럼 붉은 홍옥이 박힌 목걸이와 귀걸이, 금으로 된 가시잎사귀에 감싸인 홍옥 반지였다.

귀빈 원승혜의 붉은색 사랑은 이미 궁 안팎에 널리 알려진 것이었다.

귀빈에 오르면서 후궁전에서 가장 크고 화려한 염녕전을 하사받고 나서 그 감격으로 염녕전을 장식한 붉은색과 사랑에 빠졌다는 말도 있었고, 본래 붉은색을 좋아하여 염녕전을 붉은 것으로 가득 채웠다는 말도 있었다.

무엇이 선후인지는 모르나, 어쨌든 중요한 것은 원귀빈이 붉은색을 좋아한다는 것이다.

그게 무엇이든.

"아야!"

궁녀가 원귀빈의 귀에 귀걸이를 걸며 그녀를 아프게 했다.

원귀빈의 입에서 가벼운 신음이 나는 것과 동시에 주변 궁녀들의 숨소리가 멈추었다.

"이년이-!"

짜---악!

원귀빈의 손이 매섭게 귀걸이를 달던 궁녀의 뺨을 내리쳤다.

"아악!"

비명과 함께 쓰러진 궁녀.

뺨을 붙잡은 그녀의 손가락 사이로 붉디붉은 피가 흘러내렸다. 홍옥 주변을 가시잎사귀처럼 뾰족하게 감싼 원귀빈의 반지가, 마치 맹수의 발톱에 긁힌 듯 길고 날카로운 상처를 만든 것이다.

"마, 마마, 살려 주세요. 한 번만 용서해 주세요!"

궁녀가 화들짝 놀라며 바닥에 납작 엎드렸다.

궁녀는 뺨의 상처에서 피가 철철 흐르는 것도 잊어버린 채 몸을 낮추고 빌고 빌었다.

눈물과 함께 타고 내린 붉은색이 바닥을 적시고.

그것을 보는 원귀빈의 눈매가 가늘어졌다.

"……."

붉은색.

이제는 궁녀의 얼굴 한쪽이 완전히 붉게 물들었다.

원귀빈의 새빨간 입술이 기분 좋게 호선을 그리고, 제법 다정한 손길이 궁녀의 뺨을 향했다.

“이런 고운 얼굴에 상처가 났구나. 데려가 치료해 주거라.”

“예, 마마.”

원귀빈의 말 한마디에 다른 궁녀들이 쓰러진 궁녀의 양팔을 잡고 끌고 나갔다.

“젊은것들이 확실히 고와.”

원귀빈이 제 반지 끝에 남은 붉은 피를 닦으며 무심하게 말했다.

본래 궁녀가 후궁이 되는 가장 빠른 방법은 다른 후궁의 궁녀로 있으면서 황제의 눈도장을 받는 것이라. 실제 허미인이 그렇게 윗전으로 모시던 후궁을 밀어내고 그 자리를 꿰찼다.

허미인이 그렇게 위에 오르는 것을 본 이후, 원귀빈은 제 옆에 화려한 꽃을 두되 꼭 하자를 하나씩 만들어 두었다.

모든 준비가 끝나고, 한쪽에서 대기하고 있던 상궁이 기다렸다는 듯 원귀빈의 곁으로 왔다.

그러자 원귀빈을 꾸미던 한 상궁이 자연스럽게 밀려났다.

“이황자전의 이야기는 사실인 듯합니다.”

“그래? ……정말 독을 이겨 냈다고?”

원귀빈의 눈썹이 들썩거리자, 기 상궁이 잘 훈련된 군인처럼 고개를 숙였다.

원귀빈은 현 북회대장군부이자 대대로 명문 무가였던 상수 원씨 가문 출신으로, 궁중 치장과 생활을 돕는 궁녀들과는 별개로 친정에서부터 데려온 궁녀들을 군대의 부관처럼 따로 두었다.

그녀들은 원귀빈의 눈과 귀가 되어 궁 안팎의 정보를 수집에서 전하고, 때때로 원귀빈의 손발을 대신하기도 했다.

기 상궁이 바로 그런 궁녀였다.

"워낙 소량이어서 허 태의가 해독제 한 알로 해결할 수 있다고 호언장담을 했다 하니, 크게 대단한 독은 아니었던 듯합니다."

"호호호, 누가 짓궂은 장난을 쳤겠지. 하지만 해독제가 필요 없다니…… 혹시 모르니까 소상히 알아 와라. 나중에, 정말 장난이 아니고자 할 때도 독을 이겨 내면 곤란하니까."

"예, 마마."

원귀빈의 명을 받은 기 상궁은 다른 말 없이 다시 명을 수행하기 위해 움직였다.

"그나저나 겨우 찾은 아들이 다시 죽을 뻔했으니, 우리 심약한 황후마마가 꽤 놀라셨겠네. 호호호호! 이번 연회에서는 허가 년이 더 안달하겠어."

원귀빈이 창신궁과 영수전이 있는 쪽을 향해 싸늘한 눈빛을 흘리며 소리 내어 웃었다.

"마마, 중산왕 저하와 열양공주님, 무음공주님 드셨사옵니다."

"들라 하라."

원귀빈은 표정을 온화하게 바꾸고 자식들을 맞았다.

"원귀빈 아래로 두 분의 공주님과 세 분의 황자님이 계시지요. 황자님들은 모두 저하보다 어리신데, 삼황자 저하가 열여섯, 가장 어린 중산왕 저하가 이제 열두 살 되셨습니다. 삼황자 저하는 이전부터 폐하의 어린 시절을 닮았다는 평을 들으며, 무신들의 지지를 받고 있습니다."

"황태자보다 더요?"

진화의 직관적인 질문에 조위례가 빙그레 웃었다.

"아직 감정이 남으셨습니까?"

"황태자에게 어떤 감정이 남은 것이 아니라 제가 알고 있는 황태자와 좌장군의 위세와 직접 비교하려 물은 것입니다."

덤덤하게 말하는 진화의 모습에 조위례가 그 말을 믿는다는 듯 고개를 끄덕였다.

이제 어느 정도 진화의 성격을 파악한 조위례였다.

말을 돌려 하지 않고 문제를 직시하길 좋아하는 용감한 황자님을 위해, 조위례도 직설적으로 대답했다.

"좌장군, 그러니까 표기대장군이 맡고 있는 표기군은 중앙 다섯 군대 중 가장 규모가 작습니다. 전통도 없고, 물자도 떨어지지요. 반면 원귀빈의 친정인 상수 원씨 가문은 아주 오래전부터 군대를 가지고 있던 가문입니다. 북회군 태반이 상수 원씨의 병사들이고, 규모는 중앙 다섯 군대 중 가장 큽니다. 지금껏 황태자 전하의 입지가 그리 단단하지 못했던 이유지요."

진화의 눈이 커졌다.

조위례의 마지막 말은 누가 들을까 봐 두려운, 몹시 위험한 발언이었다.

못 들은 척하지만 동 태감의 눈동자가 사시나무 떨리듯 떨리고 있는 것을 보면 알 수 있었다.

하지만 그렇기 때문에, 이런 말도 아무렇지 않게 할 수 있는 조위례의 모습에서 진화는 그가 가진 입지를 실감했다.

"삼황자는 욕심이 많고 포악하며 오만한 성격을 가졌습니다. 폐하를 닮았다고 평가될 정도로 문무에서 두루 재능을 보이긴 하지만, 가진 재주보다 자존심이 더 높은 편이지요."

"연회에서 조심해야 하는 겁니까?"

"아니요. 자존심을 꺾으면 아무것도 아니라는 겁니다."

"아, 예."

"조심해야 할 사람은 오히려 원귀빈의 장녀인 열양공주입니다."

조위례가 의외의 사람을 요주의 인물로 내놓았다.

"공주를 본 적 있습니까?"

"아니오."

진화가 고개를 저었다.

그 당당하고 단호한 대답에, 뒤에서 동 태감이 급하게 고개를 저었다.

"음? 동 태감, 무슨 할 말이 있는가?"

조위례가 의아한 듯 물었다.

그러자 동 태감이 진화의 눈치를 살폈다.

주인과 관련한 말을 하기 전에 그의 눈치를 살피는 것은 당연한 일이었다. 다만 그 주인인 진화는 조위례와 별반 다르지 않은, 즉슨 동 태감이 무슨 말을 할지 전혀 모른다는 얼굴로 그를 보고 있었다.

동 태감이 저도 모르게 이마를 짚었다.

"아이고, 저하, 일전에 궁을 나가실 때 연단 위에서……."

"음?"

"아, 연단 위에서 저하를 꾸짖으시려다가 저하께서 대차게 무시해 버린 그분이 열양공주님이십니다!"

"……아!"

진화가 뒤늦게 저를 향해 목소리를 높이던 눈빛이 사나운 공주를 기억했다.

"음, 열양공주가 저하와 무슨 일이 있었는가?"

"아니오. 그저 사소한 충고와…… 무시였습니다."

대충은 그러했다.

열양공주가 외가까지 들먹이며 이를 갈았지만, 어찌 된 일인지 원귀빈의 선에서 없던 일이 되었으니.

동 태감이 난처한 얼굴로 고개를 젓자, 조위례가 심각한 얼굴로 진화와 눈을 마주쳤다.

“열양공주 한유례는 올해로 스물이 되었습니다. 공주로서는 늦은 나이임에도 궁에 남아 있지요. 하지만 궐내에서는 황녀에 준하는 대우를 받습니다. 서장의 후계자와 약혼을 한 상태이기 때문이지요. 후계자가 무사히 왕이 되면 열양공주는 서장의 왕비가 됩니다. 신 제국이 사라지지 않은 현재로선 서장과의 동맹이 매우 중요합니다.”

“그렇군요.”

진화가 순순히 고개를 끄덕였다.

그러나 조위례는 물론 동 태감도, 진화가 조위례의 말을 전부 다 이해했다고 생각하지 않았다.

“후우, 어지간하면 부딪히지 마십시오.”

“예.”

그래, 대답만이라도 순순한 게 어디인가.

조위례와 동 태감은 그렇게 생각하기로 했다.

“다음은 미인 허양입니다. 영수전은 후궁전 중에서도 가장 총애받는 후궁에게 내려지던 곳이지요. 딱히 정해 놓은 것은 아니라 다들 그리 알고 있는 것이지요.”

조위례는 원귀빈에 이어 허미인에 대해 입을 열었다.

"원귀빈이 무섭고 사나운 꽃이라면, 허미인이야말로 위험한 꽃입니다. 사랑받기 위해, 기회를 가지기 위해 뭐든지 하는 사람이니까요. 그 자식들도 마찬가지입니다. 관도공주를 기억하십니까?"

"모릅니다."

당당한 대답에 조위례가 한숨과 함께 눈을 감았다.

창신궁.

황후의 궁은 황제의 후궁전과 붙어 있었지만 엄연하게 후궁전이 아니라 황궁에서 가장 귀한 두 궁 중에 하나로 황제의 장추궁과 마주 보고 있는 곳이었다.

남궁진혜는 진화의 손님인 동시에 황후의 손님으로서 창신궁 안 별채에 머물고 있었다.

처음에 왔을 때는 오랜만에 진화와 딱 붙어 있을 수 있는 기회라고 생각했지만, 세상일이 어디 마음대로 되는 것이던가.

사회의 구성원으로서 직책을 가지게 되면 당연하게도 의무와 책임도 함께 따랐으니.

"아, 씨! 이럴 줄 알았으면 숙부 밑에 빌붙어서 놈팡이나 할 것을! 황궁에 와서 진화 얼굴을 더 못 보고 사네! 아우, 짜증 나!"

적호단의 부단주인 남궁진혜는 황궁에 와서도 그에 따른 임무를 수행해야만 했다.

사천당문과 연계하면서 수도의 귀천성 잔당의 동향을 파악하는 것이라든가, 적호단과 주기적인 연락을 취하고 황실과의 일정을 조율하는 것 등등 말이다.

"그나저나 진화는 거처에 있으려나?"

이제야 겨우 진화에게 전할 만한, 남궁구에게 전해도 되지만 굳이 진화의 얼굴을 볼 핑계를 만드는 데에 성공한 남궁진혜가 희희낙락 건희전으로 가는 빠른 길을 찾아 움직였다.

황궁 안을 흐르는 개울 위로 새하얗게 놓아진 다리.

아름다운 다리 하나만 지나면 이제 곧 진화의 얼굴을 볼 수 있을 것이었다.

'그래, 마지막에 진화랑 찐하게 같이 있을 수 있다는데, 연회 참석이 대수야? 흐흐흐.'

남궁진혜가 다리를 뛰어넘을 기세로 씩씩하게 다리에 올랐다.

그때 맞은편에서 한 무리의 여인들이 똑같이 다리에 올라섰다.

화려한 복장에 아름다운 젊은 여인들.

"어디서 천한 땀 냄새가 나지 않아?"

"천것이 제집처럼 황궁을 드나드니 곳곳에 천한 냄새가 진동을 하지."

젊고 아름다운 외모에 못된 말을 지껄이는 여인들이야 황궁에서 흔하디흔한 이들이었다. 남궁진혜는 귀를 파고드는 날카로운 목소리를 무심하게 다른 쪽 귀를 후벼 파며 흘려보냈다. 그리고 그들을 피해 한쪽으로 지나려는데.

"흥!"

남궁진혜가 지나는 길 쪽으로 갑자기 누군가가 슬쩍 몸을 들이밀었다. 아무리 남궁진혜라도 피하려고 비키는 사람에게 갖다 박듯 들어오는 사람까지 피할 순 없었다.

퍼—억!

"아악!"

짧은 비명이 울렸다. 남궁진혜는 어깨를 붙잡고 쓰러진 여자를 무심하게 보았다.

"이게 무슨 짓이지?"

"감히 공주의 시녀를 다치게 한 것이냐!"

기다렸다는 듯 가장 화려한 복장의 두 여인이 남궁진혜에게 소리쳤다. 그 모습을 보던 남궁진혜는 코웃음과 크게 함께 웃어 버렸다.

"허어, 뭐야, 지금 나 시비 털린 거야? 하하하! ……시비가 귀엽네."

남궁진혜가 저를 둘러싸듯 막아선 여인들을 향해 사납게 이를 드러냈다.

여인.

하지만 눈앞에 있는 여인은 정의맹 적호단의 부단주였다.

제왕검의 무재가 남궁경에 이어 남궁진휘가 아닌 남궁진혜에게 이어졌다는 말이 있을 정도로 손에 꼽히는 무위에, 귀천성과의 전투에서 그만큼 많은 공을 세웠기에 인정받은 자리였다.

정의맹의 사냥개라 불리는 적호단의 거친 사내들조차 오로지 힘으로, 그러니까 진짜 힘으로 누르고 쟁취했다.

황궁의 여인들이 제아무리 대단하다 한들, 눈앞에 있는 여인은 진짜 무인이었다.

뚜벅. 뚜벅.

그녀들보다 머리 하나는 더 큰 키에 옷 밖으로 느껴지는 단단한 체격.

남궁진혜가 저도 모르게 사납게 발산하는 투기에, 시비를 걸었던 여인들이 고양이 앞의 쥐처럼 얼어붙었다.

남궁진혜는 그런 여인들에게 가까이 다가갔다.

"가, 감히 본 공주에게……!"

제일 앞에서 남궁진혜에게 소리쳤던 여인이 뭐라 말을 하는데, 입안에서 웅얼웅얼 맴도는 소리가 들릴 리 없었다.

물론 남궁진혜가 들을 리도 없었다.

"고, 공주님……!"

"까—악!"

코앞으로 다가온 남궁진혜의 모습에 공주를 중심으로 바짝 모인 여인들이 그만 비명을 질렀다.

하지만 남궁진혜는 그런 그녀들의 곁을 그대로 지나쳤다.

"음?"

놀란 공주가 두 눈을 동그랗게 뜨고 뒤를 돌아보았다.

그때.

우드드득—!

"꺄아아아아악—!"

섬뜩한 소리와 함께 귀를 찢을 듯 고통스러운 비명이 울렸다.

"무슨 짓이냐! 감히 공주의 시녀를 향해……!"

퍼—억!

"아악!"

가뜩이나 놀란 공주는 갑자기 제 발 앞에 던져진 것을 보고 기겁하며 비명을 질렀다. 하지만 공주의 앞에 날아온 것은 바로 그 공주의 시녀였다.

남궁진혜가 식은땀과 눈물을 줄줄 흘리는 여인을 한 팔로 들어 공주의 앞에 집어 던진 것이다.

"너, 너어!"

"뭐, 왜? 어깨가 빠졌기에 넣어 준 것뿐인데?"

"……뭐?"

남궁진혜의 말에 공주가 저도 모르게 되묻고 말았다.

그사이 남궁진혜는 공주에게 다가왔다.

주춤주춤.

남궁진혜가 다가오자 공주가 저도 모르게 뒷걸음질을 쳤다.

남궁진혜는 그 모습을 보며 능글능글한 미소를 지어 보였다. 그 미소가 어쩐지 적호단주 팽치를 닮은 듯했다.

"하하, 귀엽네."

남궁진혜의 시선이 천천히 공주를 보았다.

가늘고 하늘하늘한 몸.

고집스러운 눈썹과 달리 눈망울이 촉촉하게 젖어 있는 순한 눈. 뽀얀 얼굴에 아직 남아 있는 볼살이 겁에 질려 붉게 달아올라 있었다.

남궁진혜가 부들부들 떨고 있는 공주를 향해 목소리를 낮췄다.

"그러게…… 손만 대면 부서질 듯 연약한 것들이 아무 데나 어깨 밀어 넣고 다니면 되겠어? 그러니까 다치잖아."

남궁진혜의 시선은 쓰러져 있는 궁녀를 향했으나, 그건 분명 공주를 향한 말이었다.

공주의 눈에 눈물 대신 독기가 차올랐다.

그녀도 이제 이게 무슨 상황인지 파악한 것이다.

"네 이년! 으득! 이러고도 네가 감히 무사할 성싶더냐?"

공주가 이를 갈며 남궁진혜를 노려보았다.

하지만 아무리 사납게 이를 갈아 봤자 손끝으로도 죽일 수 있는 상대를 무서워하는 사람은 없었다.

"응, 난 무사할 거야. 길 가던 무인에게 몸을 던지고, 어깨 빠진 걸 고쳐 주니 화를 낸다? 공주의 시녀라고? 그럼 난? 황후께서 가만히 계실까? 아니, 내 앞에 붙은 성을 보면 황제께서 나서실지도 모르지."

남궁진혜의 말에 공주가 놀란 눈을 떴다.

무식하고 난폭한 무림의 여인이라 생각해서 조금만 건들면 금방 흥분해서 달려들 것이라 생각했다.

예상한 대로 난폭하게 손을 쓰긴 했다. 하지만 서늘할 정도로 가라앉은 눈빛은 공주의 예상과 달랐다.

심지어 남궁진혜는 제 처지와 배경에 대해서도 정확하게 파악하고 있었다.

"이봐, 공주님, 우린 뒷배경이 같아."

"황족도 아닌 것이 감히 황족의 행세를 하려는 것이냐!"

공주가 파드득– 반박하는 말에, 남궁진혜가 피식 웃어 버렸다.

"자꾸 귀엽게 수 쓰지 마. 황족 사칭인가 뭔가로 엮으려고? 내가 말을 곱게 해 주니까 못 알아먹는 모양인데…… 시비도 귀엽고, 네 수작도 귀여워. 딱 여섯 살짜리가 꼼수 부리듯이 유치하고 하찮아서."

남궁진혜의 눈이 파드득거리는 공주를 오만하게 내려다보았다.

황족이면 어떻고 공주면 어떠한가.

남궁진혜는 천하제일 세가라는 남궁세가의 금지옥엽이자 스스로 명성을 세운 무인이었다.

태생부터 가지고 태어나는 오만함과 자신감이 남궁진혜라고 없을 리 없었다.

"너, 너…… 감히! 본 공주는 황제 폐하의 자식이다. 진짜 황후의 외척도 아닌 주제에 고작 너 따위 때문에 황후전이 나설 것 같아?"

"아, 첩의 자식이라 그냥 외척이라곤 못 하고, 꼬박꼬박 황후의 외척이라고 붙이는 거야?"

"……!"

공주의 눈동자가 급격하게 흔들렸다.

황궁에서 핏줄은 곧 신분이고 권력이라, 남궁진혜가 건드린 것이 공주가 생각하는 제 유일한 약점이었다.

"약한 주제에 조심해야지. ……그러다가 진짜 죽어."

남궁진혜가 천천히 고개를 내려 공주의 귓가에 바짝 입을 갖다 대고 속삭였다.

"오늘은 저년 어깨만 빼고 끝내는데, 다음에 또 시비 털면…… 쥐도 새도 모르게 대가리를 부숴 놓을 줄 알아."

남궁진혜의 말에 공주는 어떤 대답도 하지 못하고 남궁진혜가 다리를 지나칠 때까지 그 자리에 얼어붙어 있었다.

"허미인은 폐하의 두 번째 후궁으로, 투기가 심하고 폐하의 총애를 받기 위해서라면 무슨 짓이든 하는 여자입니다. 필요하다면 자식들도 거리낌 없이 이용하지요."

미인 허양.

현재 황제의 총애를 받고 있다는 후궁으로, 그 근거는 그녀가 하사받은 영수전이었다.

영수전은 후궁전에서 가장 아름다운 거처로 대대로 황제가 가장 사랑하는 총희에게 내렸던 곳이기 때문이다.

하지만 단지 그것뿐이었다.

황궁의 모든 사람들이 황제의 총애가 황후궁을 단 한 번도 떠난 적이 없다는 걸 알고 있었다. 허울뿐인 총애에 얽매이는 건 오직 영수전에 있는 사람들뿐이었다.

"현재 대사마로 있는 허임의 딸로, 대대로 이름난 문신 가문이지요. 낙양을 기반으로 둔 호족 출신이기에, 황도에서만이라면 그 어떤 집안보다 영향력이 큰 곳입니다. 지금도 낙양 출신 신하들의 중심에 있으면서 많은 대소 신료들이 신임을 받고 있습니다."

"한데 어째서 품계가 종육품밖에 안 되는 것입니까?"

원귀빈에 비해서도 만만치 않은 집안.

진화는 궁중 법도를 배울 때에 얼핏 익힌 후궁의 품계에서 귀빈과 미인은 하늘과 땅만큼 큰 차이가 난다는 것을 알았다.

겨우 종육품의 미인 자리는, 황제의 단둘뿐인 후궁에 집안 좋고 황자까지 낳은 여인이 받을 만한 품계가 아니었다.

"강등된 것입니다."

"예?"

답은 간단했지만 내용은 전혀 간단하지 못했다.

생각지도 못한 말에 진화가 저도 모르게 되묻고 말았다.

"총애를 다투기 위해서 무슨 짓이든 한다고 했지요? 본래 둘째 황자를 낳고 받은 품계는 정사품 용화였으나, 다른 후궁에게 독을 쓴 것이 발각되어 강등되었습니다."

"독이라면……?"

진화는 자연스럽게 제 식탁에 올라왔던 독을 떠올렸다.

하지만 조위례가 덤덤하게 고개를 저어 보였다.

"앞서 말씀드렸지만, 그건 그냥 황족이라면 다 쓰는 겁니다. 영수전의 궁녀가 같은 궁녀를 독으로 죽인 일이 있었는데, 그때 쓰인 독이 이전에도 후궁 여럿을 죽인 독이었지요."

"그럴 수도 있습니까?"

진화가 고개를 갸웃거렸다.

거기에 대해서도 조위례의 답은 간단했다.

"궁녀가 자백을 했고, 다른 증거는 어디에도 없었습니다.

해서 허미인이 강등된 이유는 단순한 투기(妬忌) 때문인 것으로 되었지요."

"……."

생각보다 더 위험한 여인인 듯했다.

겨우 궁녀 목숨 하나로 황제의 후궁을 강등하는 일은 없었으니, 대체 얼마나 많은 일을 벌인 것인지. 아니, 발각된 것이 그만큼 많다면 뒤로는 얼마나 더 많은 일을 벌인 것인지.

명예와 직책을 목숨처럼 여기는 황도에서 그런 것에 아랑곳하지 않고 달려드는 허미인은 이질적이고 위험한 존재였다.

"황족에겐 언제든지 대신 죽을 목숨이 널려 있습니다. 그러니 제가 범인을 찾아도 소용이 없을 거라 한 말의 의미를 아시겠지요?"

조위례의 물음에 진화가 고개를 끄덕였다.

어쩐지, 원귀빈에 대해 말할 때와 허미인에 대해 말할 때의 태도가 차이가 난다 했다.

뭔가 진화가 신경 쓰지 않았으면 하는 듯 대충대충 설명하면서도, 말투가 좀 더 냉소적인 것이 적대심이 묻어났다.

호불호에는 무신경했지만, 적아(敵我)의 구분에는 민감한 진화가 느낄 수 있을 정도였다.

'태사께서는 처음부터 독을 쓴 범인으로 허미인을 의심한 모양이군.'

죽인 전례가 있고, 빠져나온 전례도 있으니.

범인은 상관없다는 조언도 허미인을 염두에 두고 말한 것인 듯했다.

"황족에게 사람은 세력이고 권력이며 여벌의 목숨이지요. 그래서 대개 황족들의 싸움은 주변에 있는 사람을 노리는 법입니다."

"또 건희전 궁인들을 노릴 수도 있다는 말입니까?"

진화가 제 주변에 있는 궁인들을 돌아보며 물었다.

제게 무슨 일만 있으면 호들갑을 떨던 사람들.

진화는 건희전 궁인들이 자신의 여벌 목숨이라 생각해 본 일이 단 한 번도 없었기에, 이제야 저들의 주인이 된다는 의미가 무겁게 느껴졌다.

이미 남궁세가만으로도 충분히 무거웠는데, 원치 않았던 책임감이 밀려오는 듯했다.

"궁인들은 물론이고 하남 조씨 일문과 남궁세가 손님들까지 노릴 수 있습니다. 사실 조씨 일문에는 그런 어설픈 술수에 걸려들 위인이 없으나, 저하의 손님들은 아직 이 황궁이 익숙지 않으니 조심할 필요가 있습니다."

조위례의 말에 진화가 순순히 고개를 끄덕였다.

하지만 여전히 풀리지 않은 의문은 있었다.

"그런데 허미인은 왜 나를 노린 걸까요?"

"강등의 이유가 투기(妬忌)가 되어도 괜찮았을 여자입니다.

폭력을 행사하고 궁녀들을 죽이는 일이 예사였으며 폐하를 모실 기회를 받기 위해서는 무슨 짓이든 하는 여자였죠. 그런데 모처럼 폐하의 눈길을 받을 기회를 생각지도 않게 빼앗긴 적이 있으니 분명 벼르고 있었을 겁니다."

"제가 폐하의 눈길을 받을 기회를 빼앗은 적이 있다고요?"

진화가 깜짝 놀라 물었다.

"……."

진화의 반응에 조위례야말로 이상하다는 듯 진화를 보았다. 하지만 진화는 정말로 허미인의 이유가 금시초문이었다.

그도 그럴 것이, 황제의 눈길 따위를 받아서 무얼 한단 말인가.

거저 줘도 고민해 볼 것을 빼앗았을 리 없었다.

말도 안 된다는 진화의 반응에, 조위례와 동 태감의 입에서 동시에 한숨이 흘러나왔다.

관도공주를 모른다고 할 때 알아봤어야 했는데…….

"황자님의 환영연회에서 관도공주가 준비한 검무를 남궁 영애가 이어 한 적이 있지요."

"아!"

진화는 이제야 기억이 나는 듯 탄성을 내었다.

"폐하의 눈길을 끌기 위해 관도공주가 몇 년 동안 준비한 것을 마침내 선보일 기회였는데, 그때 사람들의 선망과 폐하의 칭찬을 모조리 남궁 영애가 가져갔으니…… 황자님의 존재를 모든 황족들이 거슬려 하는 와중에, 굳이 먼저 나선 이유를 찾는다면 그쪽이 가장 합당하지요."

조위례는 이제 진화에게 말을 돌려 해 봤자 소용이 없다는 것을 깨달았다.

예상대로 진화는 전혀 개의치 않는 얼굴로 고개를 주억거리고 있었다.

"그런 이유라면, 그들이 누님을 노릴 수도 있겠군요."

진화의 눈이 차갑게 가라앉았다.

조위례는 이제야 진화가 상황을 좀 심각하게 받아들인다고 생각했다.

"그럴 가능성이 높습니다. 그러니 앞으로 조심을……."

"그런 거라면 괜찮겠습니다. 그런 이유로 누님께 행동을 조심해 달라 부탁하고 싶지 않습니다."

진화가 조위례의 말을 단칼에 거절했다.

다른 모든 일에 무던한 진화였지만, 단 하나 '남궁'에 한해서만큼은 달랐다.

"하지만 황자님……."

조위례는 진화를 설득하려 했지만, 진화는 단호하게 고개를 저었다.

"걱정하지 않으셔도 됩니다. 제 검은 궁녀의 자백보다 빠를 테니까요."

남궁진혜를 건드린다면, 여별의 목숨 같은 건 생각하지도 못하게 모조리 죽여 버릴 것이다.

검고 깊은 눈동자가 끝없이 단호했다. 살기나 투기가 느껴지지 않는데, 그래서 더 소름이 돋았다.

'……이거, 조심시켜야 할 곳이 잘못되었나?'

조위례가 두려움을 느껴 본 것은 실로 오랜만의 일이었다.

"다른 조심할 것을 알려 주십시오. 모후께 폐가 되지 않도록, 제가 익혀야 할 것을 익히겠습니다."

"그들과의 다툼을 피하지 않으시겠다면, 그들처럼 싸우는 법을 익히셔야겠지요."

그들처럼 싸우는 법.

진화도 바라는 바였다. 하지만 그 전에 똑바로 잡아야 할 것이 있었다.

"아까부터 느낀 것인데, 외조부님과 저는 전제가 조금 다른 듯합니다."

"예?"

"외조부님은 그들의 시비를 피하는 것이 이기는 것이라고 생각하시는 듯합니다."

"처음부터 수작에 걸리지 않는 것이 중요하지요."

정치를 해 온 사람의 생각이었다.

명분을 움켜쥐는 것이 이기는 것이라 생각하는 사람의 사고방식.

그래서 진화와는 뿌리부터가 달랐던 것이다.

"틀렸습니다."

진화에게 그들처럼 싸우는 법이 필요한 건 잘 싸우기 위해서가 아니었다.

"제가 그들의 방식을 알려는 이유는 그들을 죽이지 않기 위해서입니다."

"……!"

진화는 목숨을 걸지 않고 싸우는 법을 잘 몰랐다.

그래서 그들을 모조리 죽이지 않기 위해 그들의 방법이 필요한 것뿐이었다.

지붕 위.

아직 사이가 어색한 조손의 대화를 듣고 있던 남궁구와 남궁교명이 입가에 미소를 띠었다.

"태사께선 아직 어느 쪽이 위험한지 잘 모르고 계시는군."

"우리 도련님을 진짜 꽃으로 본 모양이야. 사나운 꽃, 독 쓰는 꽃, 미친 꽃이 있으면, 당연히 미친 꽃이 더 위험한 법인데 말이야."

"……."

남궁교명은 저 불손한 말의 어디부터 고쳐야 할지 잠시 고민했다.

그때, 남궁교명의 시선에 건희전으로 달려오고 있는 누군가가 들어왔다.

"진짜 위험한 꽃은 저 사람 아닌가."

남궁교명이 손가락이 남궁진혜를 가리켰다. 그러자 남궁구가 재밌는 농담을 들었다는 듯 남궁교명을 향해 웃음을 흘렸다.

"미쳤냐? 저게 어떻게 꽃이야. 저건 그냥…… 미친 소지."

남궁구의 말과 함께 건희전에 도착한 남궁진혜가 문을 박차고 들어갔다.

"진화야—!"

진화의 말을 들은 조위례는 교육의 방향을 완전히 바꾸었다.

"평화적인 화법."

"그렇습니다. 절대 직접적으로 죽이겠다, 어디를 부수겠다, 베겠다 협박하는 건, 법적으로도 정치적으로도 공격을 받을 수 있는 발언입니다."

조위례가 엄격한 얼굴로 진화와…… 남궁진혜, 남궁구, 남궁교명을 모아 놓고 말했다.

"윗전이 말을 걸기 전에 아랫사람이 먼저 말을 걸어선 안 됩니다. 그건 법도에 어긋나는 무례로, 상대에게 윗전이 공격당할 수 있습니다."

조위례의 말에 남궁진혜가 손을 들었다.

"공격이라는 건, 내 윗전을 때릴 수도 있다는 겁니까?"

남궁진혜의 말에 동 태감의 얼굴이 벌써부터 창백하게 질렸다. 애초부터 황궁의 사람과는 사고의 뿌리부터가 다르다는 걸 다시금 실감하며, 조위례가 두 눈을 부릅떴다.

"아니오! 황족은 절대! 누구도! 황제의 명 없이는 건들 수 없습니다! 내 윗전이 아니라 다른 윗전도!"

"아, 그래요?"

아쉽다는 듯 입맛을 다시는 남궁진혜를 보며, 조위례는 황태자나 두 후궁들이 아니라 이들이 하남 조씨 일문을 위험하게 만들 수 있겠다는 생각이 들었다. 황족시해죄로 줄줄이 엮어서 말이다.

"어여쁜 마음가짐보다는 겉으로 보이는 외양, 밖으로 내뱉는 말이 중요합니다."

"오, 몹시 현실적이군요. 앞에서만 잘 보이면 뒤로 수작을 부리는 건 괜찮다는 거죠?"

남궁구가 눈을 빛내며 물었다.

"절대 먼저 눈을 피하거나 고개를 숙여서는 안 됩니다."

"단 한 번도 걸어온 싸움을 피한 적이 없습니다."

남궁교명이 자신 있게 대답했다.

대환장이라는 건 이런 걸 말하는 걸까.

남궁진혜와 남궁구, 남궁교명이 입을 열 때마다 조위례는 수명이 줄어드는 듯했다.

"걱정 마십시오. 절대 폐가 되지 않도록 하겠습니다."

순순한 진화의 대답이 가장 불안했다.

"후우, 절대, 절대 허미인 측과는 얽히지 마십시오. 남궁영애는 관도공주와 함께하는 자리를 피하는 것이 좋겠습니다. 아니, 무조건 피해 주십시오."

"예, 그게 뭐 어려운 일이라고요. 제가 재빨리 튀는 것도 제법 잘합니다. 관도공주라는 사람이 보이면 바로 튈게요."

조위례의 간곡한 당부에 남궁진혜가 안심하시라며 자신 있게 웃어 보였다.

그렇게 진화의 연회 준비는 '시빗거리를 주지 않는 완벽한 외양만이라도 갖추자.'는 방향으로 완전히 달라졌다.

이후 매시간마다 창신궁에서 궁녀들이 오갔다.

신수가 훤칠한 무인들을 꾸미는 데에 신이 난 황후와 궁녀들과는 대조적으로 진화와 남궁세가 사람들의 안색이 점점 죽어 갈 즈음에.

마침내 황실 연회의 날은 오고야 말았다.

황실 연회날이 되었다.

삼황자의 탄신을 기념한 연회였기에 연회장은 염녕전에 마련되었다. 붉은 꽃이 가장 화려하게 피어 있는 때라, 연회에 참석하는 사람들마다 염녕전의 아름다운 정원과 화려하게 장식된 연회장의 모습에 감탄하기 바빴다.

주최자인 원귀빈과 삼황자가 미리 나와 손님들을 맞이했다.

"하례드리옵니다, 귀빈마마. 황자 저하."

"자네들도 왔는가? 고맙네. 들어가 보게."

후궁들의 인사에 원귀빈이 자애롭게 웃으며 맞았다.

평소에는 잘 볼 수 없었던 후궁들은 모처럼 후궁전을 나와 화려한 미모를 뽐내고 있었다.

원귀빈은 염녕전 장원의 붉은 꽃보다 화려하게 꾸민 후궁들을 그들의 자리로 들여보냈다.

단상 맞은편 저 말단의 자리로.

그리고 돌아서기 무섭게 얼굴을 굳혔다.

"온갖 떨거지들은 다 모였구나."

"마마, 황실의 연회이옵니다. 빼놓는 사람이 나오면 도처에서 말을 수군거릴 것입니다."

한 상궁이 부드럽게 원귀빈의 심기를 달랬다.

염녕전의 밖의 일은 기 상궁이 도맡아 하고 있으나, 한 상궁 역시 원귀빈을 위한 궁녀였다.

원귀빈이 따로 기 상궁을 부리면서 자신의 권한을 나누게 되었지만, 한 상궁은 그것을 기꺼이 받아들임으로써 원귀빈의 신임을 받고 있었다.

"알고 있다. 다만 저 향내 풀풀 풍기는 것들의 속셈이 너무 뻔해서 속이 뒤틀리는 거지."

"마마."

한 상궁이 다독이듯 부르는 음성에 원귀빈의 표정이 조금 누그러졌다.

"흥! 혹여 폐하께서 걸음 하시더라도, 과연 제 년들에게 눈길을 주시기라도 할까? 꿈도 야무지지."

원귀빈은 황제의 눈에 한 번이라도 들어 보겠다고 발악하는 후궁들을 향해 비소를 날렸다. 하지만 염천교를 지나 염녕전으로 들어오는 누군가를 발견하는 순간, 그 비소는 자신에게도 해당하는 것이 되어 버렸다.

"사향을 온몸에 문질러도 진짜 꽃 향에 비할 수는 없음이니. 안 그래?"

끓어오르는 질투심에 눈빛을 번뜩이는 동시에 자조적인 말투.

원귀빈의 시선이 닿는 곳에 황후 조정화가 세상 어떤 꽃보다 화려하고 아름다운 자태로 들어오고 있었다.

그런데 이번에는 혼자가 아니었다.

황후만큼이나 단단하고 아름다운 모습을 한 청년이 황후와 함께하고 있었다.

세상의 빛이 잠시 그들만을 비추고 있는 듯한 모습에, 원귀빈만이 아니라 연회장에 참석한 모든 사람들의 시선이 그리로 향했다.

세상을 다 가진 듯 웃고 있는 황후를 보며 원귀빈이 붉은 입술을 깨물었다.

"마마……."

한 상궁이 안타까운 눈빛으로 원귀빈을 보았다.

원귀빈은 어느새 본래 그녀다운 차갑고 단단한 얼굴로 돌아와 있었다. 가질 수 없는 것, 포기한 것에 질질 끌려다니는 것은 그녀답지 않은 일이었다. 하지만 원귀빈의 곁에는 삼황자도 있었다.

똑같이 아들을 곁에 두고도 독하게 입술을 깨무는 어머니를 보며, 조용히 고개를 숙이는 삼황자의 얼굴이 한껏 일그러져 있었다.

"황후마마를 뵙습니다. 천세 천세 천천세."

"원귀빈, 삼황자, 축하하네."

"마마께서 이렇게 직접 찾아 자리를 빛내 주시니 황자에게도 몹시 특별한 영광이 될 것이옵니다."

원귀빈이 공손하게 머리를 숙여 인사했다.

"후후, 그대는 여전하군."

원귀빈의 깍듯한 예의에 황후가 쓸쓸한 눈빛으로 웃었다.

그동안 몸이 좋지 못해 거의 모든 황실 행사에 참석하지 않았던 황후였다.

그런 황후가 진화의 귀환 연회 이후로 처음 모습을 드러낸 자리가 삼황자의 탄신 연회였으니.

황후의 입장에서는 원귀빈에게 호의를 보인 것이었다.

그것을 모를 리 없음에도 원귀빈은 황후가 오랜만에 황실 행사에 나선 것을 매우 '특별하다'고 꼬집었다.

그리고 깍듯한 예의와 함께 거리를 벌렸다.

같은 편이 아닌 황후에겐 어떤 호의도 받을 생각이 없다는 뜻을 분명히 한 것이다.

실로 원귀빈다운 모습이었다.

그때, 황후의 뒤에 시립해 있던 궁녀들이 비켜서고 누군가가 다가왔다.

황후와 꼭 닮은 얼굴. 하지만 생각보다 더 크고 다부진 체격에, 단호한 표정은 어딘가 황제의 모습도 보였다.

가장 애증 하는 이들을 동시에 닮은 이황자의 모습에 원귀빈은 그에게서 눈을 떼지 못했다.

"축하드립니다."

"이황자도 와 주었군요."

"마침 황궁에 있을 때니까요."

아무래도 성격은 황후보다 황제를 더 닮은 모양인 듯.

"……그래요. 와 줘서 고마워요. 편히 즐기다 가세요."

마침 황궁에 있던 김에 들렀다는 성의 없는 진화의 말에 원귀빈이 애써 자애롭게 웃어 보였다.

황후를 따라 진화와 일행이 연회장으로 들어가자, 안에 있던 모든 황족들과 후궁들이 일제히 자리에서 일어났다.

"황후마마를 뵙습니다, 천세 천세 천천세!"

일제히 몸을 굽히며 외치는 인사에, 순식간에 연회장의 주인이 바뀐 듯했다.

황제의 여인이 아닌 제국의 황후가 가지는 권위였다.

단상 정면 정중앙의 자리를 황후와 진화에게 내준 원귀빈과 삼황자는 그 광경을 보며 속으로 쓴 물을 삼켜야 했다.

눈앞에 차려진 먹음직스럽고 풍성한 음식.

황궁 악사들과 무희들의 눈과 귀가 즐거운 공연.

하지만 진짜 연회는 염녕전 한가운데에 있는 거대한 연못, 염천정에 붉은 연이 띄워지고 나서야 시작되었다.

그 전까지는 얌전하게 음식을 먹는 둥 마는 둥 하며 박수나 치고 있었다면, 붉은 연을 띄우고 삼황자에게 황제가 내리는 축언과 함께 하사주가 내려지면서 비로소 술과 음식이 함께하는 연회가 시작된 것이다.

본격적인 연회를 위해 수십 명의 궁녀들이 나와 연회장을 바꾸었다.

"호오, 머리를 썼네."

"……뭐가?"

"단상이 없어졌잖아."

남궁구가 바뀐 자리를 보며 감탄했다.

원형의 식탁 위에 음식과 술이 차려지고, 사람들은 그곳에 일행끼리 모여 앉았다.

황후와 진화, 남궁세가의 손님들이 자리를 함께하고, 바로 양옆으로 원귀빈과 그녀의 자식들 그리고 허미인과 그녀의 자식들이 자리했다.

어찌 보면 연회의 참석자들이 친근하고 편하게 연회를 즐길 수 있도록 자리를 배치한 듯 보였다. 하지만 단상 정면의 자리가 사라지면서, 그곳에 있던 위계질서도 사라졌으니.

마치 황후와 원귀빈이 대등하게 앉은 듯 보이지 않는가.

남궁구도 알아챈 원귀빈의 의도를 황후가 모를 리 없었지만, 황후는 그저 미소를 띤 얼굴로 진화를 보고 있었다.

"후후, 가끔은 이런 날도 좋지. 우리 아들 얼굴을 더 가까이에서 볼 수 있으니까."

"……."

황후가 진화의 손을 잡으며 웃자, 진화가 어찌 대답할 말을 찾지 못하고 귀를 붉혔다.

연회장에서도 내내 진화의 얼굴에서 눈을 떼지 못하는 황후의 모습에, 황후가 극적으로 되찾은 적통 황자의 존재에 얼마나 기뻐하고 있는지 모르는 사람이 없을 정도였다.

지금 황후의 모습은 누가 보아도 아들을 찾은 것이 너무 기뻐서 '사소한' 것에는 신경을 쓰지 않는 듯했다.

그때, 옆자리에서 누군가 황후에게 말을 걸었다.

"호호호! 마마, 황자님을 찾은 것이 그리 좋으신가요? 눈에서 꿀이 떨어질 듯합니다."

"오, 허미인."

황후와 진화 일행이 앉은 탁자의 옆에는 원귀빈전뿐 아니라 허미인전의 사람들도 있었다.

아래로 처진 눈꼬리가 순후해 보이는 미인이 소리를 높여 웃으며 황후에게 말을 걸었다.

윗전에 먼저 말을 거는 것은 무례였지만, 그런 걸 신경 쓰는 여자였다면 강등되지도 않았을 것이었다.

'그 사람이다!'

'피하라고 했는데, 옆자리면 어떡하지?'

'모르는 척하자.'

허미인의 등장에 조위례의 철저한 주입식 교육을 받은 남궁구, 남궁교명, 남궁진혜가 일제히 모르는 척 고개를 돌렸다.

"허미인도 오랜만이군."

"사정이 있어서 연회장에 늦는 바람에 인사가 늦었습니다."

"괜찮네, 그럴 수도 있지."

"황자 저하도 오랜만에 뵙는군요. 건강해 보이시니 다행입니다."

태연하게 전하는 인사에 진화의 손을 잡은 황후의 손에 힘이 들어갔다.

얼마 전 진화에게 독을 쓴 것으로 가장 의심되는 사람의 말이었다. 그리고 수십 년간 잃었던 아들을 다시 잃을 뻔한 사람이 그 말을 들었다.

진화의 손등에 올린 황후의 손이 부들부들 떨렸다.

그때, 진화가 손의 위치를 바꿔 황후의 손을 감싸 쥐었다.

처음으로 전해지는 온기에 황후의 눈이 커졌다.

"아, 얼마 전 건희전에 큰일이 있을 뻔했는데, 그걸 들으셨습니까?"

"……아, 그래서 한 말이었습니다. 건강하셔서 다행이라고. 호호."

건희전의 소식을 모르는 황족은 아무도 없었다. 하지만 누구 하나 진화에게 괜찮냐고 먼저 묻는 이들은 없었다.

조위례의 말처럼 다들 전혀 모르는 사람인 척, 상관없는 사람인 척 무시할 뿐이었다. 그런데 그 이야기를 다른 누구도 아닌 본인이 꺼낼 줄이야.

처음 있는 반응에 당황한 허미인의 대처가 조금 흔들렸다.

다른 쪽에서 원귀빈이 흥미로운 눈으로 이쪽을 보고 있는 것이 느껴졌다. 아니, 원귀빈만이 아니라 모든 황족들이 진화를 보고 있었다.

"다들 모르던데, 허미인께서는 과연 귀도 밝으신 모양입니다."

"그런가요? 호호호. 어쨌든 저하께서 괜찮으시다니 다행입니다."

허미인이 전혀 다행이지 않은 눈빛으로 진화를 보며 웃었다.

'아! 이래서 위험한 여자라 했던가?'

눈빛을 전혀 숨기지 않는 허미인의 모습에 진화는 외조부의 충고를 떠올렸다.

허미인은 순한 얼굴을 아무렇지 않게 저를 대하는 진화를 보며 입꼬리를 올렸다.

"안 그래도 요즘 궁 안이 왜 이렇게 흉흉한지…… 오늘 연회장에 늦은 것도, 누가 감히 공주의 시녀를 다치게 했지 뭡니까."

"공주의 시녀를요?"

황후와 진화가 놀란 눈으로 물었다.

진심으로 놀란 눈이었다.

그 모습에 되레 허미인이 당황했다.

"모, 모르셨나요? 어떤 이가 관도공주의 시녀와 부딪쳤는데……."

그때, 한쪽에서 큰 탄성이 나왔다.

"아! 그때 그 공주!"

남궁진혜가 손가락으로 관도공주를 가리키며 놀란 얼굴을 하고 있었다. 그런 남궁진혜의 반응에 관도공주가 퉁퉁 부운 눈꺼풀을 파르르 떨었다.

'이 천둥벌거숭이가 부딪친 이가 관도공주인지도 모르고 있었구나!'

허미인이 가늘게 눈매를 좁혔다.

"마마, 공주의 시녀를 상하게 한 사람을 연회에 데려오신 겁니까?"

허미인이 자못 섭섭하다는 말투로 황후에게 화살을 돌렸다. 남궁진혜에게 어떤 말도 듣지 못한 황후는 난처한 듯 웃었다.

"이런, 남궁 영애가 궁중에 밝지 못해 관도공주를 알아보지 못한 모양이야."

하지만 황후도 만만치는 않았다.

관도공주를 알아보지 못한 것은 실례일 수 있으나, 시녀의 일은 깔끔하게 무시하겠다는 뜻이었다. 그리고 상황을 지켜보고 있던 진화가 자연스럽게 끼어들었다.

진화는 한껏 걱정스러운 얼굴로 남궁진혜에게 물었다.

"누님, 다친 곳은 없으십니까? 누님이 어디 다른 사람과 부딪히실 분도 아니고, 기습 공격이라도 당하신 겁니까?"

"아, 아니야. 나도 기습 공격인 줄 알고 모가지를 따려다가, 발을 헛디딘 것 같기에 얼른 피했다니까.”
“참 다행한 일입니다.”
“그러게. 넘어지면서 그랬는지 그 사람 어깨가 빠졌길래 얼른 넣어 줬어.”
“잘하셨습니다.”
진화가 다행이라며 해사하게 웃어 보였다.
자연스럽게 상황의 전말을 전하는 대화 덕에, 황후가 차분한 눈으로 허미인을 내려다보았다.
“저런. 시녀가 앞을 잘 보지 못한 모양이군. 폐하께서 가장 아끼셨던 공주를 모시는 시녀인데, 그렇게 부주의하면 쓰나. 필요하다면 장 상궁 편으로 새로운 시녀를 보내 줄 수도 있네.”
황제가 관도공주를 아꼈던 것은 과거의 일이라, 황후가 무심하게 지적했다. 진화의 환영 연회 이후 한 번도 따로 찾은 적이 없으니, 이제 허미인이 관도공주를 무기 삼아 휘두르기도 힘들 것이었다.
“아니요. 호호호! 남궁 영애가 잘 처치를 해 줘서 괜찮을 듯합니다. 단지 공주가 아끼는 아이라 다친 것에 마음이 아팠던 듯하더군요.”
“후후, 제 사람을 아끼는 건 좋은 일이지. 불편한 일이 있거든 황후궁으로 기별을 하게.”
“……감사하옵니다.”

허미인이 별다른 소득을 얻지 못하고 조용히 물러났다.

당사자인 관도공주가 남궁진혜와 눈도 마주치지 못하고 있었으니, 더 이상 뭔가 옭아맬 수 없었기 때문이다.

허미인이 자리로 돌아가고, 황후는 일렁이는 눈으로 진화를 보았다.

"우리 아들, 듬직하기도 하구나."

황후는 처음으로 자신을 위해 나서 준 진화의 행동에 감격한 모습이었다.

그들의 뒤에서, 동 태감이 매서운 눈으로 남궁진혜를 노려보고 있었다.

'관도공주는 피하신다더니, 언제 벌써 만나셨던 겁니까!'

동 태감은 조위례에게 당당하게 약속하던 남궁진혜를 떠올리며 배신감을 느끼고 있었다.

동 태감 혼자 아찔했던 상황이 지나갔지만, 연회가 끝이 난 것은 아니었다. 조위례와 동 태감이 우려한 상황도 이제 겨우 시작되었을 뿐이었다.

서로 술잔을 나누고 웃음소리와 함께 목소리가 커졌다.

특히 연회의 주인인 원귀빈의 탁자의 목소리가 가장 컸다.

"이번에는 정말 귀한 선물이 많이 들어왔다면서요?"

"과연. 외조부님께서 구하기 힘든 보검을 보내셨다 들었습니다."

황자들의 눈짓을 받은 이들이 화제를 꺼내고.

"그런데 형님, 형님은 선물 중에 무엇이 제일 마음에 드십니까?"

"에이, 넌 뭐 하러 그런 것을 묻느냐. 형님이 답하시기 곤란하지 않겠느냐!"

어린 칠왕자가 호기심 가득한 얼굴로 묻자, 그 바로 위의 형인 오황자가 칠황자를 나무랐다.

오황자는 생일을 맞은 삼황자의 눈치를 살피는 듯 이리저리 눈동자를 돌렸는데, 그의 시선이 가장 많이 머문 곳은 바로 옆 탁자의 진화였다.

질문을 받은 삼황자의 시선도 은근히 진화를 향했다.

"하하하! 그게 뭐 어려운 질문이라고. 황태자 저하의 선물이 제일 마음에 들더군. 먼 길 떠나시면서도 동생의 탄신일을 위해 홍연칠검을 구해 주시다니, 형님의 정이 참 깊지 않느냐."

"우아, 역시 큰형님 전하십니다! 한 번만 보여 주세요, 네?"

"하하하, 나중에. 그렇게 귀한 선물을 자랑해 버리면, 다른 귀빈들이 민망해질 수 있지 않느냐."

그러면서 삼황자의 시선이 다시 진화를 향했다.

이번에는 조금 더 노골적이라, 민망해질 수 있는 귀빈이 누구인지 모두가 눈치챘다.

황후와 하남 조씨 일가가 따로 귀한 선물을 내렸건만, 어리지만 영악한 황자들이 직접 마련한 선물이 아니라는 점을 들어 진화를 걸고넘어지는 것이다.

동 태감이 안절부절못하며 진화를 보았다.

그때, 철없는 말을 내뱉던 칠황자가 진화에게 말을 걸었다.

"아! 둘째 형님은 무림인이시니까 묘기를 보여 주면 되겠다!"

"유보야!"

묘기라니.

천한 악사나 무희가 하는 것이 아닌가.

동 태감이 두 눈을 부릅떴다.

원귀빈은 벌써 모르는 척 사태를 방관하고 있었다.

"그렇잖아. 셋째 형님의 생일 선물로 묘기를 보여 주면 되지 않아? 형님들도 보고 싶잖아!"

"아, 그건 그렇지만……."

칠황자의 철없는 소리에 삼황자와 오황자가 못 이기는 척 진화를 보았다.

"둘째 형님, 무림인들은 진짜 하늘을 날고 물 위도 걸을 수 있나요?"

"바보야, 그건 진짜 대단한 고수들만 하는 거라고!"

"그럼 둘째 형님은? 못 해?"

칠황자가 울상을 지으며 물었다.

영악한 황자들이 교묘하게 이황자를 엮어 가는 모습에, 연회장에 있던 사람들의 눈이 전부 황자들과 진화를 향했다.

있는 듯 없는 듯 조용히 자리를 지키고 있던 이황자.

하지만 가만히 있는 것만으로도 연회장 모든 사람들이 이황자의 일거수일투족에서 눈을 떼지 못하고 있었다.

방금도, 황자들의 말이 있자마자 기다렸다는 듯 사람들은 진화를 찾았다.

진화가 조용히 황자들을 보았다.

한결같이 원귀빈을 닮은 사나운 눈매를 하고, 새끼 늑대처럼 저를 향해 눈을 빛내고 있었다.

"하!"

진화의 입에서 저도 모르게 웃음소리가 새어 나왔다.

싸움이라는 것이 처음부터 피하려 한다고 피해지는 것이 아니었다.

저들은 처음부터 작정을 하고 있었으니.

진화가 천천히 자리에서 일어났다.

"생일 선물이라……."

탓.

진화가 단숨에 날아올라 연천정을 뛰어넘었다.

하늘하늘한 청색 비단옷이 바람결에 펄럭였다.

그리고 천천히.

진화가 염천정 물 위를 걸어오는 모습에, 연회장에 있던 사람들의 얼굴이 경악으로 물들었다.

"하늘을 날고 물 위를 걷고…… 다른 건?"

진화가 해사하게 웃으며 턱을 벌리고 있는 세 황자에게 물었다.

무공에 조금이라도 조예가 있는 사람이라면 지금 진화가 보여 주는 경지가 얼마나 대단한 것인지 알았다.

심지어 일반적인 수상비(水上飛)와 달리 저렇게 천천히 물 위를 밟고 서는 것은 남궁세가 사람들조차 처음 보는 것이었다.

하지만 그 모든 것을 다 차지하고서라도, 사람들은 염천정에서 천천히 걸어 나오는 진화의 모습에서 눈을 떼지 못했다.

녹빛의 물보다 맑고 푸른 옷이 바람 한 점 없는 연못 위에서 하늘거리고, 진화의 전신에서는 은은한 청광이 빛나고 있었다. 마치 그 모든 것이 이 세상의 것은 아닌 듯, 아름답고 강인한 진화의 모습 또한 방금 천상에서 내려오고 있는 사람 같았다.

진짜 하늘의 자손, 용의 아들.

뇌리와 가슴에 박히는 뚜렷한 무언가를 두고, 모든 이들이 홀린 것처럼 진화를 따라 고개를 움직였다.

탁.

"허어!"

진화가 연못에서 뛰어올라 세 황자들 앞에 내려섰을 때.

비로소 고요한 연회장에 숨이 트이는 소리가 들렸다.

"……."

영악하게 진화를 엮으려던 황자들은 어떤 말도 못 하고 진화를 보았다.

황족은 신기한 존재였다.

직접 싸우지도 않고, 책임을 지지도 않는다.

전쟁을 벌여 수천, 수만 명을 죽이면서도, 정작 본인은 보물단지처럼 안전하게 모셔진다.

그리고 전쟁에 패하면…… 제대로 싸워 보지도 못한 채로 죽음을 맞는 건가?

진화로서는 결코 이해할 수 없는 족속이었다.

진화가 세 황자들을 보았다.

그들은 감히 저를 무대의 광대 취급을 하고도 그저 놀란 얼굴로 저를 보고 있었다.

아무런 걱정 없이, 두려움 없이.

싸우지 않는 존재들은 다 저렇게 멍청하고 뻔뻔한 것일까.

진화는 입을 벌이고 있는 세 황자를 보며 환하게 웃었다.

"다음은 뭐가 보고 싶지? 설마 생일 선물 하나에 목숨을 걸 거라곤 생각도 못 했는데…… 죽기 전에 소원 하나 못 들어줄까."

잠시 진화의 말을 이해하는 데에 시간이 걸렸다.

그리고 연회장이 술렁거렸다.

"죽기 전?"

"죽기 전이라니! 황자들을 죽이겠다는 거야?"

비로소 진화의 말을 파악한 사람들이 경악하는 가운데, 원귀빈이 싸늘하게 굳은 얼굴로 진화를 노려보았다.

"이황자, 지금 형제들을 겁박하는 건가요?"

이제까지 방관하고 있던 원귀빈이 나서자 좌중이 조용해졌다.

싸늘하게 식은 분위기에 연회장은 이전과 다른 침묵에 휩싸였다.

하지만 원귀빈의 뒤로 숨는 듯 조용해진 황자들은, 의기양양한 얼굴로 진화를 비웃고 있었다.

진화도 함께 입꼬리를 끌어 올렸다.

"무인을 향해 함부로 경지를 확인하는 건 당연히 죽음을 각오한 결례입니다. 그것도 몰랐습니까? 아니면 설마, 정말로 황자인 내게 무대의 광대처럼 무공을 선보이라고 한 건가?"

마지막엔 말투마저 바뀌었다.

오만하게 세 황자를 내려다보는 진화의 눈빛은 정말로 그들을 죽일 수 있을 듯 차가웠다.

원귀빈이 대답을 망설였다.

무가에서 자라서 무림인들에 대해서도 들은 바가 있던 원귀빈이었다.

진화의 말이 사실인지 아닌지는 확신할 수 없었지만, 적어도 하나는 확실히 알고 있었다.

무림인들은 모욕에 대해서는 참지 않는다는 것.

무림인들은 명예 하나에 검을 들고 생사를 다투는 이들이었다.

지금 보니 눈앞의 황자는 황족이기보다 무림인에 가까웠다.

"황자들이 무림에 대해 잘 알지 못하고 한 결례입니다. 그런 것을 가지고 형제를 겁박하는 건 참으로 옹졸하지 않나요?"

"무림에 대해 잘 모른다…… 그렇다면 정말로, 황자인 나를 광대 취급 한 거란 말이군요."

진화의 말에 원귀빈의 얼굴이 새하얗게 질렸다.

진화에게서 상상할 수도 없는 거대한 압박이 느껴지는 동시에 등 뒤로 식은땀이 비처럼 흘러내렸다.

심장이 급격하게 뛰고 주체할 수 없는 공포가 느껴졌다.

기운만으로도 상대를 강제하는 힘.

원귀빈은 이것이 무림인들의 살기(殺氣)임을 알았다.

심기가 굳건한 그녀마저 이러할진대 그녀의 뒤에 있던 황자들이라고 무사할까.

"어, 어머니!"

"으으. 사, 살려 줘!"

"으아악! 어머니-!"

가장 어린 칠황자가 울며 바지에 오줌을 지렸다.

급히 내관과 궁녀 들이 움직이려 했지만, 그들은 뭔가에 사로잡힌 사람들처럼 꼼짝도 하지 못했다.

사람들은 원귀빈과 황자들이 있는 곳에 뭔가 일어났다는 것을 알았다.

"화, 황자!"

원귀빈이 다급하게 진화를 불렀다.

진화가 무심하게 원귀빈을 보았다.

얼음처럼 차고 단단하게 내려앉은 눈빛이 황제의 그것과 꼭 닮아 있는 모습에, 원귀빈은 진화가 기다려 주고 있음을 알았다.

완전히 굴복하고 고개를 숙여야만 저 눈빛이 거두어질 것이다.

"아……직 어린 황자들이 실수를 했어요. 이황자께서 넓은 아량을 보여 형제의 부족함을 감싸 주면 좋겠군요."

원귀빈의 생각이 옳았다.

원귀빈이 황자들의 실수를 인정하는 것과 함께, 그들을 위협하던 기운이 순식간에 사라졌다.

"으윽! 흑! 흐윽-!"

"아아아앙--!"

삼황자가 붉게 달아오른 눈으로 입을 앙다물고, 오황자와 칠황자는 울음을 터뜨렸다.

내관과 궁녀 들이 달려와 칠황자를 안고 그의 실수를 가렸다.

진화가 천천히 그들에게 다가갔다.

원귀빈이 잔뜩 긴장한 눈으로 진화를 보았다.

실수를 인정한 이상 다치게 하지 않을 걸 알았지만, 아직 완전히 안심할 수 없는 듯 원귀빈의 눈빛이 겁을 먹은 어미 맹수처럼 맹렬했다.

'어찌할까.'

저를 건드리고도 희희낙락한 황자들의 모습에 속이 뒤틀려서 겁을 주긴 했는데, 이후에 어찌할지 생각해 보지 않았다.

'그러고 보니…….'

이제야 조위례의 말이 불현듯 떠올랐다.

'황족이 직접 나서는 법은 없습니다. 절대, 절대 다른 황족의 몸에 손을 대서는 안 됩니다!'

"황족은 벌도 아랫사람들이 대신 받는다지?"

진화의 말에 원귀빈은 안도의 한숨을 쉬고 세 황자들을 챙기던 궁인들은 하얗게 질려 얼어붙었다.

그때, 남궁진혜가 반색하며 일어섰다.

"황족은 벌도 다른 사람이 내린다던데, 내가 나서도 되나?"

우지-끈.

남궁진혜의 손에서 나무 의자가 우그러졌다.

파-앗!

남궁진혜의 손 모양 그대로 깊게 우그러진 나무 의자는 남궁진혜의 힘을 견디지 못하고 산산조각이 났다.

"허억!"

아름다운 영애가 보일 거라곤 생각지도 않은 힘에 곳곳에서 탄성이 터졌다. 하지만 지금 이 자리에서 누구보다 놀라고 있는 사람은 관도공주일 것이다.

'대가리를 깨겠다더니, 진짜 깰 수 있겠잖아!'

관도공주는 하얗게 질린 얼굴로 남궁진혜의 시야에서 조용히 벗어나기 위해 안간힘을 썼다.

"명만 내리시면 쥐도 새도 모르게 내일 아침은 절벽 끝에서 눈 뜨게 해 줄 수도 있습니다."

남궁구가 세 황자 중에 하나 고르라는 듯 그들을 향해 눈짓했다. 그러자 남궁교명이 경쟁적으로 벌떡 일어섰다.

"번거롭게 할 필요 없이, 눈 깜짝할 사이에 사지를 잘라 놓겠습니다."

남궁세가의 세 사람은 어쩐지 조금 신이 난 얼굴이었다.

그들의 뒤에서 동 태감이 부들부들 떨면서 그들을 노려보고 있었다.

사고뭉치 어린 내관들이 있는데 차마 윗전의 앞이라 혼내지 못하는 듯한 표정이었다.

진화가 남궁진혜를 한번 보았다가 동 태감을 보고, 조용히 황후를 향해 고개를 돌렸다.

"황자들이 다른 황자를 모독했으니, 이는 어떤 벌로 다스려야 합니까?"

진화가 황후를 향해 물었다.

황후는 자애로운 눈빛으로 진화를 보다 슬쩍 원귀빈을 향해 눈을 돌렸다.

원귀빈이 전에 없이 분한 얼굴로 그녀를 보고 있었다.

'후후후, 귀빈도 어쩔 수 없는 어미로군요. 그러게, 황자들 훈육에 신경 좀 쓸 것이지.'

제 호의를 먼저 거절한 쪽은 원귀빈이었다.

게다가 건드려도 제 아들을 건드리다니.

"황족모독죄는 그 어떤 경우라도 중벌에 해당한단다. 하지만 황자들이 아직 어려 실수를 했음으니, 우리 황자가 사과를 받고 장 오십 대 정도로 봐주렴."

장 오십 대를 한 번에 맞으면 죽을 수도 있다.

하지만 사람들은 황후의 자비로움을 칭송했다.

단칼에 목을 베어도 되는데, 장형이라면 맞으면 죽을 수도 있지만 간혹 살 수도 있지 않은가.

게다가 황후는 장 오십 대를 염녕전 궁인들이 나누어서 맞게 했으니, 앞으로 며칠 동안 콧대 높은 염녕전의 궁인들이 황후궁으로 벌을 받으러 다녀야 할 것이었다.

모두가 황후의 자비로움을 칭송하고, 황후는 일그러진 원귀빈의 얼굴을 보며 만족했다.

짱그랑--!

"아아아아아아악-!"

악을 쓰는 소리가 염녕전을 가득 채웠다.

염녕전의 수장인 한 상궁이 장 세 대를 맞고 돌아와 앓아 누웠기 때문이다.

설마 염녕전의 상궁까지 부를 줄이야.

원귀빈은 황후에게 제대로 농락당했다는 생각에 분노가 폭발했다.

"마마, 위장군 들었사옵니다."

"드시라 하라!"

연회에서의 일을 들은 위장군 원수경이 염녕전을 찾았다.

"마마."

"오라버니."

"괜찮으시옵니까? 이황자가……."

"됐어요."

원귀빈은 위장군이 어렵게 꺼내는 위로의 말을 단번에 잘라 버렸다. 조금 전까지 괴성을 지르며 분노를 표출했지만, 그건 말 그대로 잠시 감정을 풀어낸 것뿐이었다.

"황자들에게는 근신을 명했습니다."

"황자님들께도요?"

"이제 그 아이들도 실패에 대한 대가라는 걸 알 때도 되었으니까요."

냉정한 원귀빈의 말에 위장군도 고개를 끄덕였다.

이제 황자들도 행동거지를 조심할 필요가 있다는 데에 위장군도 동의했기 때문이다.

"이제 민란을 진압하러 가야 하는데 지금처럼 막무가내로 굴어선 곤란하지요. 황태자와 직접 비교가 될 테니, 적어도 황태자보다는 나아야 할 게 아닙니까."

"허허허, 안 그래도 그 부분이 조금 걱정이 되었는데 마마께서 미리 손을 써 주신다면 한결 편하겠습니다."

위장군이 만족스러운 듯 고개를 끄덕였다.

"그런데, 이황자를 그리 두실 겁니까?"

위장군이 은밀하게 물었다.

그러자 원귀빈이 코웃음을 치며 고개를 저었다.

"못 건드려요. 황자가 생각보다 더 강합니다. 알아보니 남궁세가라는 곳도 어지간한 대호족 집안을 넘어서더군요."

"흐음……."

"당장 이황자를 어찌한다고 달라질 건 없어요. 중요한 건 황태자를 꺼꾸러트리는 것이지. 빈자리가 생겨야 싸울 이유도 있는 것 아니겠어요?"

분노에 찬 고함이 염녕전 밖을 새어 나갈까 염려될 정도였지만, 다행히 원귀빈의 판단력에 영향을 미칠 정도는 아니었던 모양이다.

위장군이 만족스러운 얼굴로 원귀빈을 보았다.

대장군 아버지에 대장군이 된 오라비까지, 장군부에서 나고 자란 원귀빈의 행동 방식은 매우 합리적이고 실리적이었다.

커다란 목표를 위해서라면 다른 건 얼마든지 희생시킬 수 있었던 것이다.

원귀빈의 그런 성격은 혈연을 떠나서 커다란 것을 보고 함께 달려가는 동맹으로서 매우 든든한 것이었다.

"이황자는…… 허미인 그년이 나설 거예요. 큰 망신은 내가 당했지만, 허미인 또한 황후의 면전에서 물러나긴 마찬가지였으니. 황태자가 나서는 파군에 우리 사람을 보내 태자의 실정 하나도 놓치지 않게 해요. 그리고 삼황자와 사황자가 함께한다면……."

"황자들을 붙여 놓으면 모든 공과는 삼황자님의 것이 될 겁니다."

위장군이 의미심장한 얼굴로 웃어 보였다.

황태자를 견제하기 위해 대사마 측과 손을 잡긴 했지만 황태자 못지않게 샌님인 사황자는 첫 전투만으로도 학을 뗄 것이다. 아니, 떼게 만들 것이다.

황궁의 소란과는 별개로 민란과 신 제국을 제압하기 위한

군의 준비는 착착 진행 중이었다.

한 제국 군대가 출발 직전이라는 소식은 신 제국에도 빠짐없이 전해졌다.

황궁에 있던 첩자들이 모두 축출당하고 눈과 귀가 모두 막힌 상황에서, 귀천성의 연락망이 아픈 곳을 긁어 준 것이다.

그러면서 신 제국 황궁에 귀천성의 힘도 점점 더 커졌다.

"그들의 편으로 돌아선 이들이 늘었습니다. 이러다가 저들이 완전히 조정을 장악할지도 모르겠습니다!"

"어허, 그걸 누가 모르오? 딱히 막을 방법이 없는 것이 문제가 아니겠소!"

"황제 폐하께서는……."

"그분이야 곧 한 제국의 무너뜨릴 때까지만 그들의 힘을 쓰겠다는 생각이시니까."

"휴우, 그 전에 놈들이 조정을 장악할 것 같으니 걱정입니다!"

"설마 그렇겠는가? 궁인들로 하여금 빠짐없이 감시 중이지만, 놈들의 목표는 무림이더군. 본래 관과 무림은 별개의 세상이 아닌가. 우리가 한 제국을 밀기 시작하면 놈들도 정의맹을 공격한다고 하니, 그러면 놈들도 정신이 없어서 제국에 더 이상 끼어들지 못할 걸세."

"그러면 다행이지만요."

신료들이 한숨을 쉬며 뒤로 물러났다. 대안으로 내세울 것이 없었으니 더 목소리를 키울 수도 없었기 때문이다.

"저기, 또 모이는 모양이군요. 요즘 저들도 바빠지고 있다는 것이 사실인 듯합니다."

"흐음! 흠!"

신 제국의 신료들은 신건궁으로 모이는 귀천성 인사들을 못 본 척, 헛기침을 하며 등을 돌렸다.

신건궁.

신 제국 황제가 역천마제와 귀천성 인사들에게 내준 궁이었다.

역천마제는 오랜만에 마제들을 모두 불러 모았다.

"혼현, 받아라."

손짓 한 번에 죽간이 혼현마제의 탁자에 날아들었다.

죽간을 본 혼현마제의 심장이 내려앉았다.

"연구품을 소홀하게 잃어버리면 쓰나."

"송구합니다."

무슨 뜻일까.

혼현마제는 역천마제가 이 죽간을 내준 의도에 대해 생각하느라 머릿속이 어지러웠다.

겨우 표정 관리는 성공했으나, 속이 타들어 갈 정도로 불안했다. 하지만 역천마제의 용무는 거기서 끝이었다.

"소리마제의 자리는 아직인가?"

"혈수문이 끝내 제안을 거부했습니다."

"음……."

혼현마제의 대답에 역천마제의 눈썹이 꿈틀거렸다.

이 자리에서 처음 있는 표정 변화라, 혼현마제는 긴장한 얼굴로 그에게서 눈을 떼지 않았다.

잠시 후, 차 한 모금을 마신 역천마제가 덤덤하게 말문을 열었다.

"본 성의 권위를 무시한 자들에게는 마땅한 대가가 필요하지. 독부."

"예."

"모두 죽여라."

"충!"

하늘을 거부한 자들에겐 세상을 빼앗으면 그만이다.

그게 귀천성의 결정이었다.

"암림혈귀갑은 아직 팔현성의 소임이 끝나지 않았다. 혼현, 다른 대체자를 찾아라."

"존명."

역천마제의 명에 혼현마제가 고개를 숙였다.

팔현성.

역천마제의 천살성을 감싸고 있는 여덟 별의 운명을 타고 난 자들에게는 그에 마땅한 소임이 있다는 것이 역천마제의 주장이었다. 그리고 혼현마제는 역천마제의 주장에 완전히 동의하는 편이었다.

'다들 아직 역할이 끝나지 않았지.'

혼현마제의 눈이 마제 후보로서 자리에 함께한 어린 소녀를 향했다.

퍼-엉.

"진화야!"

남궁진혜가 건희전을 뛰어 들어왔다.

"흐음음!"

동 태감이 헛기침 소리를 내며 남궁진혜에게 눈치를 주었지만, 남궁진혜는 눈치조차 자기가 받고 싶을 때만 받는 사람이었다.

"아, 동태, 미안."

"동태라니요! 성이 동이고, 직책이 태감입니다!"

"아, 미안, 미안."

남궁진혜가 건성으로 사과하자, 동 태감의 한숨 소리가 커졌다.

그날 연회 이후, 건희전에서 남궁세가 사람들은 손님에서 사고뭉치들로 격하되었다.

물론 그걸 신경 쓰는 사람은 아무도 없었다.

진화부터가 남궁진혜나 남궁구, 남궁교명이 무얼 하든 신경 쓰지 않았기 때문이다.

"누님!"

진화는 다짜고짜 문을 박차고 들어오는 남궁진혜를 반갑게 맞았다.

남궁진혜는 그런 진화를 향해 활짝, 평소보다 더 활짝 웃었다.

"정의맹으로 돌아가자! 드디어 환마제를 따라 하는 쌍년의 꼬리를 밟았대!"

남궁진혜의 말에 진화도 기뻐했다.

다만, 마음 한구석에 드는 찜찜함은.

"누님, 적호단으로 가는 게 좋은 거야, 환마제를 따라 하는 쌍년을 잡으러 가서 좋은 거야?"

"둘 다!"

남궁구의 물음에 남궁진혜가 씨익 웃으며 답했다.

'둘 다.'

진화는 속으로 그 대답을 내내 곱씹었다.

떨칠 진振 불 화火 : 시궁창의 사람들

죽간이 숨 막히게 쌓여 있는 장 하나, 촛불을 켠 등 하나, 책장과 탁자, 붓 통 하나도 허투루 만들어진 것이 없는 세상에서 가장 귀한 방.

그중에서 가장 눈길을 끄는 것은 금으로 장식된 용이 어깨 장식을 물고 있는 화려한 의자.

오직 천하에서 단 한 사람, 황제만이 앉을 수 있는 의자였다.

"죽이지 않고 참았다라……."

황제가 문서를 보고 있던 고개를 들어 눈앞의 노인을 보았다. 늙은 내관은 안광이 번뜩이는 황제의 눈빛에도 덤덤하게 고개를 숙이고 있었다.

"그다지 참을성이 많은 놈이 아니었어. 아니, 참아 주지 않는 놈이었지. 이황자가 왜 그런 것 같던가?"

"……."

오랜 세월 황제를 모셔 오면서, 엄 태감은 황제의 질문이 가끔은 대답을 요구하지 않는 것도 있다는 걸 알았다.

"이제 겨우 두 번 얼굴 보는 이복형제에게 정이 있을 리 만무하고…… 눈치를 보던가?"

"그건 아니었습니다."

"아니라?"

"눈치를 본다기보다 아예 무신경한 쪽에 더 가까웠습니다. 이번 독살 시도도 그렇고, 이황자님께서는 본인이 진짜 위협으로 느끼지 않는 한 본인의 위험에 대해 무섭도록 무감하신 듯합니다. 동 태감의 걱정이 이만저만이 아니더군요."

"그렇다고 뒷일을 두려워할 놈은 더더욱 아니지."

황제의 눈빛이 조용히 가라앉았다.

"황후도 그렇고, 다른 사람들의 일에 너무 신경을 써. 혹시 남궁세가에서 그놈을 키우면서 은연중에 은혜 갚기를 강조한 걸까?"

황제가 이상하다는 듯 물었다.

진심 한 톨 들어 있지 않은 질문이라 엄 태감도 농담으로 듣고 웃어넘겼다.

"거긴 누가 봐도 팔불출이죠. 하지만 이황자님 본인이 그런 강박을 가지고 있는 건 확실합니다."

"날 닮았다면 그렇게 착한 놈은 아닐 텐데……."
황제가 이상하다는 듯 고개를 갸웃거렸다.
"그런 것 외에는 무척 영리하십니다. 상황을 유리하게 끌어갈 줄 아시고 적절히 상대를 겁박할 줄도 아시고……."
"싸울 줄 아는 놈이지."
비로소 황제의 입가에 미소가 맺혔다.
이제야 겨우 하나, 마음에 드는 놈이 나타난 것이다.
"이황자도 후보에 올린다."
"폐하께서 원하신다면……. 그런데 황자님이 원하실지 모르겠습니다."
"하! 이 자리가 본인이 원하면 앉고 원하지 않으면 거부할 수 있는 그런 자리 같은가?"
엄 태감의 염려에 황제가 코웃음을 쳤다.
엄 태감이 걱정하는 건 '그러다가 이황자가 황궁으로 안 올지도 모른다.'는 것이었지만, 황제는 그에 관해서는 눈곱만큼도 걱정하지 않는 듯했다.
"이 자리를 하늘이 내려 준다는 건 전부 개소리다. 어쩔 수 없으니까 하늘 탓을 하는 거지. 남궁세가에 하남 조씨에 황후까지, 제 놈에게 줄줄이 딸린 식구들 목숨이 전부 걸렸는데 제 놈이라고 방법이 있을까! 나라고 좋아서 이 자리 앉았겠나?"
황제가 지금도 분통이 터지는 듯 책상에 쌓인 문서들을 노려보았다.

매일매일 격무에 시달리고, 필 획 하나에 백성들 수천 명의 목숨이 왔다 갔다 하는 끔찍한 책임감이 따른다.

사랑하는 여인과도 함께할 수도 없다. 빌어먹을 황궁의 법도는 황제의 잠자리 순서까지 정해 놓았으니까.

함부로 호불호를 드러내거나 균형을 깨 놓을 수도 없었다. 인간의 욕심은 놀랍도록 끝이 없어서 황제가 중심을 잃는 순간 신료들이 흐트러지고 그 아래 백성들은 순식간에 도탄에 빠질 수 있으니까.

사실 다른 사람들이야 어찌 되어도 좋다 싶을 때도 있었다. 하지만 당장 수십만, 수백만 군사를 부리는 권력을 놓았다간 그 군대가 제 사람들을 노릴 것을 알았기에 어쩔 수 없는 노릇이었다.

"살려면, 살리고 싶으면 앉아야지! 나도 살려고 앉은 자리다. 이놈의 피가 뭔지 반쪽만 빼낼 수도 없고. 줄줄이 엮인 놈들이 다 죽을 판이니, 나도 어쩔 수 없어서 이 망할 시궁창을 헤치고 앉은 자리란 말이다."

황제는 용상을 빗대어 '냄새나는 시궁창에서 홀로 번쩍이는 자리'라 말하길 서슴지 않았다.

"밖에서 보기에 황제는 편하게 앉아서 말만 씨부리고 하는 일은 없어 보이는 모양이야. 어미들 손에 던져 놓은 황자 놈들이 한결같이 그렇게 크는 걸 보면."

황제가 다른 보고서를 손에 들고 미간을 구기며 구시렁거렸다. 그 모습을 보며 엄 태감이 씁쓸한 표정을 지어 보였다.

황제가 안타까워서가 아니라, 황제가 방금 든 보고서 때문이었다.

“삼황자는 견뎠고, 오황자와 칠황자는…… 이런! 오줌까지 지렸어?”

“칠황자께서는 아직 어리시니까요.”

“아무리 어려도! 이런 젠장! 울고불고 생지랄도 모자라서, 이놈이 황좌에 올랐다간 역사에 오줌싸개 황제로 비웃음을 당할 판이군. 허어, 쯧! 나이가 어리든 어떻든, 판을 걸었다가 졌으면 죽어야지.”

황제가 보고서를 엎었다.

“오황자와 칠황자는 성인이 되는 대로 궁을 내보내겠다. 죽고 싶지 않으면 최대한 멀리 가라지.”

두 황자의 탈락이 결정되었다.

황제는 두 아들의 길을 잘라 버리고도 아무렇지 않은 얼굴로 다음 보고서에 눈을 돌렸다.

엄 태감은 그런 황제가 잔인하다고 생각하지 않았다.

괜한 가능성을 남겨두는 것이야말로 앞으로 두 황자의 목숨을 위태롭게 할 것임을 알았기 때문이다.

“사황자는?”

“방관 중이었습니다.”

"여우 같은 놈. 제 어미 손에 동생을 던져 놓고 일찌감치 떨어져 나올 때 알아봤지."

황제가 웃음을 흘리며 말했다.

언뜻 말만 들으면 사황자를 비난하는 듯했지만, 실제로는 그렇지 않았다. 오히려 일찌감치 어미의 치마폭에서 벗어난 기지를 높이 사고 있는 편이었다.

똑똑하게 자라기보다 착하게 자랐으면 하는 것이 부모의 마음이라지만, 황제는 부모의 마음만으로 자식을 바라볼 수 없었다.

"허미인이 사황자에게 손을 뻗치지 못하도록 계속 감시하고, 사황자가 이번 민란을 처리하는 데 어떤 태도를 보이는지 지켜보지. 위장군의 수작에서도 벗어날 수 있으면, 그놈의 기지를 인정해 주도록 하지."

"예."

이제 자식들, 아니 황자들에 대한 일은 끝이 났다.

앞서 탈락한 육황자와 함께 두 명의 황자가 더 탈락하고, 한 명의 황자가 더 평가대 위에 올랐다.

황제 자신의 손으로 자신들을 올리고 떨어뜨렸지만, 그들 하나하나에 애정이 없는 것은 아니었다.

하지만 지금부터 올라오는 이야기는 달랐다.

황제의 눈동자 속에 시퍼런 날이 선 듯 번뜩였다.

"건희전의 일은 어떻게 되었지?"

"황후궁에서 독을 넣은 자를 잡아다 심문을 하고 있다고 합니다."

"허미인이 이번에는 선을 넘었어. 계집들 몇 죽이는 것하고 내 자식을 건드리는 건 다르지."

황제는 벌써 마음속에 있는 칼을 휘두른 듯 서늘했다.

살을 섞고 자식을 낳은 여인에 대해 말을 하는데도 감정 한 톨 남지 않은 듯 냉정했다.

"황후마마께서 단단히 화가 나신 듯합니다. 하남 조씨에서도 독의 출처를 알아보려 움직이고 있습니다."

그날, 조용히 지나가겠다는 황제에게 황후는 처음으로 원망을 뱉었다. 진화를 잃어버렸을 때조차 뱉지 않았던 원망이었다.

사랑하는 여인과 낳은 자식, 잃어버렸다가 겨우 되찾은 자식.

황제라고 가슴이 아프지 않은 게 아니었다. 황제라고 심장이 철렁 내려앉지 않은 건 아니었다.

탕!

황제가 탁자를 내리쳤다. 황후의 원망 못지않게, 황제도 자신에게 화를 내고 있었다.

"대체! 허미인이 쓰는 독이 어디서 나왔는지 알 수가 없어! 후궁들은 물론이고 신료들 사이에서 일어나는 변고에도 그 독이 쓰였어! 멍청하고 순진한 허미인과 대사마가 그렇게 교묘하게 신료들을 압박하고 여론을 움직일 순 없다. 분명 뭔가, 다른 놈들이 있는데……!"

"현재로는 연결된 끈이 허미인과 대사마 쪽뿐이니까요. 이번에는 이제까지와 다릅니다. 놈들이 실수를 한 건지, 자리를 비워 그렇게 된 건지, 이전과 달리 꼬리가 밟혔으니까요."

"사람은 붙여 놓았겠지?"

"물론입니다. 허미인과 대사마 쪽으로 궁과 관련 없는 아이들로 붙였습니다."

"이번에야말로 놓치지 마라."

"예, 폐하."

황제의 명에 엄 태감이 깊게 고개를 숙였다.

"허미인전의 궁인들을 갈아치우는 건?"

"황후께서 궁인들을 아끼시지 않습니까."

황제의 물음에 엄 태감이 난감한 표정을 지으며 고개를 저었다.

황제는 허미인의 감시를 위해 궁인들을 교체하기를 바랐지만, 이는 황후의 반대로 이뤄지지 못했다.

허미인을 끌어내리면 그 아래 궁인들도 모조리 죽는다.

황후는 허미인의 손발이 되어 죄를 지은 이들 외에 다른 희생자가 나오는 걸 원치 않았다.

내명부는 황후의 관할이고, 황제는 평생 황후를 이겨 본 적이 없으니. 황제도 엄 태감을 탓하진 못했다.

"대신 황후께서 영수전을 고립시키신다 합니다."

"그래? 대사마 측은?"

"지금은 전쟁 준비에 여념이 없습니다."

대답을 하는 엄 태감의 입가에 비소가 맺혔다.

미친 딸년은 천방지축으로 날뛰고, 그 딸이 꼬리가 밟혔는데 아비는 다른 곳에 정신이 팔렸다.

아무리 보아도 허미인과 대사마는 황제가 서슬 퍼렇게 눈을 붉히는데 증거 하나 남기지 않고 일을 처리할 위인들이 못 되었다.

황제의 평가 역시 다르지 않았다.

"젠장! 그 쥐새끼가 어디에 숨었는지 기가 찰 노릇이군."

처음에는 그리 똑똑하지도 않은 대사마가 기가 막히게 줄을 잘 서서 살아남는다고만 생각했다.

그런데 포용력도 재력도 없는 가문이 사람들을 끌어모으고, 아비와 딸이 합심해서 궁 안팎에 저들보다 나은 호족과 그 가문 여인들을 모조리 죽이더니, 끝내 대사마 자리까지 올라 낙양 호족들의 구심점이 되었다.

전혀 생각지도 못한 일이었고, 지금도 그들의 능력으로 가능한 일이라 믿지 않았다. 오히려 방심하고 있던 자들이라 이상함을 늦게 알아차린 격이었다.

"사황자의 주변을 살펴라. 대사마가 붙여 준 인물의 감시도 놓치지 말고."

“예, 폐하.”

벌써 수십 년째 진척이 없던 일에, 이제 겨우 그림자 하나 밟았을 뿐이다.

황제는 조급해지려는 마음을 가라앉히고 크게 그림을 그렸다. 그는 아직 젊고 건강하며, 후사를 논하기엔 아직 이른 감이 있었으니까.

“열양공주가 아파서 연회에도 참석을 못 했다고?”

“열병이 심하셨다 합니다.”

“어의를 보내 주고 약을 좋은 걸 써 주거라.”

“예, 폐하.”

황제가 아비로서 할 수 있는 전부였다.

“참, 조 태사에게 일러 다음에 이황자가 오면, 글공부를 빙자해서 제왕학을 가르치라고 해.”

“……예, 폐하.”

엄 태감은 다음번에야말로 이황자가 황궁으로 오는 걸 거부할지도 모른다고 생각했다.

역천마제의 명으로 신 제국을 떠나기 전.

독부 은요가 혼현마제를 찾았다.

얼굴이라도 보고 떠나려고 들른 길.

혼현마제의 곁에 반갑지 않은 소녀가 있는 것을 보고 독부의 눈매가 대번에 가늘어졌다.

헐벗은 것이나 다름없는 차림으로 저를 향해 생긋 웃는 것을 보며, 독부가 눈살을 찌푸렸다.

달그락.

'죽여 버리고 싶은 년!'

독부가 손톱끼리 긁어내리며 소녀에게서 억지로 눈을 돌렸다. 그리고 중요한 용무라도 있는 듯 혼현마제에게 말을 걸었다.

"가가, 죽간이 어떻게 주군의 손에 들어갔는지 알아내셨어요?"

죽간 따위 사실 독부에겐 전혀 중요하지 않았고, 관심도 없었다.

단지 혼현마제가 중요하게 생각하니까.

이렇게 말을 걸면 혼현마제가 고개를 들어 저를 봐 주니까 꺼낸 말이었다.

아니나 다를까, 혼현마제가 독부에게 눈길을 주었다.

그것만으로도 독부의 얼굴에 화색이 돌았다.

"광마제가 주군을 뵙고 난 다음에 주군 손에 그게 들어갔으니, 전해 준 사람이야 뻔하지. 문제는 그게 어떻게 광마제의 손에 들어갔는가인데, 아무리 뒤져도 이쪽에는 빈틈이 없어. 내 편에 첩자가 없다면, 놈이 광룡귀면대를 완성했다는 게 가능성이 높겠지! 내 거처에 감히 쥐새끼를 보낼 정도로……!”

혼현마제가 광마제를 생각하며 이를 갈았다.

그에 독부가 다정하게 혼현마제의 어깨에 손을 올리며 속삭였다.

“그러고 보니 고양이 가면을 쓰고 다니는 놈들이 눈에 띄더군요. 뭣하면 내가 죽여 줄 수 있어요.”

“안 돼. 너는 주군의 명을 따라 황도로 가야 한다.”

“하지만…….”

“됐다. 어찌 되었든 이걸 다시 내 손에 쥐여 준 것을 보면 주군께서 이 문제를 덮어 두겠다는 의미이니까.”

혼현마제가 독부의 말을 자르고 그 문제를 끝맺었다.

역천마제가 넘어가기로 한 것을 괜히 들쑤셔서 문제를 만들 필요는 없었기 때문이다.

게다가 당장 급한 문제는 그것이 아니었다.

“수오야, 의선문에 알아보라고 시킨 건 어찌 되었지?”

“예, 스승님. 홍랑대부가 아직 남아 있다는 것까지는 알아냈는데, 다른 건 알아낼 수가 없다고 합니다. 의선문의 방비를 군사부에서 직접하고 있다고 합니다.”

“군사부? 제갈 가주 그놈이 직접 나섰다고?”

혼현마제가 제갈가주를 떠올리며 미간을 일그러뜨렸다.

‘뭔가 있다. 뭔가 중요한 것이 있는 거야! 그게 아니라면 그 효율적이고 교활한 인간이 의선문 방비에 직접 나설 리가

없다!'

불길한 예감이 계속 혼현마제에게 경고를 보냈다.

혼현마제는 이 경고를 무시하지 않았다.

"의선문이 안 된다면 사패천에 사람을 보내라. 사랑탑을 닫지 않는 이상 첩자를 완전히 막기는 힘들지. 한수림이 어찌 되었는지, 그쪽을 알아 와라."

"예."

혼현마제의 명에 수오가 고개를 숙였다.

'왜 이렇게 의선문 쪽 일에 집착하는 거지? 가짜 역천비록을 만든 것보다 더 중요한 문제가 거기 있는 건가?'

고개 숙인 아래로, 수오가 눈을 반짝였다.

혼현마제의 명을 받은 수오가 나가고, 잠시 후 혼현마제마저 신 제국의 일로 조정에 불려 갔다.

독부 은요가 그 모습을 보며 아쉬움을 감추지 못했다.

"아이, 참, 이제 가야 하는데……."

이제 곧 떠나야 하는 독부가 혼현마제와 오붓하게 시간을 보내지 못해 속상해하는데, 옆에서 웃음이 터져 나왔다.

"풋!"

소녀가 독부를 향해 웃음을 흘린 것이다.

스-윽.

독부의 고개가 천천히 돌아갔다.

"……네가 웃은 거니?"

서늘한 목소리.

그보다 더 서늘한 기운이 소녀를 향했다. 하지만 소녀 또한 이전의 그 힘없고 비루한 겁쟁이가 아니었다.

“흥! 웃기니까 웃었죠. 혼자 안달하는 꼬락서니가 안 웃겨요?”

“허! 이것 봐라?”

독부가 코웃음을 치며 소녀에게 다가갔다.

요염한 얼굴과 육감적인 몸에서 숨이 막힐 듯한 살기가 뻗어 나왔다.

“으, 읏……!”

소녀가 창백한 얼굴로 주춤주춤 물러섰다. 소녀가 강해지긴 했지만, 그렇다고 독마제에 맞설 정도는 아니었다.

다만 독마제가 저를 죽일 수 없다는 것을 아니 그것을 믿고 자존심을 부려 본 것뿐이었다.

“나, 날 상하게 하면 혼현마제 님께서 가만 안 있으실 거예요!”

“호오, 그러면 안 되지…… 나도 알아.”

소녀의 협박이 가소롭다는 듯, 독부가 요염하게 웃으며 소녀의 얼굴로 손을 가져갔다.

달그락.

소녀의 눈앞에서 손톱끼리 부딪치는 소름 끼치는 소리가 나더니, 곧 날카롭고 섬뜩한 손톱이 소녀의 얼굴을 쓸어내렸다.

"잘해. 우리 가가의 마음에 들게. 단, 가가에게 꼬리 치진 말고. 그랬다간 다음번엔 내 손톱이 간지럽게 지나가지만은 않을 테니까. 가가의 일을 하는 데에 예쁜 얼굴은 필요 없잖아. 안 그래?"

"흐읏……!"

숨이 막힐 듯한 살기와 함께 눈앞에서 얼굴을 건드리는 검은 손톱에, 소녀는 겁에 질린 듯 금세 눈이 촉촉해졌다.

겁에 질린 소녀의 얼굴이 마음에 든 듯, 독부가 손톱으로 소녀의 얼굴을 톡톡 두드려 준 뒤 물러섰다.

"다음에 또 보자. 그때도 네가 있을지 모르겠지만. 호호호호호!"

독부가 요란한 웃음소리를 흘리며 집무실을 나갔다.

그 모습을 소녀가 매서운 눈으로 노려보았다.

황후의 당부에 일일이 고개를 끄덕이고, 동 태감의 눈물 콧물에 도망치듯 궁을 나왔다.

황제의 의미심장한 눈초리는 이미 진화의 뇌리에 없었다.

진화와 남궁진혜, 구, 교명은 청화상단에서 가장 빠른 배에 올라탔다.

"이번에 죽이면 끝인가?"

"글쎄다. 적어도 겨우 걸음마나 하는 놈을 데려와 다시 환마제로 만들지는 못하겠지."

"운명의 중첩이라는 게, 마제와 제물한테만 해당하는 것도 아니라며."

"마제들끼리…… 역천마제와 광마제, 나와 현오도 얽혀 있다는군."

"놈들도 그걸 알까?"

"알겠지."

"그런데 둘이 한편이라고? 서로 죽고 죽일 수 있는데?"

"그러고도 한편일 수밖에 없는 이유가 있는 거겠지. 운명의 중첩에 대해서는 아직 밝혀낸 것이 거의 없으니까."

진화의 말에 남궁구와 남궁교명이 신기한 듯 진화를 보았다. 그 운명에 따르면 진화와 현오도 서로 죽고 죽이는 운명일 수 있다는 건데, 진화가 너무 남의 말을 하듯 덤덤한 것이 신기했기 때문이다.

"현오와 좀 껄끄럽지 않겠어?"

남궁구가 조심스럽게 물었다.

그러자 진화가 픽- 하고 실소를 뱉었다.

"그 만두쟁이랑?"

"하긴. ……그런데 그놈도 도련님이랑 같은 말을 하지 않았을까?"

"……."

남궁구의 날카로운 반문에 진화가 입을 닫았다.

대신 다른 쪽으로 화제를 돌렸다.

"분명한 건, 이전의 그자처럼 지금의 환마제도 완전하지 못하다는 거야. 우리는 이번 기회에 환마제를 죽이는 데 집중하면 된다."

죽일 수 있는 놈들부터 죽여 나간다.

어찌 되었든 역천성을 보필하는 팔현성의 숫자가 줄어든다면 놈들이 곤란해질 터였다.

정의맹에서 내린 판단도 진화의 생각과 같았다.

"다행인 건, 이번 일도 우리 적호단이 맡을 거라는 거지. 전투가 격해지고 있는 곳들이 있어서 현무단과 주작단, 청룡단이 모두 나간 모양이야. 다만 늦게 오면 우리만 두고 출발한다니까……."

"어떻게든 빨리 가서 절대로 빠지지 말아야지."

"돌아가는 일정을 알아 놓겠습니다."

남궁구와 남궁교명이 드물게도 적극적이었다.

이전에 진짜 환마제와 붙었을 때, 두 사람은 실력이 되지 않아서 진화와 환마제의 싸움에 끼어들 수 없었다.

그게 아직까지 마음에 남아 있는 듯 남궁구와 남궁교명은 벌써부터 흥분해 있었다.

"우리도 그때와 다르다고."

"이번엔 확실하게 공자님을 보필하겠습니다."

남궁구와 남궁교명이 자신감 가득한 눈을 빛내며 말했다.

두 사람의 모습에 진화가 슬쩍 웃었다.

진화에겐 두 사람이 곁에 있다는 자체가 이전과는 달랐다.

'이전 삶과도 다르다!'

자신의 옆에 믿을 수 있는 사람들이 있다는 것도 그렇지만, 이전 삶과 비교한다면 군사부의 움직임이나 정의맹의 전력, 정사연합과 제국의 모습이 모두 달랐다.

남궁진휘를 살리고 남궁구와 남궁교명과의 관계를 바꾸는 것을 시작으로 사패천을 돕고 천수현인을 살린 것까지, 모두 진화가 만들어 낸 변화였다.

무엇보다 지금의 무위라면, 적어도 광마제에게 허무하게 지지 않을 것이었다.

'환마제를 죽이고 역천비록의 비밀까지 풀어낸다면, 놈을 죽인다. 그리고 귀천성을…… 이긴다!'

어쩌면 이전 생에 꿈꿨던 모두와 함께하는 평화로운 미래도 만들 수 있을지도 몰랐다.

죽을 각오로 정의맹으로 가던 이전과 달리, 정의맹으로 돌아가는 진화의 얼굴에도 자신감이 가득했다.

진화 일행의 배가 포구에 닿자마자, 적호단이 배에 올랐다.

"어라? 부단주님!"

"뭐야? 나 보고 올라온 거 아니야?"

적호단원들이 놀란 얼굴로 남궁진혜와 진화 일행을 알아보고, 남궁진혜 역시 자신들을 보고 놀라는 적호단원들을 의아한 듯 보았다.

"후우, 이번엔 저 골칫덩어리들을 놔두고 갈 수 있을 줄 알았는데."

적호단주 팽치가 고개를 돌려 한숨을 쉬는 것을 보자면, 결코 남궁진혜와 진화 일행을 만나려 한 의도는 아니었던 건 확실했다.

"여, 남궁……!"

"오! 그대여, 이제야 내 눈의 평화와 안정, 번영이 돌아오는 듯하오!"

현오가 반가운 표정으로 손을 들기도 전에, 나하연이 양손을 벌리고 진화를 맞았다.

나하연은 그동안 찝쩍거리지 못한 만큼 마음껏 찝쩍거려 보겠다는 듯, '그대를 보자니 이제야 내 폐에 맑은 공기가 들어오는 듯하군. 그대와 같은 공기로 숨을 쉬어서 그런가?' 혹은 '그대가 돌아오니 비로소 세상이 밝아 오는군. 역시 내 세상을 밝히기엔 해만으로는 부족한 듯하오. 이미 그대를 봐 버렸으니까.' 따위의 헛소리를 늘어놓았다.

그런 나하연의 뒤로 현오와 팽가 형제, 당혜군 그리고 제갈상과 관서겸이 일그러진 얼굴로 고개 젓고 있었다.

일상적이고 친근한 광경.

친우들이라 표현해도 될까.

관도생들이 보여 주는 풍경과 유치찬란한 상황에 진화는 저도 모르게 환하게 웃고 있었다.

이제야 자신이 있어야 할 곳에 돌아온 느낌이었다.

"너희는 이전과 마찬가지로 적호단 신쌩 씨-입 조로 움직이고, 조장은 계속 남궁진화! 불만 없지?"

적호단주가 눈을 부라리며 말했다.

특정 발음에서 말투가 몹시 공격적인 것이, 이젠 따로 말을 하지 않아도 '사고치지 마라.'라는 환청이 들리는 듯했다.

하지만 진화 일행도 적호단과 함께한 지 벌써 이 년째라, 배 위에 오르자마자 능숙하게 전투준비에 들어갔다.

"흐흐흐, 황궁에서 맛있는 건 많이 먹었나? 황궁의 숙수들이 만드는 건 좀 다르겠지?"

현오가 진화의 옆으로 와 능글맞게 물었다.

고작 며칠 떨어져 있었을 뿐인데, 오랜만에 만난 듯 반가웠다. 참 신기한 일이었다.

진화 자신과 서로 죽고 죽이는 운명을 타고났다는 천살성의 존재.

제물 양육실에서부터 생사고락을 함께했지만, 그땐 현오

가 어찌 되든 무관심했다. 이전 생에도 현오나 역천마제의 제물에 대해 알아볼 생각을 하지 않았다.

현오 또한 저 못지않게 어려운 삶을 살았을 텐데.

그런데 현오와 이렇게 우연히 만나서 친우(親友) 같은 관계를 맺다니, 운명이라는 게 사실은 아무것도 아닌 게 아닐까.

현오를 보자면 그런 생각이 들었다.

"도대체…… 뭘 먹으면 고작 며칠 만에 그렇게 살이 찐 거지?"

"앗! 티가 나나? 승정방에서 일 년에 가사를 두 벌씩 해 먹는 놈은 나밖에 없다고 구박이 장난이 아닌데! 아, 이번에는 어쩔 수 없었네. 또 환마제의 미혹에 당할까 봐 걱정된다고 해서 불마동에 들렀다 왔단 말이네."

현오는 환마제의 악몽에 당하고도 멀쩡하게 깨어났다.

현오에게 악몽은 소림의 불마동이기 때문이었다.

불마동에 들어가는 건 그만큼 현오에게 고통스러운 일이었다. 하지만 이번에 환마제의 후예로 보이는 자를 죽이러 간다는 말에, 소림에서는 현오가 걱정되었던 모양이었다.

현오는 악몽이 될 정도로 싫어하면서도 얌전히 불마동에 들어갔다. 불마동을 끔찍하게 싫어하는 것보다 소림을 더 사랑했기 때문이다.

"미안하다."

"음?"

진화는 현오를 보다 불현듯 마음에 걸렸던 사과를 전했다.

지난날, 홍의생 때 습격을 받아 소림에 큰 희생이 있었을 때에 원통하게 울던 현오가 생각났기 때문이다.

이전 생의 습관대로 진화가 정도 무림 동료들의 죽음을 가볍게 생각할 때였다.

고의로 죽게 내버려 둔 것은 아니었지만 그다지 필사적이었던 것도 아니라, 진화는 현오가 소림을 얼마나 사랑하는지 이해하게 된 만큼 그때의 일에 미안함을 느꼈다.

"하하하! 뭘 사과까지야, 괜찮네. 사실 불마동에 들어갔다 오면 사부님이 아무리 먹어도 눈치를 안 주시거든. 그것 때문에 살이 찐 것이니!"

"……."

소림보다 고기를 사랑한다고 해서 소림을 사랑하지 않는 건 아닐 테니까. 다만 현오에 대한 진화의 애정은 순식간에 식어 가는 듯했다.

"뚱뚱땡중!"

"우아악!"

"잘 있었나? 물어보나 마나군. 이 얼굴에 기름기 좔좔 흐르는 것 좀 보소!"

"뒤통수에 만두가 하나 더 붙었군. 대체 뭘 하면 뒤통수에 살이 찌는 건가?"

남궁구가 반가움에 현오의 등에 올라타고 남궁교명이 현

오의 접힌 뒤통수를 보며 혀를 찼다. 곧 팽가 형제가 다가와 남궁구를 한 손으로 들어 현오를 구해 주었다.

"그 덩치로는 남궁구가 아무리 깔아뭉갠들 죽지도 않을 텐데 뭣 하러 구해 줘?"

"집요한 여자는 인기가 없지."

"이 씨, 그런 너는!"

"나는 나하연. 포기를 모르는 여자지."

당혜군과 나하연이 자연스럽게 다가와 싸우고, 일행보다 조금 늦게 준비를 마친 제갈상과 관서겸이 다가왔다.

크고 깊은 동굴 안.

스르렁, 스르렁.

수십 명의 사람들이 거대한 바위를 굴렸다. 거대한 바위가 굴러가면서 바닥에 있던 단단한 돌에 조금씩 흠이 갔다.

그렇게 점점 흠이 쌓이면서 깊은 홈이 파였다.

"서둘러야 합니다. 천신의 시간이 얼마 남지 않았습니다."

"힘내십시오! 아무런 대가 없이 하늘의 제국에 오를 수는 없습니다!"

"성녀께서 여러분을 지켜보고 있소!"

하얀 옷을 입은 사제들이 사람들을 독려하고, 바위를 굴리는 사람들은 힘든 내색 없이 열심히 몸을 움직였다.

그 모든 광경을, 절벽같이 높은 제단 위에서 혼현마제와 성녀라 불리는 소녀가 지켜보고 있었다.

혼현마제는 날카로운 표정으로 역천대법을 위한 진을 그리는 작업을 지켜보는 중이었다.

"대법을 위해서는 한 치의 오차도 없어야 한다."

"저 사제복을 입은 술법가들은 다 진짜예요?"

"……."

혼현마제가 영 딴소리를 묻는 소녀를 천천히 돌아보았다.

고개를 천천히 돌리는 것부터 칼날처럼 소녀를 벨 듯이 쏘아보는 눈빛까지.

"아, 아니, 처음 보는 사람들이 너무 익숙해서……."

소녀가 잔뜩 겁을 먹은 얼굴로 혼현마제의 시선을 피했다.

혼현마제는 철없는 아이처럼 입술을 삐죽 내미는 소녀를 향해 으르렁거리듯 목소리를 낮추었다.

"귀천성이 뭐 하는 곳 같으냐. 너 같은 거지 계집을 데려다 밥 먹여 주고 귀한 옷감으로 몸을 휘감아 주는 곳? 정신 차려라! 귀천성은 하늘을 바꾸고 세상을 뒤집기 위해 수십 년 동안 싸워 왔다. 너는 운이 좋아 그런 곳에 발을 들일 기회를 얻은 것이고. 아니면…… 너도 저들처럼 대가를 치를 테냐?"

"아니오! 잘못했어요! 제가 잘못했어요!"

그때.

누군가 잔뜩 얼어붙은 그들에게로 다가왔다.

"혼현의 말대로만 해라. 그러면 네가 잘못할 일은 없을 테니까."

큰 키와 긴 팔다리, 한쪽 얼굴을 긴 머리카락으로 가린 삼십 대 후반쯤으로 보이는 젊은 사내였다.

"검마."

"파군의 병력 이동이 지체되는 바람에 조금 늦었다."

검마 백천흠.

역천마제를 지키는 귀천검의 소유자로서, 수십 년 전의 전쟁에서 약관도 되지 않은 나이로 옥허신검의 좌수를 베어 낸 무림삼대 검주 중 일 인. 역천마제가 '재능 하나만을 두고 말하자면 자신을 뛰어넘을 것이다.'라고 말했던 괴물이었다.

옥허신검의 좌수를 베어 내며 얻은 부상으로 그 또한 오랫동안 좌활백설옥의 신세를 져야만 했지만, 이제 겨우 마흔도 되지 않은 나이.

혼현마제는 신체가 완성되고 세월에 무르익은 검마의 무위가 짐작이 되지 않았다.

"파군의 병력 배치는 완성되었는가?"

그곳의 역천진 또한 혼현마제가 직접 총괄했다.

남은 것이 있다면 오직 역천대법을 실행하는 데에 필요한 '제물'이었다.

"혈마제가 힘을 찾는 데에는 무리가 없을 거다. 이곳은?"

"보다시피 차질 없이 진행 중이다."

혼현마제가 거대한 바위가 굴러가는 현장을 눈짓하며 말했다.

그에 고개를 끄덕인 검마가 조용히 있던 소녀를 보았다.

"네가 성공한다면, 우리는 다시 팔현성을 완성할 수 있겠지. 너는 새 하늘의 가장 위대한 여덟 별 중에 하나가 되는 것이다."

검마가 말하는 위대한 별 따위 소녀에게 와닿지 않았다.

다만 그만큼 중요한 자리라면 지금보다 더한 부귀영화가 있겠구나 짐작할 뿐이었다.

"저 바닥에 깔린 흙은 죽은 자들의 피와 원한이 깃든 독이다. 너는 만인의 독과 만인의 피를 받아들이는 만인의 악기(惡器)가 될 것이다."

"반드시 해내겠습니다."

소녀가 결의에 찬 얼굴로 대답했다.

소녀는 악기가 되든, 쓰레기통이 되든 상관없었다.

그게 무엇이든 시궁창으로 다시 돌아가는 것보다는 훨씬 나았으니까.

장기군은 파군과 함께 신 제국과 한 제국의 경계에 있는 곳 중에서도 독특한 곳이었다.

땅은 한 제국의 소속이었지만 물자의 유통 면에서 신 제국과 거래가 많은 곳으로, 저자에서 먼 관문을 다니는 한 제국 군사들과 신 제국 상인들을 동시에 볼 수 있었다.

전쟁 중인 제국들 사이의 접경지라 언제 불타 없어질지 모르는 동시에 상인들의 활동으로 몇몇 마을이 매우 번성한, 부나방처럼 화려하고 위험한 곳이었던 것이다.

"북회군 소속 군사들이 있지만, 마을의 치안은 대부분 상인회에서 고용한 자경단이 암묵적으로 전담하고 있습니다. 다행히 그 상인회가 정의맹에 우호적이고요."

"상인회에서 사람을 보내 준다고?"

"예. 마을에 있는 현학문 소속 학자와 만나야 하는데, 그곳까지 안내해 준다고 합니다."

남궁진혜의 보고에 적호단주가 고개를 끄덕였다.

현학문은 십이좌회에 소속된 곳 중 월하회와 함께 이름이 알려진 곳으로, 정의맹에서 장안에 남겨진 역천대법의 흔적을 연구하는 데에 도움을 요청한 바 있었다.

'현학문?'

진화는 두 번째로 그 이름을 들었지만 처음에는 그저 예사로 듣고 흘려 넘겼다.

하지만 마침 황도를 다녀와서 그런가.

하남 조씨 가문의 장원과 같은 이름에 귀가 솔깃했다.

'우연이겠지.'

진화가 이내 고개를 저었다.

하남 조씨에게 내려진 현학(賢學)장원이라는 이름은 외조부가 황제의 태사로 있었기 때문이었다. 게다가 외조부와 외숙인 사례교위는 무림과 어떤 인연도 없어 보였고, 무림에 대해 전혀 알지도 못했었다.

귀천성과 치열한 전투를 치르며 중원을 구한 십이좌회라니, 전혀 맞지 않았다.

"현학문의 학자는 환마제의 역천대법에 대해 뭔가 알아낸 것이 있는 겁니까?"

"중원 무림의 모든 것을 통달했다는 곳이다. 게다가 현학문 또한 귀천성과 오래도록 싸워 왔으니, 역천대법의 모든 것이라면 몰라도 진법 하나의 파훼법도 못 알아낼 곳이 아니지."

진화의 물음에 적호단주 팽치가 단언했다.

적호단주가 명성에 따라 누군가를 덮어 놓고 신뢰하는 사람은 아니었기에, 진화와 남궁진혜는 물론 적호단 조장들은 그의 판단을 믿었다.

"그것보다 남궁진화."

"예."

"장기군에서 민란 토벌군이 온다고 들었다. 이번에도 황자들이랑 엮이면……."

적호단주가 진화를 향해 살벌하게 눈을 떴다.

"구석에 데려가서 조자리를 내 버려, 전적으로 네 책임인 걸로."

적호단주가 시작도 전에 황자들에게 반감을 보였다.

황태자에게 방해를 받았던 것과 그가 했던 수많은 꼴 보기 싫은 행패를 생각하면 당연한 일이었다.

적호단주의 말에 진화가 말없이 고개를 끄덕였다.

다만 진화 대신 남궁진혜가 크게 반발했다.

"아니, 그게 왜 우리 진화 책임이에요? 책임을 져도 단주님이 져야지!"

"황자들을 패면, 난 반드시 죽겠지만 재는 그래도 살 가능성이 있잖아!"

"쯧쯧. 단주님이 황궁에 대해 뭘 모르시나 본데, 황족들은 원래 대신 때리는 놈이랑 대신 맞은 놈이 결판내면 끝이라고요."

남궁진혜가 손가락을 흔들며 적호단주를 가르치듯 말했다.

"뭐? 그게 무슨 말이야?"

"진화를 대신해서 우리가 황자들 밑에 놈들을 족치는 거면 문제가 없다는 거죠."

"그으래? 그런 것도 있어?"

남궁진혜의 해석에 적호단주가 반색하며 물었다.

당연히, 그런 것은 없었다.

조위례나 동 태감이 들었다면 기함을 하고도 남을 말이었다. 하지만 이곳에 있는 사람은 똑같이 황궁 법도에 어두운 진화뿐이었다.

'누가 때리든 상관없나?'

진화는 남궁진혜가 하는 일이라면 뭐든 말릴 생각이 없었다. 갑자기 쿵짝이 맞아서 황자들의 수하들을 어떻게 팰지 떠드는 적호단주와 남궁진혜를 두고, 적호단 조장들이 황당하다는 표정을 했다.

"황족이고 나발이고, 토벌대 군인을 때리면 국법에 어긋나지 않나?"

"단주가 주먹 들면, 일 조, 이 조가 팔을 잡고 삼 조, 사 조가 다리를 잡는다."

"나머지는?"

"부단주 막아야지."

누군가의 옳은 소리에 적호단 조장들이 비장한 결의를 다졌다.

배가 포구에 닿고.

"어서 오십시오."

장기군에서도 현학문 학자가 있을 곳까지 안내를 해 주기로 한 상인이 적호단을 마중 나왔다.

"적호단주 팽치입니다."

"장기군 상인회 소속 이편달이라 합니다."

"정의맹에서 현학문 학자에게 받은 전서에 따르면, 아행장이라는 곳에서 기다리고 있다고 합니다."

적호단주가 적호단이 가야 할 목적지를 알렸다.

그러자 상인의 표정이 조금 이상해졌다.

"아행장이라면…… 고지마을의 도박장인데요?"

"도박장?"

상인의 말을 들은 적호단원들이 놀란 눈을 떴다.

황자들과 엮일지도 모르는데 도와주기로 한 학자는 도박장이라니.

"어쩐지 쎄-하더라니. 임무 시작도 전에 다채롭게 무지개-떡 같은 느낌이군."

적호단주가 욕지거리를 뱉듯 말했다.

아행장(餓行場).

객잔 이름이 못 먹어도 간다라니, 이상한 이름이다 싶긴 했었다.

장기군에서 가장 번화한 곳 중 하나인 고지마을.

고지마을은 사방에 산적들이 날뛰는 중에 상인회가 관리하는 안전한 길목에 있는 곳으로, 마을에서 다른 마을로 이동할 때 묵어 가는 중간 기착지이자 인근 마을 사람들을 위한 큰 장이 서는 주요 마을이었다.

"이제 좀 사람 사는 마을 같군."

사황자 한유영이 주변을 돌아보며 휘파람을 불며 말했다.

하지만 돌아오는 대꾸는 없었다.

앞서 군을 이끌고 있는 북회군 사마 원자기와 삼황자 한유창은 사황자의 말을 들은 척도 하지 않았다.

긴 여정 내내 그러했다.

그들은 마치 없는 사람처럼 사황자의 어떤 말도 받아 주지 않았다. 그러자 조금 뒤에 있던 북회군 교위 원자균이 민망한 표정으로 사황자의 말에 대꾸했다.

"먼 길 고생하셨습니다. 황자님, 황자님께서 다니시기에 산길이 좀 험했지요? 오늘은 푹 쉬시지요."

황태자가 민란 토벌에 좌장군인 표서량을 대동한 것과 달리, 삼황자와 사황자의 민란 토벌에는 북회군 사마 원자기와 교위 원자균만이 동행했다.

황제는 이번 장기군 민란의 진압을 삼황자와 사황자에게 맡기면서 북회군이 황자들을 수행하도록 한 것이라, 북회대장군 원수경은 본인이 직접 움직이지 않고 군을 나누어 원자기와 원자균에게 각각 삼황자와 사황자를 수행하도록 하였다.

원자기와 원자균은 이름에서 알 수 있듯이 북회대장군 원수경의 장자와 삼남으로, 형제 모두 아버지의 뒤를 이어 북회군에서 종군 중이었다.

언뜻 보기에는 대장군의 아들들이 공평하게 황자들을 수행하는 듯했다. 군에 대해 잘 알지 못하는 대사마 허임은 대장군 원수경이 힘을 합하면서 조카인 삼황자에게 장남을 보낸 대신 삼남을 사황자에게 보내 성의를 표시한 거라 생각했다.

하지만 조금이라도 북회군의 사정을 아는 이라면 인선의 시작부터 얼마나 불공평한지 알 수 있었다.

실제로 사마인 원자기는 북회군의 모든 운용을 이끄는 자리였고, 교위인 원자균은 북회군의 기병들만을 이끄는 장수일 뿐이었다.

토벌에 동원된 북회군의 지휘권을 두 황자들에게 공평하게 나눠 준 듯하지만, 북회군 병사들이 누구의 명을 우선할지는 뻔한 일이었다. 하지만 사황자는 그조차도 관심 밖인 듯했다.

"원 교위는 그게 무슨 말이오? 이제 좀 바깥나들이를 온 기분이 나는구먼! 이곳이 유명한 상인들의 교역지라, 별의별 것이 다 있다지?"

사황자가 사방을 돌아보며 말했다. 그의 눈길이 노골적으로 닿는 곳 면면이 홍등이 걸린 곳이거나 화려한 외관의 주루라, 그가 어떤 것을 원하는지 빤히 보였다.

그에 원자균이 곤란한 얼굴로 사황자를 말렸다.

"사흘 정도 휴식을 취하면서 주변 조사에 들어간 후 곧바로 민란 토벌에 나설 것입니다. 그 전까지 체력을 조금 아껴

놓는 것이 좋지 않겠습니까?"

"으음? 허! 황태자도 했던 민란 토벌이오. 우리끼리 솔직한 말로, 역도들이라 하나 무지렁이 백성들을 상대로 북회군이 나선 것만으로 가혹하지 않나? 복잡하게 굴 것 없소. 그저 딱 하룻밤, 바깥세상에 나온 김에 구경은 좀 해 볼 참이니."

사황자가 원자균에게 손을 저으며 코웃음을 쳤다.

그리고 사방을 향해 호기심 가득한 눈빛을 불태웠다.

열정적인 사황자의 모습에 원자균도 웃어 버리고 말았다.

"정 하룻밤이시라면. 그래도 혹시 모르니 호위들을 붙여 드리겠습니다."

원자균의 승낙에 사황자가 단호하게 손가락 네 개를 펼쳤다.

"넷! 호위는 넷만으로 족하오."

"하오나, 저하."

"으으음! 그 이상은 너무 걸리적거려. 그래서야 무슨 구경이나 제대로 하겠소?"

사황자의 고집에 원자균은 이번에도 지고 말았다.

삼황자와 사황자, 북회군이 고지마을 저자에 들어오자, 사람들의 시선이 단번에 그들을 향해 몰려들었다.

원씨 형제들이야 원체 강골에 무골이라는 원씨 가문의 피를 이어받아 팔 척 장신에 우람한 체격을 자랑하고 있었고,

그들과 혈연관계임을 증명하듯 삼황자 또한 제법 건장한 체격이었다. 게다가 붉은색 갑주를 입고 커다란 말에 올라 선두에서 북회군을 이끄는 모습은, 누가 봐도 황자임을 알 수 있을 정도로 위풍당당했다.

허미인을 닮아 체격이 왜소한 사황자는 그들에게 가려 눈에 띄지도 않을 정도였다.

"그래서 그놈은 진짜 나갔단 말이오?"

"예, 저하."

"허!"

삼황자가 코웃음을 쳤다.

"정말 나갔다라? 흥, 나가서 진탕 술을 먹고 놀아 보라지. 그 여우 같은 놈이 갑자기 방탕하고 철없는 황자 흉내를 내는지 속이야 뻔하니까."

삼황자의 말에 원자균이 씁쓸한 웃음을 지었다. 가문의 삼남으로서 원자균은 사황자의 행동에 공감이 갔기 때문이다.

그때, 조용히 정찰대의 보고를 보고 있던 원자기가 원자균에게 말했다.

"자균이 네가 계속 사황자의 행동에 맞춰 주도록 해. 여전히 대사마와 손을 잡고자 하는 지방 호족들이 많으니, 주색을 핑계로 그들을 만나러 다닐 가능성이 크다. 호위로 붙인 병사들에게 사황자가 누굴 만나는지 반드시 확인하고, 할 수 있다면 대화 내용도 알아 오도록 해. 네가 사황자의 곁에 직접 붙는 게 좋겠지만, 아직 사황자의 경계심을 누그러뜨리지 못했으니까."

딱딱하고 냉철한 말투.

원자기의 눈빛에는 은근히 원자균에 대한 질책이 포함되어 있었다. 사황자가 당연한 듯 원자균을 배제하고 호위도 단 넷으로 단정한 것에 대한 것이었다.

"사흘 동안 친분을 쌓도록 노력해 보겠습니다."

원자균이 굳은 얼굴로 고개를 숙였다.

"저하께서는 사황자가 헛짓거리를 하는 동안 진짜 군문에 대해 익히셔야 합니다. 보고서를 읽고 정보를 파악하는 것부터 시작하죠."

"알겠습니다, 형님."

원자기의 말처럼 삼황자는 사황자의 사정 따위 신경 쓸 바가 아니었다. 교활하게 수작 부리기 좋아하는 사황자나 외숙부에게 휘둘리는 샌님 같은 황태자와 달리, 삼황자는 자신이야말로 부황과 같은 용맹한 군주가 될 자질이 있다고 생각했다.

'자기 형님의 말대로 지금 편을 늘이는 게 중요한 게 아니야. 중요한 건 부황의 인정이지! 비록 이번엔 자기 형님의 가르침을 받아야 하지만, 나중에는 내 스스로 북회군을 이끌어 부황에게 인정받고 말겠다!'

삼황자가 눈을 빛내며 원자기의 앞에 앉았다.

그때, 밖에서 급하게 수하가 들어왔다.

원자균은 삼황자와 원자기의 수업에 방해가 되지 않도록 물러나, 귓속말로 수하의 보고를 들었다.

"……뭐? 그게 정말이야?"

원자균의 목소리가 커졌다. 그러자 원자기와 삼황자가 보고서를 살피다 말고 원자균을 보았다.

"무슨 일이냐?"

"그게, 사황자가 주루가 아니라 도박장에 들었다고 합니다."

"뭐? 도박장?"

전혀 예상하지 못했던 보고에 삼황자의 목소리가 커졌다.

아행장.

오는 사람, 가는 사람 누구도 막지 않지만, 들어오는 사람은 있어도 나가는 사람은 없다는 고지마을 최대의 도박장이었다.

장기와 바둑, 마방진부터 마작에 투전, 투계, 투구까지.

흔하고 건전한 놀이부터 노예를 데려와 싸움판에 밀어 넣는 일까지, 세상에 존재하는 놀이 중 아행장에 없는 것이 없다는 말이 있을 정도로 다양한 도박판에 세상 모든 부류의 사람들이 일확천금을 꿈꾸게 하는 곳이었다.

"별천지로군. 저 돈을 다 가져가는 건가?"

속세를 등진 스님이 사방에서 쏟아지는 돈을 보고 눈을 휘둥그렇게 떴다. 현오의 눈동자가 크게 흔들리는 것을 보고 남궁교명이 한숨을 쉬었다.

"도박해서 딴 돈으로 먹을 걸 사는 것보다, 도박할 돈으로 만두를 사 먹는 게 빠를 거다."

"아."

남궁교명의 말에 현오가 단번에 설득당했다.

"확실히, 저걸 따는 것보다 훔쳐서 나가는 게 더 가능성이 크겠군."

남궁구는 백 칸이 넘게 그려진 마방진을 보고 고개를 저었다.

'저걸 채울 능력이 있다면 다른 일로 돈을 버는 낫지 않나?'

진화도 그렇지만 모두가 질린 눈빛으로 백 칸이 넘는 마방진을 보았다.

그때, 한 사내가 나왔다.

"믿는다! 명진!"

"다 풀어야 한다!"

이제 서른쯤 되었을까.

쪽빛 문사의를 입는 작고 왜소한 남자는 많은 사람들의 응원을 들으며 의기양양 수염을 쓰다듬었다.

염소의 그것과 비슷하다고 말하기도 뭣할 정도로 빈약한 수염이라, 그 모습을 보며 남궁구와 팽가 형제, 관서겸 등이 웃음을 터뜨렸다. 하지만 사내가 움직이기 시작한 순간, 그들은 입꼬리를 말다 말고 그대로 굳어 버렸다.

척. 척. 척. 척.

한 치의 망설임도 없는 움직임에 마방진 열 칸이 순식간에 채워졌다. 이후로도 사내는 사람들이 숫자를 확인하기도 전에 다음 칸들을 채웠다.

"우아아아-!"

"아아! 안 돼-!"

누군가는 환호를, 누군가는 절망에 찬 비명을 질렀다.

"미친……!"

"진짜 신이야, 뭐야? 답을 알고 나왔나?"

"백 개는 외우지도 못하겠다!"

"와아! 역시 마방진의 신, 명진 학사야!"

구경하던 사람들 대부분이 남궁구처럼 그저 과격한 감탄사를 연발했다. 그러는 사이, 사내는 어느새 백 개의 칸을 다 채우고 당연한 듯 돈통에서 돈을 쓸어 담고 있었다.

적호단원들을 포함한 도박장의 모두가 그 광경을 부러운 눈으로 보고 있었다. 하지만 진화의 귀엔 돈을 쓸어 담는 소리보다 먼저 들린 소리가 있었다.

"누가 방금, 명진 '학사'라고 하지 않았습니까?"

"대놓고 학사라는데, 맞겠지?"

남궁진혜는 이렇게 쉽게 만날 거라 생각도 못 한 듯 얼떨떨한 표정이었다.

설마 환마제가 지척에 있는 상황에 비밀스러운 접선을 해도 모자랄 판국에, 대놓고 사방팔방 학사라고 떠벌리다니.

"미친……!"

적호단주 팽치가 낮게 욕지거리를 뱉었다.

설마 하고 물었던 진화의 눈이 커졌다.

"끌고 와."

적호단주의 턱짓에 적호단원들이 한숨을 쉬며 움직였다.

잠시 후.

"아아, 저것만! 진짜 저것만 챙기고 손 털고 나온다니까!"

적호단원들의 손에 달랑 들린 채 사내, 아니 명진 학사가 적호단주의 앞에 끌려왔다.

"댁이 적호단주요? 무슨 성질이 그렇게 급한지. 저 돈만 다 챙기고 일어서면 되는데, 그걸 못 기다려선……!"

명진 학사는 두고 온 돈이 아까운지 적호단주에게 목소리를 높였다. 하지만 명진 학사의 말이 다 끝나기도 전에, 두툼한 손이 그의 얼굴을 덮었다.

입이 막힌 건 물론 눈까지 가려진 명진 학사가 고개를 흔들려는 순간.

그의 귓가로 음산한 목소리가 들렸다.

"손이 아니라 네 인생을 털어 줄까?"

"헙!"

적호단주 팽치의 말에 명진 학사가 급히 숨을 들이켰다.

이후 다리가 풀린 명진 학사는 축 늘어진 빨랫감처럼 적호단원들에게 얌전하게 제 몸을 맡겼다. 그렇게 적호단원들이 용케 얻어걸린 명진 학사를 데리고 아행장을 떠나려 할 때였다.

"형님! 형님!"

누군가 적호단원들을 향해 소리를 질렀다.

동생이 있는 사람들은 거의 돌아보았지만, 고개를 갸웃거리고 다시 돌아섰다.

그때.

"진화 형님-!"

정확하게 진화를 부르는 소리에, 모두가 돌아보았다.

그곳에 웬 청년이 열렬하게 진화를 향해 손을 흔들고 있었다. 큰 키에 호리호리한 몸, 나들이 나온 화화공자 같은 화려하고 값비싸 보이는 옷차림을 하고 어쩐지 얄밉게 생긴 얼굴이 눈에 익었다.

"아는 놈이냐?"

"아니오."

적호단주의 물음에 진화가 단호하게 고개를 저었다.

그런데 돌아서려는 진화와 적호단의 낌새를 알아챈 걸까.

청년이 더 큰 소리로 진화를 불렀다.

"진화 형님-! 저 한가 넷째입니다! 저 좀 살려 주세요!"

청년의 말에 적호단주가 다시 진화에게 물었다.

"한가 넷째라는데, 진짜 몰라?"

"제국의 황실이 한씨죠."

마지못해 하는 진화의 대답에 적호단주의 얼굴이 와락 일그러졌다.

"그럼 황자 놈이잖아!"

적호단주의 말에 진화가 긍정도 부정도 하지 않는 사이.

적호단주는 짜증 가득한 얼굴로 진화를 노려보았다.

일 조 조장 서장원을 비롯한 적호단 일 조가 눈치 빠르게 사황자를 데리러 갔다.

적호단 일 조와 함께 진화가 있는 곳을 온 사황자는 그 뒤에도 주렁주렁 사람들을 달고 왔다.

큰 덩치의 사내들은 척 보기에도 도박장에서 험악한 분위기를 조성하며 문제를 없애거나 해결하는 왈패들이 분명했다.

그리고 그 뒤로 왈패들에게 실컷 두드려 맞은 것으로 보이는 사내 넷은, 사황자를 원망스럽게 보면서도 그의 뒤를 찾아 서는 모습이 딱 사황자의 호위무사로 보였다.

사황자와 호위무사, 그리고 사황자를 붙잡고 호위무사들을 두드려 팬 왈패들.

보기만 해도 골치 아픈 존재들에 적호단주의 얼굴에 짜증이 솟구쳐 올랐다.

"무슨 일이냐?"

"무슨 일이면? 댁이 해결하게?"

적호단주의 짜증스러운 물음에 우두머리로 보이는 왈패 하나가 시비조로 물었다.

하지만 시비도 사람을 봐 가면서 걸어야 하는 법.

짜증이 머리끝까지 솟구쳐 오른 상태의 적호단주 팽치는 결코 시비를 걸어도 될 법한 사람이 아니었다.

우두둑.

"끄억……!"

산 사람의 목에서 날 수 있는 소리가 맞을까. 적호단주 팽치의 손에 목이 붙잡힌 왈패들의 우두머리는, 태어나 처음으로 눈을 뜨고 주마등이 지나가는 소리를 들었다.

"내가 한 번만 더 묻는다. 저놈, 아니 저분과 무슨 일이지?"

"컥! 그, 그게…… 저놈이 속임수를 쓰다가 걸려서……."

"허!"

우두머리 사내의 말이 끝나기도 전에 적호단주가 기가 막히다는 듯 사황자를 노려보았다.

사황자는 당당하게 고개를 저었다.

"나는 억울하오. 내가 물어 줄 판은 그 판뿐인데, 저 사람들이 이제까지 모든 판을 물어내라는 것이 아니오? 세상천지에 그런 법이 어디 있겠소?"

결국 속임수를 쓰다 걸린 것은 사실이라는 말이었다.

아니, 그보다 세상천지에 불법 도박판에서 법을 찾는 것이 더 말이 안 되는 일이 아닌가?

적호단주 팽치가 골치 아프다는 듯 한숨을 쉬었다.

진화는 무심한 얼굴로 사황자를 지켜보고 있었다. 끝을 알 수 없는 검고 깊은 눈이 사황자를 향해 날카롭게 빛났다.

한편.

중원 어느 곳보다 화려한 밤의 황도.

머리부터 발끝까지 전신을 까맣게 가린 여인이 그림자를 따라 점점 깊은 어둠 속으로 들어갔다.

달그락. 달그락.

뭔가가 부딪히는 기묘한 소리만 들리는 깜깜한 어둠 속.

여인이 다시 모습을 드러낸 곳은 희미한 불빛만 새어 나오는 낡은 나무 문 앞이었다.

드드드드-드.

여인의 소매에서 나온 무언가가 낡은 나무 문을 긁어내렸다. 그러자 어둠 속에서 스-윽 하고 빛나는 무언가가 여인의 목에 닿았다.

"누구냐? 신원을 밝혀라."

검은 천의 갈라진 부분 안으로 살짝 드러난 붉은 입술이 기분 좋게 호선을 그렸다.

"성에서 왔다. 혈수문주를 만나야겠다."

여인의 말에 끼이익- 낡은 나무 문이 힘겹게 공간을 열었다.

과연 누가 더 잘못한 걸까. 적호단과의 접선을, 고지마을에서 가장 사람이 많은 도박장에서 하려 한 현학문 학사? 아니면 황자 주제에 도박판에서 속임수를 쓰다가 걸린 사황자? 그도 아니면 도박장에서 단번에 학자를 찾고, 알은척하는사황자를 과감하게 무시했던 진화?

아무리 생각해도 진화 자신에겐 잘못이 없었다.

학사를 찾아야 해서 최대한 빨리 찾았고, 엮이면 귀찮을 것 같기에 사황자도 무시했는데 결국 그를 데려온 건 적호단주였다. 그런데 왜 자신이 왜 적호단주의 살벌한 시선을 받아야 하는 건지.

"크ㅇㅇㅇㅇ."

진화를 저를 향해 으르렁거리는 적호단주를 이해할 수 없었다.

결국 적호단은 명진 학사와 사황자를 모두 데리고 나왔다.

어떤 사람도 제 발로 나간 적 없다는 아행장의 명성답게, 명진 학사와 사황자 모두 적호단원들에게 끌려 나왔다.

"내 돈-!"

"아, 이제 진짜 안 걸릴 수 있는데!"

도박에 중독된 사람들이나 하는 말을 내뱉는 명진 학사와 사황자를 무시한 채, 적호단주는 아행장 관리인들의 인사를 받고 있었다.

"살펴 가십시오!"

"편안한 밤 보내십시오!"

아행장 관리인들의 인사가 몹시 공손했다.

적호단주가 보여 준 힘도 힘이지만, 상인회와의 원만한 관계를 위해 아행장의 피해를 최소한으로 했기 때문이다.

명진 학사가 따고 가져오지 못한 돈과 사황자가 뱉어 낼 돈을 퉁 치기로 것이다.

"하하하! 고맙소. 하마터면 곤란할 뻔했소. 처음부터 도박판에 끼어들 생각은 아니어서 돈을 넉넉하게 준비하지 않았거든."

"아, 예."

"오늘 일은 내 꼭 기억하지."

"아, 예."

"조만간 내가 묵는 객잔으로 초대하지. 거하게 대접하겠네."

"아, 예."

적호단주가 몹시 건성건성 대답했다.

손가락으로 귀까지 후벼 파는 모습이 '어서 빨리 꺼져라.'

라는 의사를 온몸으로 표시하고 있었다.

그 태도가 무척 불경스럽고 무례했지만, 사황자는 전혀 신경 쓰지 않았다. 오히려 제 용건만 마치면 된다는 듯 하고 싶은 말을 이어 갔다. 그렇게 사황자가 일방적인 약속을 남기고 태연하게 돌아서 가고.

"쓰불. 내가 여기 뜨기 전에 진짜 한 번은 사람 없는 데서 두드려 패고 만다!"

적호단주가 이를 갈며 돌아섰다.

진화는 그 모습을 유심히 지켜보고 있을 뿐이었다.

이때까지만 해도 사황자가 날이 새자마자 곧바로 적호단을 초대할 줄은 상상도 하지 못했다.

"하하하, 어서 오시오."

"……."

적호단주가 무척 살벌한 눈으로 날이 밝자마자 자신들을 초대한 사황자를 노려보았다.

하지만 어젯밤처럼 사황자는 전혀 아랑곳하지 않았다.

"여기가 이 마을에서 가장 크고 좋은 객잔이라더군. 생각보다 음식들이 괜찮소."

사황자가 반가운 얼굴로 적호단원들을 맞았다.

사황자의 환대를 받으며 객잔에 마련된 자리로 가는 적호단원들의 얼굴은 얼떨떨하면서도 그다지 반가운 기색은 아니었다. 하지만 이 사람들보다는 덜할 것이다.

"이건 뭐……!"

아무리 크고 좋은 객잔의 식당이라지만, 적호단 전체를 대접하면 나머지는 당연히 앉을 곳이 없었다.

때아닌 불청객들로 인해 졸지에 자신들의 식당에서 쫓겨나게 생긴 삼황자와 북회군은 황당한 기색을 금치 못했다.

힘든 원정길에 좋은 식사만큼 중요한 문제도 없는지라, 북회군의 눈빛이 험악했다.

그러나 적호단도 좋아서 온 것은 아니었다.

"생각보다 끈질긴 놈이군."

"황자의 초대를 세 번이나 거절한 단주도 그렇지만, 세 번이나 거절당하고도 또 초대한 사황자도 어마어마해."

"에라, 모르겠다! 그냥 우리는 맛있는 거 한번 얻어먹고 끝낸다 생각하자고!"

기감이 예민한 무인들이 북회군의 기색을 모를 리 없었다.

다만 정의맹에서도 정예로 꼽히는 적호단원들이 북회군에 겁을 먹을 리도 없었고, 그들의 눈치를 볼 리는 더더욱 없었다.

"저런 미친 녀석이!"

이미 북회군 전체를 자신의 군대로 생각하는 삼황자는 잔뜩 화가 났다.

"내가 당장 가서 저놈과 무림인들을 쫓아낼 것이오!"

"잠시만요, 저하!"

삼황자가 사황자와 적호단을 쫓아낼 기세로 나서려 하자, 북회군 사마 원자기가 삼황자를 멈춰 세웠다.

"아, 왜 그러시오?"

"저기."

신경질적으로 묻는 삼황자에게 원자기가 입구 쪽을 가리켰다. 진화와 일행이 식당으로 들어서고 있었다.

이 세상의 것이 아닌 듯한 아름다움에 미간이 살포시 구겨진 건 흠이랄 것도 없었다. 순간, 소란스럽고 험악한 분위기로 가득하던 식당 안도 조용해진 듯했다.

삼황자의 입도 조금 다른 의미로 닫혔다.

일전에 진화에게 크게 당한 적이 있었기 때문이다.

그런 삼황자의 귓가에 원자기가 낮은 목소리로 속삭였다.

"일단 오늘은 인사만 하고 물러나시죠. 이황자와 더는 부딪치지 말라는 귀빈마마와 대장군의 명이 있었습니다."

"하지만……!"

"사황자도 그걸 알고 이황자와 접점을 만들려고 한 거겠지요. 이대로 이황자와 사이가 틀어지면 사황자가 원하는 대로 되는 것입니다."

"……."

원자기의 말에 삼황자가 입술을 짓씹었다.

그리고 굳은 얼굴로 싸늘하게 돌아섰다. 식당 입구에는 여전히 진화와 그 일행이 자리를 찾지 못하고 서 있었다.

"왜 그러나? 어서 가지?"

"기다려 봐, 땡중아. 단주가 어느 자리에 앉는지 보고 최대한 멀리 앉아야 할 거 아니야!"

"아, 편안한 식사를 위한 사전 작업인가?"

쏟아지는 음식 냄새에 안달하는 현오를 남궁구가 달랬다.

사실 진화는 어차피 사황자와 적호단주가 앉은 자리로 가야 했다. 지난밤의 일도 있지만, 사황자와 적호단주의 유일한 접점이라 할 수 있는 진화가 그 자리에 없는 것도 이상했기 때문이다.

그때, 누가 봐도 번쩍이는 비단 도포를 걸친 청년들이 진화의 앞으로 다가왔다. 삼황자의 얼굴을 하는 남궁구와 남궁교명이 대번에 날카로운 눈빛을 보였다.

"……또 뵙습니다, 형님."

"이황자 저하를 뵙습니다. 처음 인사를 하는군요. 북회군사마 원자기라 합니다."

마지못해 알은척을 하는 삼황자와 달리 원자기의 인사는 무척 매끄러웠다.

오만한 얼굴 속에 숨긴 적대심과 무시.

그것과 상반되는 매끄러운 혓바닥.

덩치는 팽가만큼 컸지만 표정과 눈빛, 행동을 보면 다른 사람이 떠올랐다.

"나가는 길인가 보군."

반갑다거나, 하다못해 며칠 만이라는 겉치레 인사도 없었다. 그런 진화의 말에 삼황자의 얼굴이 더 빳빳하게 굳고 원자기의 눈매가 파르르 떨렸다.

"사황자 저하께서 갑자기 손님들을 많이 초대하셔서요. 이제부터라도 병사들을 데리고 식사할 곳을 찾아봐야 할 것 같습니다."

은근히 마음대로 손님을 초대한 사황자에 대한 질책과 동시에 진화와 적호단을 불청객 취급하는 말.

원자기도 여유 있게 진화의 신경을 긁으려 했다.

하지만 상대가 잘못되었다.

"그래? 그럼 나가 보도록."

진화는 삼황자나 원자기가 사황자를 싫어하든 말든, 적호단을 불청객 취급하든 말든 상관하지 않았다.

적호단이 중요하지 않은 것이 아니라, 삼황자나 원자기의 생각이 중요하지 않은 것이었다.

당연히 그들이 무얼 어떻게 먹을지도 관심이 없었다.

식사 맛있게 하라는 빈말도 하지 않았다.

"가지."

진화는 삼황자와 원자기는 쳐다보지 않은 채 무심하게 일행을 데리고 안으로 들어갔다. 남아 있는 삼황자와 원자기가 어떤 표정인지, 어떤 눈빛으로 저를 노려보는지 궁금해하지도 않았다.

"아, 형님-! 어서 오십시오!"

진화는 절친한 형제처럼 저를 맞는 사황자를 보며 미간을 구겼다.

식사 자리는 의외로 매우 원만하게 끝이 났다.

객잔 입장에서는 북회군에게 먹일 음식보다 더 손이 많이 가는 요리들을 내놓아야 했지만, 숫자도 적고 매상은 많으니 아무런 불만이 없었다.

적호단은 사황자의 융숭한 대접을 흡족하게 받고 돌아갔고, 적호단주는 의외로 무림에 대한 호기심만 표현할 뿐 어떤 수작도 부리지 않는 사황자에 안심했다.

그렇게 적호단주와 단원들이 모두 자리를 뜨고.

진화는 식당 입구까지 나와 적호단주를 배웅하는 사황자를 보며 조용히 그의 곁에 다가섰다.

사황자는 아닌 척하고 싶어 했지만, 진화가 곁으로 다가오자 그의 온몸이 긴장하는 것이 느껴졌다.

의도가 없는 사람이라면 긴장할 이유도 없었을 것이었다.

"무슨 의도인지 모르겠지만, 위험할 짓은 하지 마라."

진화가 정면을 바라보며 경고했다.

진화는 사황자를 지켜보며 그의 의도를 파악하고자 했으나, 그러지 못했다. 그가 어떻게 명진 학사가 있는 도박장에 갈 수 있었는지는 모르겠지만, 일부러 접근한 것은 알았다.

아주 짧은 시간이지만, 사황자와 삼황자, 원씨 형제들, 북회군을 만나고 관찰하면서 그들이 어떤 관계이고 상황인지도 파악했다. 하지만 사황자가 진화나 무림을 이용해서 뭔가 하려 한다고 보기엔, 식사 내내 적호단주에게 원하는 것이 아무것도 없었다.

아예 적호단주나 적호단에 관심 자체가 없었다.

'결국 내게 뭔가 바라는 게 있다는 건데…….'

진화가 그나마 사황자를 적대하지 않고 무덤덤할 수 있는 이유였다.

"……무슨 말인지 모르겠군요."

진화의 말에 놀란 듯 표정이 굳은 사황자가 정면을 바라보며 말했다. 그리고 곧 이제까지처럼 그린 듯이 매끄러운 미소를 지으며 진화를 보았다.

"저를 걱정하시는 겁니까, 형님?"

뻔뻔한 얼굴과 달리 흔들리는 눈.

무엇이 그를 흔들고 있는지 모르겠지만, 진화는 저와 상관없는 일이라 관심을 잘라 냈다.

"……천만에. 적호단을 이용할 생각은 없어 보여 다행이다만, 이후로도 그런 생각은 안 하는 것이 좋을 거다. 이건 걱정이 아니라 협박이다. 그게 널 반드시 위험하게 만들 테니까."

적호단을 이용하려 한다면 반드시 가만두지 않겠다.

진화가 사황자에게 경고를 남기고 식당을 나갔다.

사황자는 그런 진화의 뒷모습을 굳은 얼굴로 보고 있었다.

봄꽃이 필 듯 화사하고 아름다운 얼굴이 뿜어내는 소름 끼칠 정도로 차디찬 경고.

사황자의 손끝이 떨려 왔다. 하지만 사황자는 떨리는 마음을 다잡으며 입술을 깨물었다.

"……전부 살려고 하는 짓이야, 살려고."

이제 고작 열일곱이었다. 그러나 사황자는 삼황자와 달리 아직 탄신연회조차 즐겁게 열지 못했다.

외조부인 대사마 허임이 민란 토벌 이후에 성대하게 열 것이라 했지만, 그건 탄신연회가 아닌 허임이 공과를 부풀리고 세를 늘리기 위한 자리가 될 터였다.

누구의 축하도 받지 못하고, 주변에 있는 사람들에게는 경계당하거나 이용만 당하는 처지.

사황자의 눈이 아프게 젖어 들었다.

"달라질 거다! 그 독을 어떻게 해독했는지만 알아낼 수 있으면 모든 걸 되돌릴 수 있어!"

사황자가 주문처럼 혼잣말을 하면서 스스로 다짐을 반복했다.

험한 산지로 들어가기 전 굽이치는 듯 이러진 협곡의 향연. 그중 한 곳에서 큰 굉음이 울렸다.

쿠르르—쾅! 쾅!

"조심해라!"

"거기, 나와! 비켜라!"

사람들이 얇은 천 하나로 코와 입을 가리고, 땅속으로 검은 무언가를 계속 부었다.

죽음이 묻은 붉은 땅에 검은 독수가 부어졌다.

부르륵! 벌컥! 벌컥!

독수에 땅이 녹아들었다.

어느새 검게 변한 진흙탕은 독한 기운을 뿜어내며 부글부글 끓었다.

콰광! 쾅!

독수에 주변 땅들이 녹아내리면서 다시 굉음이 울렸다.

협곡에 가린 깊은 동굴이 숨을 쉬기만 해도 골수를 녹일 듯 독한 독기로 가득 찼다.

"이제 모든 준비가 끝이로군요."

제단 위에서 붉은 옷을 입은 소녀가 독수가 준비된 것을 보며 흥분을 감추지 못했다.

"축하드립니다, 성녀님."

"감축드립니다, 성녀님."

소녀의 주변에 있던 사제들이 너 나 할 것 없이 소녀에게 축하를 보냈다.

모두가 자신을 우러르는 상황.

꿈에도 상상해 본 적 없었던 최상의 삶은 누리는 지금, 소녀에게는 이제 더 바랄 것도 없었다.

있다면 단 한 가지.

"나도 이제 하늘에게서 이름을 받게 될 거다. 귀화(貴花), 세상에서 가장 귀한 꽃이 될 거야. 호호호호호!"

소녀는 환마제가 되면서 이름을 가지게 될 예정이었다.

태어나 지금껏 '저것, 그것, 거지 년.'이라고 불렸던 소녀는 이름에 대한 기대로 잔뜩 부풀어 올랐다.

사제들, 아니 혼현마제가 데려온 귀천성의 술사들은 그런 소녀를 보며 씁쓸한 웃음을 감추었다.

만인의 악의를 받아 낼 대법을 치르기 전에 생각하는 것이 고작 이름을 가지는 것이라니. 실로 어리고 철없는 생각이 아닐 수 없었다. 그러나 자신들은 이제 곧 이렇게 어리고 철없는 소녀를 환마제로 만들어야 했다.

"오늘 밤 달빛에 목욕재계부터 시작하시지요. 신도들을 준비시키고 이튿날 해시부터 의식을 시작하겠습니다."

"그렇게. 까짓 달밤에 목욕쯤이야. 호호호호!"

"이틀 후입니다. 그때 초승달이 가장 작고 일 년 중 가장 어두운 밤이 찾아올 것입니다."

명진 학사의 말에 적호단주와 단원들이 심각한 얼굴을 했다. 말이 좋아 야밤의 기습이지, 그건 당하는 쪽만큼이나 기습하는 쪽도 위험하고 힘든 건 마찬가지였다.

"피를 내어선 안 됩니다."

"뭐요?"

"역천대법은 피로 그린 진법이 사기를 받아 발동합니다. 진이 작용하기 시작하면 만인의 독과 악의가 환마제의 몸속으로 들어갈 겁니다. 그러니 아예 진의 발동을 늦추거나 없애는 것이 좋습니다."

"아니, 그 안에 놈들이 바글바글할 텐데, 피를 안 내고 어떻게 죽입니까?"

명진 학사의 말에 적호단 일 조 조장이 반발하며 말했다.

다른 조장이나 단원들도 일 조 조장과 비슷한 얼굴을 하고 있었다.

"싸우는 거야 무인들이 할 일이지요. 우리는 그저 방법을 찾는 사람들일 뿐입니다. 다만 피를 안 내는 거로는, 목을 부러뜨리거나 내장만 파괴하는 식으로 죽이면 되는 거 아닙니까?"

"그게 말이 됩니까? 진짜 평생 검 한번 휘둘러 본 적 없죠?"

한 번도 진짜로 싸워 보지 않은 사람이기에 할 수 있는 말이라, 적호단원들이 현장과 괴리된 책방 학사를 보듯 명진 학사를 쏘아보았다. 명진 학사는 그런 눈초리들이 몹시 억울하다는 표정으로 누군가를 가리켰다.

"다 계산하고 찾은 방법이란 말입니다!"

명진 학사의 손가락 끝에 적호단주 팽치가 걸렸다.

"아니, 단주님은 저 덩치를 봐요. 하북 팽가의 권술은……."

말이 끝나기도 전에 명진 학사의 손가락이 옆으로 움직였다. 그곳에는 남궁진혜가 있었다. 남궁진혜라면 손으로 남의 모가지를 뽑고도 남을 사람이었다.

"부단주가 아직도 인간으로 보이유? 저런 힘을 인간이 가질 수 있는 거라고 생각해요?"

적호단원이 성질을 내었다.

그런 적호단원에게 명진 학사는 그다음 사람을 가리켰다.

팽가의 쌍둥이 형제, 팽신과 팽수.

그들이 적의 척추를 부러뜨리는 소리를 모두가 들어 본 적 있었다.

나하연.

남궁진혜보다 가는 몸이라서 더 화가 나는 힘의 소유자였다.

당혜군.

당가의 마비독은 순식간에 적의 심장을 멈출 수도 있을 것이다.

현오.

전투만 시작하면 눈이 돌아가는 소림 중은 더 설명할 이상한 말도 없었다.

그리고 진화까지.

"……."

명진 학사의 손가락이 움직일 때마다 적호단원들의 목소리가 점점 줄어들었다.

대체 어디서 이런 사람들만…….

"운이 나쁜 건지, 좋은 건지."

"확실한 건, 그놈들은 운이 나쁜 거다."

말이 없어진 선배들을 두고, 남궁구와 남궁교명이 고개를 저었다.

명진 학사의 계산으로 정확히 오늘 밤이 그들의 대법이 있는 날이었다.

다른 건 몰라도 환마제가 없을 수 없는 시간.

"환마제인지, 환마제가 될 놈인지 모르겠지만, 이번에 반드시 죽이다!"

"충!"

적호단주의 말과 함께 적호단이 조용히 산길을 달렸다.

어두운 밤 협곡을 달리는 것은 무척 위험한 일이었지만, 이미 그 정도 위험은 감수한 일이었다.

"부활하고 부활하고 또 부활하는 미친 새끼들. 이번엔 정말로 끝내 버릴 기회다! 죽을까 봐 겁먹는 놈들은 없겠지?"

"지금 누구한테 묻는 겁니까? 단주님 밑에서 무려 십 년째입니다. 이쯤이면 지옥에서도 거부해요, 독하다고."

"푸하하하하, 십 년 차 이하들은 조심하라고."

"부단주랑 일 년이면 단주랑 십 년 보내는 거랑 비등하죠!"

"……너 이 새끼, 대가리가 깨지고 싶냐?"

"이것 봐요!"

위험을 감수하고 목숨을 거는 건 적호단에게 일상적인 일이었다.

불안감을 어떻게 다뤄야 하는지에 대해선 이골이 났다.

거친 말투와 과하게 용감한 몸짓, 유쾌한 대화는 불안감을 감소시키는 그들만의 방법이었다. 하지만 그런다고 위험 자체가 사라지는 것은 아니었다.

어두운 산길을 달리며, 적호단주가 그와 함께 앞서서 적호단을 이끄는 진화를 보았다.

시선을 느낀 진화가 적호단주를 향해 고개를 끄덕였다.

계속 같은 속도로 가도 위험이 없다는 의미였다.

약속된 신호.

임무에만 몰두한 정직하고 순진한 반응에, 적호단주는 저도 모르게 웃음을 흘렸다.

언제부터 남궁진화가 적호단의 앞을 이끌게 되었을까.

사위는 칠흑처럼 깜깜하고 보이지 않는 발밑은 울퉁불퉁 불안하기만 한 데다, 혹시 적이 알아채진 않을까 조마조마한 상황이었다.

저는 언제부터 전투를 앞두고 이렇게 웃음을 흘릴 정도로 여유를 가졌을까.

불현듯 일전에 남궁진화의 비범함을 마주하고 남궁조에게 정의맹의 인재로서 써먹을 수 있도록 이끌어야 한다고 주장했던 것이 떠올랐다. 그런데 정신을 차리고 보니, 어느새 남궁진화가 자신과 적호단을 이끌고 있었다.

'그것만이 아니지. 경지를 넘어선 고수와 함께 움직이는 것만으로, 적호단의 생명줄을 연장시키고 있는 거니까.'

실질적으로 줄어든 위험.

유쾌한 농담만으로는 만들어 낼 수 없는 변화였다.

'멈춘다. 저기!'

진화가 주먹을 들고 적호단을 멈춰 세웠다.

그리고 어둠 속에 몸을 낮춘 이들에게 앞을 가리켰다.

안력을 높여 유심히 지켜보아야 알 수 있을 정도로 희미한 불빛이 보였다.

'간다!'

스스스슷----

풀잎이 바람에 흔들리는 소리가 동굴 입구에 맴돌았다.

"음? 갑자기 웬 바람이지……!"

우두둑.

동굴 밖으로 얼굴을 내놓았던 사람이 천천히 바닥에 쓰러지고, 어둠 속에서 검은 무복을 입은 적호단주가 모습을 드러내었다.

동시에 적호단주의 뒤에서 푸른 섬광이 쏘아져 나갔다.

번-----쩍.

천뢰제왕검법 현첨섬뢰.

새파랗게 날을 빛내는 검 뒤로 어둠보다 더 깊은 진화의 검은 눈동자가 빛났다.

'입구에 있던 적 섬멸. 안으로.'

동굴의 입구를 지키던 적들이 모두 죽었다는 신호에 적호단이 빠르게 움직이기 시작했다.

깊은 동굴을 삼십 장 정도 들어갔을까.

"적이다!"

적호단이 움직이는 울림을 들은 사람들이 튀어나오기 시

작했다.

“전부 부순다!”

“충!”

적호단주와 남궁진혜의 옆으로 진화와 십 조가 가장 앞으로 나섰다.

적호단에도 경험 많고 관도생들만큼 강한 무인들이 있었지만, 피를 내지 않고 사람을 죽이는 수단에 있어서는 진화를 비롯해서 팽가 형제와 나하연, 현오, 당혜군만큼 특화되어 있는 인물들도 없었다.

게다가 남궁구와 남궁교명, 제갈상은 밀집된 적진을 헤집고 움직임을 조종할 정도로 영리했고, 관서겸은 귀룡창으로 적들의 간격을 적호단이 죽이기 편한 대로 조절할 수 있었다.

퍽! 퍽! 퍽퍽퍽!

안에서 달려 나오는 검은 옷의 무리.

관서겸이 빠르게 창대를 휘둘러 그들의 사이를 벌렸다.

그 뒤로 당혜군의 만천화우가 날아가 박혔다.

타타탁! 탁탁-!

“윽!”

동굴은 적과 정면으로 부딪칠 수밖에 없는 외길이었지만, 좁은 통로에서는 숫자가 많은 것이 크게 도움이 되지 않았다.

적호단이 크게 불리할 일이 없었다는 것이다.

“타아앗-!”

쉐에에엑--!

캉! 캉! 채-앵!

적호단 일 조와 남궁구, 남궁교명, 제갈상이 검을 든 적들 속을 헤집었다.

횃불이 흔들릴 정도로 거센 바람과 날끼리 부딪히면서 튀어 오르는 불꽃.

하지만 적호단 일 조와 남궁구, 남궁교명, 제갈상의 목적은 어디까지나 적들의 검을 쳐 내며 시간을 버는 것이었다.

아주 찰나의 시간.

뒤에 있는 거한들이 주먹을 휘두르기에는 충분한 시간이었다.

퍼-억! 퍽퍽! 퍼—억!

창대를 휘두를 때보다 더 질퍽하고 묵직한 소리들이 울렸다. 세 명의 거한, 적호단주와 팽가 형제가 통로를 밀어붙이면서 펼치는 하북팽가의 파갑추에 힘입어 적호단이 점점 적들을 밀고 안으로 움직였다.

"교성흑오대로군!"

"혼현마제가 이곳에 있는 건가?"

진화의 눈이 섬뜩하게 빛났다.

'놈이 여기에 있다고?'

진화와 일행이 무림에 나와 가장 많이 부딪힌 귀천성 무단이었다.

죽여도 죽여도 바퀴벌레처럼 끊임없이 생성되는 교성흑오대의 존재에 이제 진절머리가 날 정도였지만, 혼현마제가 있다는 거라면 생각이 달라졌다.

진화의 눈이 새파랗게 빛났다.

휘이이익-!

진화가 검을 집어넣고, 천풍보법을 밟기 시작했다.

적호단과 적이 섞여 있는 상태에서 천뢰제왕검법 현천섬뢰를 뿌릴 순 없지만, 이미 검과 손의 경계를 무너뜨린 진화였다.

휘이이익---!

퍽! 퍽! 우두둑!

진화의 손에서 폭뢰신권이 펼쳐졌다.

남궁세가의 무공은 기본적으로 모두가 검법이었다. 폭뢰신권은 천뢰장과 더불어 손으로 펼쳐 내는 검법이었다.

쉐에엑--!

진화의 눈앞에서 적의 검이 스쳐 지났다.

아니, 딱 그 정도로만 움직이면서 검을 회피한 것이었다.

그리고 푹-!

진화의 손에서 뇌전이 번뜩이는 것과 함께, 적의 복부 깊숙이 간장을 터뜨렸다.

"끄아아아악---!"

교성흑오대원이 입에서 피를 뿜으며 쓰러졌다.

"이봐!"

교성흑오대원이 쓰러져서도 울컥울컥 피를 토해 땅을 적시는 것을 보며 놀란 당혜군이 진화에게 눈치를 주었다.

"……."

진화가 슬그머니 검을 꺼냈다. 그리고 아무 일 없다는 듯 남궁구와 남궁교명처럼 적들을 헤집었다.

당혜군은 도망치듯 앞서가는 진화의 모습에 기가 막힌 듯 코웃음을 쳤다.

"도망가 봐야 코앞…… 이런 미친놈!"

실소를 흘리며 진화를 따라가려던 당혜군은 순식간에 제 앞으로 수십 명이 쓰러지는 것을 보며 할 말을 잃었다.

진화가 검을 꺼내는 모습에 남궁구나 남궁교명처럼 적들의 검을 먼저 떨어뜨릴 것이라 생각했던 것과 달리, 진화와 검을 부딪친 족족 적들이 쓰러진 것이다.

챙-! 챙챙-!

파지직-!

진화와 검을 부딪칠 때마다 진화의 뇌전이 검을 통해 적의 심장을 관통했다.

내기를 일으켜 몸을 보호하는 것조차 통하지 않은 것이다.

"뭐……야?"

당혜군이 놀란 눈으로 진화의 뒷모습을 보았다.

"서둘러라! 어서!"

혼현마제의 다급한 명령에 술사들이 부지런하게 움직였다. 하지만 채근한다고 해서 완벽한 천문이 드는 때를 만들어 낼 수는 없는 노릇이었다.

"젠장! 정의맹 놈들이 하필 지금을 노릴 줄이야! 내 실책이야!"

교성흑오대를 움직여 고지마을에서 움직이는 놈들의 소식을 들었다. 하지만 상인회가 이방인들을 모두 파악하고 움직이는 통에, 자세히 접근하지 못한 것이 화근이었다.

"내가 나가 봐야 하나?"

자책하는 혼현마제를 향해 검마제가 물었다.

하지만 혼현마제는 고개를 저었다.

"아니, 이제 곧 이곳까지 당도할 것이네. 적들을 막는 것보다 대법이 완성될 수 있도록 이곳을 지켜 주게."

검마제를 보내기엔 소리가 너무 가까웠다.

게다가 무슨 수를 쓴 것인지, 전투가 있는 게 분명한데 입구에서부터 피가 흘러 들어오지 않고 있었다.

'설마 뭔가 알고 있는 건가?'

동굴 입구에서 이어진 통로의 양쪽.

눈여겨보지 않으면 잘 보이지 않도록 묻어 둔 관에는 아무 이상이 없었다.

'그렇군. 피를 흘리면 안 된다는 것만 알고 있는 거야!'

혼현마제의 눈이 서늘하게 빛났다.

그때.

퍼---억!

무언가에 튕겨 날아가듯, 교성흑오대원들이 제단이 있는 쪽으로 밀려났다. 그리고 그들을 밀고 들어온 적호단이 혼현마제와 눈이 마주쳤다.

'저놈은!'

남궁진화였다.

"으드득!"

혼현마제가 저도 모르게 이를 갈았다.

하얗게 죽어 있는 한쪽 눈.

그리고 비어 있는 한쪽 팔소매.

진화는 여전히 살아 있는 혼현마제와 눈이 마주쳤다.

쉐에에에엑-----!

생각과 동시에 날린 검기.

퍼—엉!

혼현마제를 향한 검기의 앞을 누군가 막아섰다.

그리고 서늘할 정도로 시린 살기가 진화를 덮쳐 왔다.

쉐에에엑---!

섬뜩한 느낌에 진화가 자리를 피했다.

진화가 피한 자리를 지난 검기는 순식간에 한쪽 벽에 가서 박혔다.

푸-욱

벽에는 깊숙이, 검에 찔린 흔적이 남았다.

하지만 진화는 그걸 살필 시간도 없이 검을 들었다.

채---앵!

"네가 남궁진화로구나."

서늘할 정도로 냉정한 목소리가 진화의 귀를 파고들었다.

이제까지 검을 맞댄 상대들과는 차원이 다른 기운이 번쩍이는 진화의 기운을 막아 내며 진화와 마주하고 있었다.

"당신이 검마로군."

이전 생까지 통틀어 처음 만나는 자였다.

하지만 소문은 들었다.

역천마제가 천하제일검이라 인정한 유일한 남자.

그리고 남궁가주를 위한 해약을 찾으러 나갔다가 행방불명된 제왕검을 죽였을 거라 의심받던 남자.

파지지직---!

진화의 검이 불을 뿜듯 번뜩였다.

검마제의 눈이 커졌다.

채-앵!

진화와 검마제가 각각 한 장씩 뒤로 물러나 서로를 노려보았다.

그때.

"피가 들어옵니다!"

교성흑오대와 환마제에게 홀린 백성들과 뒤섞여 싸우던 적호단 속에서 누군가가 외쳤다.

놀란 적호단주가 그쪽으로 눈을 돌렸다.

아니나 다를까.

통로의 양쪽 끝, 땅속에서 울컥거리며 솟아 나온 붉은 피가 그들이 밟고 선 바닥으로 흩어지고 있었다.

아주 짧은 구간.

땅속에 묻은 관과 진법이 연결된 부분이 드러나지 않았다면 발견하지 못했을 것이었다.

붉은 피는 순식간에 바닥으로 흡수되었다.

"대체 무슨 일이야! 피가 어디서 오는 거야!"

"단주님, 저기!"

제단의 아래.

그들이 밟고 있던 땅의 한가운데에서 붉은 연기가 피어올랐다.

"젠장!"

어떻게 된 일인지는 알 수 없었지만, 한 가지는 확실했다.

역천대법이 시작되고 있는 것이다.

"관을 끊어 버려!"

"통로가 무너질 겁니다. 잘못하면 여기까지 무너질 수 있어요!"

적호단주의 다급한 명을 일 조 조장 서장원이 막아섰다.

환마제의 대법을 막는 것도 중요하지만, 잘못하면 적호단 전체가 저놈들의 제물이 될 수도 있었다.

"밖으로 가! 나가서 저 빌어먹을 피가 오는 곳을 끊어 버려!"

남궁진혜의 말에 적호단주와 일 조 조장의 눈이 커졌다.

"어서요!"

적호단 부단주의 판단이었다.

추적과 기습에 능한 적호단 일, 이, 삼 조는 이곳에 남아 교성흑오대와 환마제에게 홀린 백성들을 죽이는 것보다 관을 추적하고 피가 흘러 들어오지 못하게 막는 것이 효율적이었다.

어쨌든 적호단의 목적은 역천대법을 파괴하고 새로운 환마제의 탄생을 막는 것이었으니. 많은 적을 죽이는 것보다는 역천대법의 파괴가 더 중요했다.

적호단주가 검마와 맞붙은 진화를 보았다.

그리고 남궁진혜를 향해 말했다.

"여기를 맡긴다!"

"빨리 꺼져요!"

적호단주가 남궁진혜에게서 고개를 돌리고 적호단 일 조,

이 조, 삼 조에게 눈짓했다.

순식간에 적호단 세 개 조가 통로 밖으로 움직이자, 혼현마제가 그들이 가는 쪽으로 현홍사를 날렸다.

"어딜-!"

카---앙!

수백, 수천 가닥의 현홍사가 커다란 대검과 부딪히며 흩어졌다가, 순식간에 앞을 막은 대검을 휘감았다.

하지만 커다란 대검은 꿈쩍도 하지 않고 수천 가닥의 현홍사의 힘을 버텨 냈다.

"재수탱이 늙은이. 너 잘 만났다. 너는 내가 상대한다! 타--앗!"

남궁진혜가 현홍사를 매단 채 검을 휘두르며 뛰어올랐다.

적호단 이 조, 삼 조가 동굴 입구 양 끝에서 땅에 파묻혀 있던 관을 찾았다.

"젠장! 밑에 더 있어요!"

"뭐?"

"다 못 팝니다! 깊이 있는 것까지 부수려고 하면 입구가 무너질 겁니다!"

삼 조 조장이 고개를 저었다.

"이거 다 끊으려면 여기서 조금이라도 더 먼 곳에서 끊어야 합니다!"

"젠장! 어디서 이어진 거야?"

"위! 저 위쪽입니다."

땅에 코를 박고 피 냄새를 맡고 철사를 집어넣어 관이 놓인 방향을 가늠하던 이 조 조장이 한쪽 방향을 가리켰다.

그가 가리킨 쪽은 협곡을 만들어 낸 절벽 위쪽이었다.

"횃불입니다! 군대예요!"

일 조 조장 서장원이 심각하게 굳은 얼굴로 절벽 위를 향해 말했다.

그의 말대로 절벽 위쪽에 횃불이 환하게 모여들며 언뜻언뜻 깃발의 일부가 보였다.

적호단주 팽치의 얼굴이 그대로 구겨졌다.

"젠장! 저 쓰불 놈의 새끼들이 어째 가만히 있다 했다! 뭐해? 당장 가서 멈춘다!"

적호단주 팽치의 명과 함께 적호단 일, 이, 삼 조 단원들이 일제히 산비탈을 기어오르며 절벽 위를 향했다.

볼 진診 재앙 화禍 : 운명의 완수

"쥐새끼 같은 놈들!"

텅 빈 마을을 보며 삼황자가 이를 갈았다.

반면 실질적으로 북회군을 이끌고 있는 사마 원자기는 태연했다.

애초에 이곳에서 오래 지낸 사람이라면 북회군이 고지마을까지 왔다는 것을 모를 리 없었다.

그럼에도 불구하고 원자기가 어떤 조치도 하지 않은 것은, 그럴 필요가 없었기 때문이다.

"걱정 마십시오. 마을 사람들이 한 번에 움직였다면 병사들이 금방 추적할 수 있을 겁니다."

주변이 전부 험하디험한 산길.

젊은 사내들도 힘든 길을 노약자나 여인, 아이 들이 제대로 움직일 수 있을 리 없었다.

고작해야 산속으로 숨어드는 것이 전부일 것이다.

잠시 후.

마을 밖으로 움직인 흔적을 쫓던 병사들이 돌아왔다.

“찾았습니다.”

병사의 보고를 들은 원자기의 입가에 여유로운 미소가 지어졌다.

기다렸던 사냥감을 발견한 듯 잔인한 미소였다.

“말에서 내리셔야 할 듯합니다.”

“괜찮다.”

삼황자의 입가에도 원자기와 비슷한 미소가 걸렸다.

어두운 밤.

길도 없는 숲으로 숨어든 사냥감을 쫓기 위해 말에서 내리는 건 아무렇지 않았다.

오히려 제 이런 수고가 황궁으로 돌아가 더 큰 무용담이 될 것이었다.

앞서 말에서 내린 원자기와 삼황자의 뒤로 원자균과 사황자도 말에서 내렸다.

사황자의 표정이 편치 않았다.

원자기나 삼황자로부터 어떤 안내도 듣지 못했지만 이제 그런 건 익숙해졌다.

다만 사황자를 불편하게 하는 것은 숨어든 마을 사람들 중에 노약자와 여인, 아이 들이 끼어 있다는 것 자체였다.

'젠장. 더러운 꼴을 보겠군.'

사황자가 잔뜩 신이 난 얼굴의 삼황자를 보며 쓴 물을 삼켰다.

휙! 휙!

절벽의 끝.

몰이사냥을 하듯 백성들을 절벽으로 몬 북회군이 창을 꺼내 백성들에게 겨누었다.

"이제 항복하고 오라를 받으라!"

삼황자가 앞에 나서 위엄 넘치는 모습으로 외쳤다.

북회군의 지휘권은 사황자와 나눠 가졌으나, 누가 군을 움직이는지 백성들이 아닌 병사들에게 각인시키는 과정이었다.

삼황자와 북회군에게 눈앞에서 겁먹은 토끼들처럼 서로 들러붙어 오들오들 떨고 있는 이들은 전혀 문제 될 것이 없었기 때문이다.

"항복하라!"

북회군 사마 원자기가 나서서 삼황자의 말을 반복했다.

전투 없이 사로잡는 건 병사들의 흥분을 끌어 올릴 수 없어서 좋지 않았으나, 삼황자의 위엄으로 백성들 스스로 항복했다 하면 황도에 보고하기는 괜찮을 것이었다.

하지만 어찌 된 일인지. 절벽 끝까지 쫓긴 백성들은 떨고만 있을 뿐 어떤 말도 하지 않았다.

오히려 저들끼리 옹기종기 머리를 붙이고 삼황자나 북회군 쪽은 쳐다도 보지 않았다.

흡사 마지막을 각오한 것처럼 죽음만 기다리고 있는 모습이었다.

"허어! 저것들이……!"

삼황자가 기가 막힌다는 듯 백성들을 보며 짜증을 부렸다.

하지만 사마 원자기는 생각이 달랐다.

"이왕 이리된 것 군사들 사기나 올리시지요."

"음?"

"묶어서 산을 끌고 내려가 봐야 군사들의 힘만 뺄 뿐입니다. 죽여서 일벌백계하는 것도 나쁘지 않습니다."

"호오, 그렇군."

원자기가 삼황자를 향해 의미심장하게 웃어 보이고, 삼황자 또한 원자기의 의도를 알아차리고 비릿한 미소를 지었다.

"항복하라! 그렇지 않으면 역도들을 일벌백계하여 황명의 지엄함을 세울 것이다!"

삼황자가 마지막 기회라는 듯 외쳤다.

하지만 백성들은 두 눈을 질끈 감고 저들끼리 더 뭉칠 뿐이었다.

그 모습을 보며 삼황자가 한쪽 입꼬리를 비릿하게 올렸다.

"내 너희들에게 자비를 베풀었거늘, 그 자비마저 거부하고 황명을 비웃다니! 병사들은 들으라! 저 역도의 무리를 모두 죽이라-!"

"추-웅!"

삼황자의 명에 그의 뒤에 있던 병사들이 움직였다.

창을 겨누고 점점 접근하던 병사들은 곧 과감하게 백성들을 위협적으로 몰았다.

남자들이 안에 여자와 아이 들을 두고 그들을 감싸 안았다.

그들은 어떤 저항도 할 생각이 없는 듯 죽음만 기다리고 있었다.

"황자님, 저희도……."

이러다가 삼황자에게 모든 공과를 다 빼앗길 수 있는 상황이라, 원자균이 도의상 사황자에게도 참여를 권했다.

"아니오. 어차피 저항도 못 하는 백성을 죽이는 일이오. 굳이 우리 손까지는 필요하지 않을 듯하군."

사황자가 굳은 얼굴로 단호하게 고개를 저었다.

원자균이 뭔가 생각이 많은 눈으로 사황자를 보았다.

그때, 삼황자의 명에 따라 백성들을 포위했던 사마 원자기가 고개를 끄덕였다.

그와 동시에 병사들이 창이 백성들에게 꽂혀 들어갔다.

"타하하핫-!"

푸-욱! 푹!

"아악!"

"아—악!"

밖에 있는 남자들의 몸을 꿰뚫고 창이 들어가고, 비명이 처절하게 울려 퍼졌다.

푸욱!

박혀 있는 창을 뽑아내니 붉은 피가 쏟아지듯 흘러나오고, 창날 끝에는 허연 내장 조각들이 딸려 나오기까지 했다.

가족들을 감싸 안고 버티던 이들이 가장 먼저 쓰러졌다.

하지만 병사들은 거기서 멈출 생각이 없었다.

"다음 열!"

"타아아앗!"

푹! 푸-욱!

"아악!"

"우아아악!"

"천……신……이시……여!"

노인들이 죽었다.

그리고 창끝은 어김없이 더 안쪽에 있던 여자들과 아이들을 향했다.

"뭐 하느냐! 역적이다! 역적의 자식들일 뿐이다-!"

사마 원자기가 병사들을 독려하고, 각오를 다잡은 병사들의 창이 안으로 뻗어졌다.

그와 동시에.

"멈춰라—!"

파아아아——!

타—앙! 쿵. 쿵.

여자와 아이 들을 향해 뻗어지던 창대가 단번에 잘려 나간 것이다.

"멈추시오!"

"웬 놈이냐! 아니, 네놈들은?"

"정의맹 소속 적호단주 팽치요. 잠시 손 속을 멈추시오!"

맨손으로 병사들의 창대를 매끄럽게 날려 버린 사람은 적호단주 팽치였다.

적호단주는 굳은 얼굴로 저를 노려보는 사마 원자기에게 통보하듯 소리쳤다.

"가, 감히! 무림의 천한 무부 따위가 지엄한 황명의 수행을 막은 것인가!"

흥분한 삼황자가 화가 나서 나섰다.

하지만 적호단주에게도 믿을 구석은 있었다.

"지엄한 황명은 우리 쪽도 수행 중입니다."

적호단주 팽치가 온몸으로 짜증과 귀찮음을 표출하며 앞

으로 나섰다.

주변을 둘러보니.

"거참, 많이도 죽였다."

"뭐라!"

"보셔……요. 우리도 뭐 좋아서 온 건 아니오……요. 우리가 이황자 저하와 함께 적들의 본거지를 치고 있는데, 놈들이 사특한 술수를 부리는 데에 필요했던 피가 줄줄 흘러내리더란 말이지. 그 범인을 추적해서 이곳에 오니, 이 사달이 나고 있네……요?"

"무슨 말을 하는 것이냐!"

삼황자는 적호단주 팽치가 어색하게 붙이는 존대만큼이나 그가 말하는 내용을 이해할 수 없었다.

"감히 천한 무림의 무부들이 군을 막아섰으니, 각오는 한 것이겠지?"

북회군 사마 원자기가 살기를 풀풀 날리며 물었다.

그러나 그런 위협에 적호단주 팽치가 쫄 거라고 생각했다면 오산이었다.

"젠장! 우리도 임무 수행 중이었다니까! 이 난리를 만들어 낸 적의 수뇌부가 사특한 대법을 실행 중인데, 댁들이 거기에 도움을 주고 있다고! 말귀 못 알아들어?"

적호단주 팽치가 원자기와는 비교도 안 되는 진짜 살기를 뿜어 대며 화를 토했다.

정의맹에서도 내로라하는 고수가 뿜어내는 살기에 수많은 전장을 누볐던 병사들조차 겁을 먹고 물러섰다.

그때, 적호단주와 함께 올라왔던 일 조 조장 서장원이 소리쳤다.

"찾았습니다."

"부숴!"

적호단주 팽치가 보지도 않고 말했다.

피가 모여서 흐르는 입구를 발견했다면 그걸 봐서 무엇하겠나. 한시라도 빨리 부수는 것이 정답이었다.

하지만 일 조 조장이 곤란한 목소리로 적호단주를 불렀다.

"단주님, 이거 우리는 안 되겠는데요."

"뭐야?"

적호단주가 다가오자 단단히 뭉쳤던 백성들이 흩어지고, 그 사이로 일 조 조장이 가리키고 있는 곳이 보였다.

절벽 돌 위에서 흐르는 피들이 일 조 조장이 가리키고 있는 구멍으로 흘러 들어가는 것이 보였다.

"씨발, 물러서라. 내가 부순다!"

"예."

적호단주의 말에 적호단원들이 물러섰다.

그리고 그들 뒤로, 여전히 절벽 위에서 버티고 선 군대가 보였다.

"젠장. ……거기! 여기를 부술 거니까 뒤로 물러서시오!"

짧게 욕지거리를 뱉은 적호단주가 삼황자와 원자기를 향해 말했다.

하지만 그들 또한 무림인의 통보를 순순히 받아들일 사람들이 아니었다.

"닥쳐라! 감히 본 황자의 일을 방해하고도 살아남길 바라는가!"

"방해는 그쪽이 먼저라잖아! 요! 진짜 뒈지기 전에 물러서라고! 요!"

"뭐, 뭐라! 감히 황족을 모독하다니! 사마, 저자들을 당장 잡아들이라!"

삼황자가 흥분하여 소리쳤다.

"씨발, 황족은 여기도 있다니까! 저 안에서 진짜 황족이 죽기 전에 협조하라고!"

적호단주 팽치도 흥분해서 소리를 질렀다.

팽팽하게 맞서서 서로를 노려보는 상황.

삼황자의 명에 원자기가 병사들로 하여금 적호단을 향해 창을 겨누게 하고, 적호단원들 또한 적호단주의 명령을 기다리며 병사들을 노려보고 있었다.

일촉즉발의 상황.

누구도 단 한 걸음도 물러서지 않는 상황을 보며, 사황자가 입술을 질끈 깨물었다.

'그래, 진짜 마지막 도박이다!'

사황자가 굳은 얼굴로 옆에 있던 원자균을 보았다.

"병사들을 뒤로 물리지."

"예?"

원자균이 놀라 되물었다.

그러자 사황자가 더욱 단호한 어조로 말했다.

"병사들을 뒤로 물려라."

"하지만 저하!"

"저자의 말을 못 들었나? 이 일로 행여 이황자 저하가 위험에 빠지기라도 한다면, 황제 폐하와 황후마마의 분노는 어찌 감당할 생각인가?"

"그런……!"

사황자의 지적에 원자균이 다른 할 말을 찾지 못했다.

그러나 사황자의 판단이 합리적이라 생각한 원자균은 곧 굳은 얼굴로 병사들을 향해 소리쳤다.

"모두 뒤로 물러나라!"

원자균의 외침에 병사들이 웅성거렸다.

"사황자 저하의 명이시다! 모두 물러나라!"

원자균의 단호한 명에 사황자를 따라야 하는 북회군들이 뒤로 물러났다.

갑자기 전력의 반을 잃게 된 삼황자가 분노한 얼굴로 사황자를 노려보았다.

"유영, 이게 무슨 짓이냐!"

"그러는 유창 형님이야말로 무슨 짓인지 모르겠군. 이황자 형님이 위험해질 수 있다는 말을 듣지 못한 건가?"

"그, 그건…… 저들의 말을 어찌 믿고!"

"이황자 형님이 정의맹 적호단과 함께 움직이는 건 알고 있었잖아. 일전에 얼굴도 보았고. 그런데 모르는 척하는 거야? 그러다 정말 이황자 형님이 위험에 빠지면…… 감당할 수 있겠어?"

"뭐?"

"하남 조씨 일가와 남궁세가, 황후마마는 물론이고 황제 폐하의 분노까지. 형님을 찾은 지 얼마 안 돼서 유창 형님 때문에 그분을 잃는다면, 그 분노를 다 감당할 자신이 있냐고 묻는 거잖아."

"너 이……!"

전혀 틀린 말이 아니라, 삼황자는 물론 옆에 있던 원자기까지 심각한 얼굴로 굳었다.

사황자의 곁에서 원자균이 고개를 저어 보였다.

"물러서는 것이 좋겠습니다."

"그렇지만……!"

"정말로 이황자의 안전이 달려 있다면, 자존심을 부리실 때가 아닙니다."

원자기의 말에 삼황자가 원자기를 노려보았다.

무례하고 건방진 원자기의 말에도 화가 치솟았지만, 그의 말처럼 지금은 화를 내고 있을 때가 아니었다.

"병사들을 물리라."

삼황자가 짓씹듯이 명을 내렸다.

그와 동시에 북회군이 빠르게 절벽에서 물러섰다.

적호대원들이 남은 백성들을 밀어붙여 물러서게 만들었다.

그리고 모두가 서른 보 정도 물러서자, 적호단주 팽치가 입술을 삐쭉이며 주먹을 들었다.

"타아아앗---!"

적호단주의 팔에 불이 붙은 듯 붉은 기운이 일렁거렸다.

조금 떨어진 곳에서 그걸 지켜보던 삼황자와 사황자, 원씨 형제 그리고 병사들이 태어나 처음 보는 광경에 놀란 눈을 떴다.

그와 동시에, 적호단주 팽치가 하북팽가의 강권 중에 강권이라는 혼원벽력권을 절벽 바닥을 향해 내리쳤다.

콰과광—콰-앙!

쩌어어어----콰---앙!

수십 명의 사람들이 딛고 있던 절벽 바위가 부서지고 쪼개지더니 그대로 무너져 내렸다.

"……허!"

놀란 사황자의 입에서 헛웃음이 새어 나왔다.

콰과광---쾅-!

챙---!

동굴 안이 무너질 듯 흔들렸다.

진화와 검마의 눈길이 동시에 흔들리는 천장을 향했다.

혼현마제 또한 심각한 얼굴로 천장을 보았다.

그리고 동굴 입구로 향하는 시선.

'일이 잘못되었구나. 시간이 없는데…….'

천문이 주어지는 때는 점점 다가오는데, 역천진으로 향하던 피가 말라붙었다.

혼현마제는 초조한 듯 그것을 보다가 결국 결심을 굳혔다.

쉐에에에엑----!

혼현마제의 손이 움직이고, 동굴 안에 세찬 바람 소리가 시작되었다.

"현홍사다! 막아라-!"

타앙-!

휘이익---! 휙휙! 휘-익!

공기를 찢는 듯 불길한 소리가 사방에서 들리고, 제단을 둘러싼 동굴의 사방에 설치해 둔 혼현마제의 주살진(蛛殺陳)이 먹이를 향해 움직였다.

휘이익-!

채—앵! 챙! 챙!

교성흑오대와 환마제를 따르는 백성들을 상대하고 있던 적호단원들도 급하게 몸을 보호하기 위해 자신의 앞으로 검을 들었다.

하지만 바람은 앞만이 아니라 사방에서 몰아치고 있었다.

"모여!"

남궁진혜의 외침에 적호단이 서로 등을 대고 모여들었다.

죽음의 바람은 이미 피를 부르기 시작했다.

"크아악!"

주살진의 날카로운 실에 걸려 사지가 잘리는 것은 적호단이 아니었다.

아무런 방비 없이 있던 교성흑오대와 백성들이 바닥에 피를 뿌리며 쓰러졌다.

작은 시내처럼 붉은 피가 흘러 땅을 적셔 들어갔다.

그때.

파지지지지짓------콰광, 쾅!

푸른 번개가 사방으로 뻗어 갔다.

공중에서 수십 번씩 섬광이 번쩍이고, 이내 희뿌연 연기가 사방에 가득했다.

"네 수작은 이제 뻔해."

매캐한 냄새와 함께 검게 탄 현홍사의 흔적이 떨어지는 속에서, 진화가 매서운 얼굴로 혼현마제와 그 앞을 막은 검마제를 노려보았다.

혼현마제의 주살진에 조각난 시체에서 흐른 피가 땅에 스며들고.

천천히.

죽은 몸에서 혼이 일어서는 듯, 피가 배인 땅에서 희미한 안개가 피어올랐다.

새벽 숲의 운무보다 어둡고, 붉은.

검은 독무와 피안개가 합쳐지는 듯 땅속에서 피어오른 그것들이 넘실거렸다.

그때.

파지지지직---!

콰광! 쾅! 쾅!

어두운 구름 속에서 번개가 번뜩이듯, 사방에서 불꽃이 번쩍였다.

"이런……!"

혼현마제의 얼굴이 당황으로 물들었다.

타닷. 탓. 탓. 타-앗!

적호단을 덮치던 섬뜩한 현홍사들이 파지직- 하는 마지막 불꽃과 함께 재가 되어 부서지며 흩어졌다.

적호단의 주변뿐 아니라 동굴 사방에서 날카로운 현홍사가 조각조각 부서져 비처럼 떨어져 내리는 소리가 들렸다.

그 속에서 냉정할 정도로 침착한 진화의 목소리가 남궁진혜를 불렀다.

"누님!"

진화가 걱정스러운 눈빛으로 남궁진혜를 찾고 있었다.

진화의 부름에, 멍하니 부서지는 현홍사를 보고 있던 남궁진혜가 정신을 차렸다.

남궁진혜의 얼굴이 순식간에 붉게 물들었다.

"이런 씨!"

멍하니 정신을 놓고 있었다는 것에 창피함을 느낀 듯 남궁진혜가 작게 욕지거리를 뱉었다.

현재 이곳에서 가장 강한 사람은 남궁진화였다.

아니 어쩌면 적호단주를 포함하더라도, 남궁진화보다 강한 사람은 없을 것이다.

대놓고 말은 하지 않았지만 적호단원들도 모두 알고 있었다.

약관도 되지 않은 나이에 경지를 넘어선 진화의 실력에 관해 전 무림이 떠들썩한데, 함께 싸우고 있는 적호단원들이 모를 리 없었다.

하지만 이곳에서 적호단에게 명을 내려야 하는 사람은 남궁진혜였다.

현재 적호단의 전략은 진화가 가장 강한 적을 처리하는 동안 적호단이 주변을 정리하고 진화를 돕는 데에 중점이 맞춰져 있었다.

진화에게 지켜지는 것이 아니라 진화를 지켰어야 했다는 것이 남궁진혜의 생각이었다.

아니, 적호단의 임무가 아니라도, 진화가 엄청나게 강한 것과 상관없이, 남궁진혜에게 진화는 지켜 주고 싶은 동생이었다.

못난 꼴을 보였다는 생각에 얼굴이 붉게 달아오른 남궁진혜가 혼현마제를 노려보았다.

"저 외팔이 영감은 내가 맡는다. 적호단은 최대한 빨리, 여기 있는 모든 적들을 죽인다!"

"추-웅!"

남궁진혜의 말에 적호단이 기세를 끌어 올려 안으로 나갔다.

"죽인다-! 영감!"

남궁진혜가 사나운 외침과 함께 비호처럼 혼현마제를 향해 뛰어올랐다.

"애송이 계집년이 감히!"

혼현마제의 하나 남은 눈에서 붉디붉은 살기가 피어올랐다.

좌라라라라락----!

카—앙!

혼현마제의 현홍사와 남궁진혜의 검이 맞부딪히며 굉음을 내었다.

그와 함께 적호단의 움직임도 더욱 빨라졌다.

퍼-억! 퍽!

쉐에에엑---!

검이 허공을 가로질렀다.

적호단이 휘두른 검에 교성흑오대와 환마제를 따르는 백성들이 물러섰다.

각오를 단단히 한 적호단의 움직임은 한층 더 냉정해졌다.

교성흑오대의 검이 적호단을 위협했지만, 적호단원은 위험하다 싶으면 망설이지 않고 그들에게서 멀어졌다.

적호단의 목적은 교성흑오대와 환마제를 따르는 백성들에 맞서 싸우는 것이 아니라, 그들을 자신들이 의도한 방향으로 움직이게 하는 것이었기 때문이다.

퍼---억!

우두두둑!

적호단의 검을 피해 움직인 백성들이 비명도 없이 쓰러졌다.

팽수, 팽신 형제의 파갑추가 정확하게 백성들의 머리를 때려 의식을 잃게 하거나 목을 부러뜨린 것이다.

다른 곳도 마찬가지였다.

휘이이익---- 타탓! 타다다다닷-!

"컥!"

"끄어……."

퍼—억!

당혜군의 만천화우에 움직임이 둔해지거나 쓰러진 이들의 머리로 현오의 금강붕산권과 나하연의 사천패룡권 화룡결기가 뜨겁게 날아들었다.

퍼억! 퍽! 퍽!

"수박 깨지는 소리 같아서 섬뜩하군."

"하지만 저쪽이…… 더 섬뜩하지 않아?"

남궁교명의 말에 남궁구가 한쪽을 눈짓했다.

그와 함께.

퍼----엉!

스스스스슷----!

거대한 기운이 한쪽 동굴 벽을 부수며 동굴 전체를 흔들었다.

하지만 그에 아랑곳하지 않고 진화와 검마제가 서로를 향해 달려들었다.

"조금 가까워졌다고 생각했는데 끝이 보이지 않는군."

검마제가 쏘아 대는 검기를 뇌전으로 터뜨리는 진화를 보며, 남궁교명과 남궁구가 조금 씁쓸한 표정이 되었다.

여전히 자신들은 도울 수 없는 싸움이었다.

카—앙!

캉! 캉! 캉!

눈 바로 앞에서 불꽃이 튀었다.

붉은 검기가 진화의 미간을 노리며 정확하게 날아들고, 진화는 눈 하나 깜짝하지 않고 그것을 바로 코앞에서 태워 버렸다.

그리고 그다음으로 오는 검기는 검마제를 향해 날려 버렸다.

채—앵!

검기가 자신의 앞까지 닿자 검마제의 눈이 커졌다.

"놀랍군."

검마제가 감탄했다.

그의 눈빛 또한 그의 말과 다르지 않았다.

검마제의 솔직한 반응에 진화의 눈매가 매섭게 굳었다.

검마제 백천흠.

그는 귀천성 인사들 중 유일하게 정파 무림에까지 인정받은 무인이었다.

역천마제를 충심으로 따르는 절개 있는 수하인 동시에 검에 미친 검귀.

하지만 무공에 한해서만은 더없이 솔직하고 오직 검술만 좇는 진짜 무인이라는 평가를 듣던 유일한 마제였다.

이전 생에서 진화와 맞닥뜨린 적은 한 번도 없었지만, 정의맹에서 의와 협도 모르는 살인귀 소리를 듣던 뇌왕 남궁진화와 끊임없이 비교되던 인물이기도 했다.

그래서일까.

검마제의 솔직한 감탄에 진화의 심사가 뒤틀렸다.

"같잖지도 않지! 힘에 혼을 판 검귀 따위가 감히 남궁의 검술을 평가할 자격이 있다고 생각하나?"

"뭐라!"

진화의 말에 검마제의 표정이 굳었다.

하지만 그 전에, 진화의 손에서 수십 가닥의 검기가 쏘아져 나갔다.

쉐에엑! 쉐-엑! 쉐에에에엑----!

천뢰제왕검법 낙엽(落曄)--!

푸르디푸른 남궁세가의 번개가 사방에서 수십 갈래의 길을 따라 검마제를 향해 쏘아졌다.

펑! 펑! 펑펑!

연이은 폭발음과 함께 기운이 터져 나간 여파가 주변을 흔들었다.

땅이 패고 동굴 벽이 무너졌다.

어지간한 무인이라면 벌집이 되어 쓰러졌어도 남을 위력이었다.

그러나 검마제의 신형은 꿈쩍도 하지 않았다.

오히려 뿌옇게 피어오른 돌먼지 사이로 수십 개의 붉은 안광이 존재를 빛냈다.

어둠 속에서 빛나는 맹수의 눈동자와 같은 그것들이 진화를 향했다.

그 속에서 덤덤한 검마제의 목소리가 울렸다.

"인정하지. 정파에 너와 같은 무재가 있을 줄은 몰랐군. 하지만 겨우 경지의 영역에 한 발자국 발을 디딘 것으로 우쭐대면 곤란하다."

진화의 공격에 불구하고 검마제는 처음 섰던 자리를 단 한 걸음도 벗어나지 않았다.

그는 여태까지 그곳에서 진화에게 수십 개의 검과 같은 기운을 날렸고, 진화의 검기를 막아 냈다.

그리고 지금.

뿌연 먼지가 가라앉자, 어둠 속에 숨은 맹수의 눈동자와 같았던 붉은 정광들이 제대로 모습을 드러내었다.

눈동자처럼 보였던 작고 동그란 것들은 모두, 검마제가 자신의 기운으로 만들어 낸 검 끝이었다.

검마제의 손에 들린 검이 아닌 수십 개의 기검이 진화를 향해 있었다.

"앞으로 더 정진하게 해 주마!"

쫘아아아아아아------!

만류검종(挽留劍終) 도산검림(刀山劍林)—!

검마제의 말과 함께 수십 개의 붉은색 검이 진화에게 쏟아졌다.

'오냐, 와라!'

진화의 눈이 번뜩였다.

세간에서 보기엔 아직 어린 나이였지만, 진화에겐 생을 거슬러 다시 그만큼의 세월이었다.

진화는 자신이 이전 뇌왕의 시절보다 더 강해졌음을 알았다.

그리고 지금 검마제와의 싸움이야말로, 진화에겐 그걸 확인해 볼 수 있는 기회였다.

파지지지지직-----!

진화의 온몸에서 넘실거리던 푸른 기운이 불꽃을 피워 올렸다.

격렬하고 빠르게.

진화의 몸이 폭풍을 헤치는 번개처럼 움직였다.

파팟-! 퍼엉!

도무지 눈으로는 좇을 수 없는 속도.

그저 도중에 나는 폭발음, 간간이 보이는 푸른 불꽃과 주변으로 퍼지는 부서진 기운의 여파만으로 진화가 검마제의 검림을 헤치고 있다는 걸 짐작할 뿐이었다.

'나는 이제 닿을 수 있다-!'

이전 생에서는 손쓸 틈도 없이 광마제의 손에 당했다.

하지만 지금, 광마제만큼이나 강하다고 알려졌던 검마제를 상대하면 할수록, 진화는 이전 생과 달라질 수 있다는 걸 확신할 수 있었다.

쉐에에엑---!

캉! 캉! 카-앙!

육체의 한계, 안력의 한계를 벗어나 뇌전으로 열린 안계.

진화는 그 속에서 검마제의 붉은 검을 일일이 불태우고 앞으로 나아갔다.

진화의 내공과 완전히 하나가 되었던 천뢰기가 오랜만에 흥분한 듯 검게 요동치기 시작했지만, 진화는 더 이상 신경 쓰지 않았다.

"이전에도 그랬듯, 지금도, 네놈들을 죽일 수 있다면 색깔은 신경 쓰지 않겠다!"

이전 생에서, 진화가 뇌왕이라는 별호를 얻은 이면으로 남궁세가의 옥의 티, 태생을 숨길 수 없는 정파 같지 않은 인물이라는 소리를 들었던 이유.

바로 진화가 죽을힘을 다하는 순간마다 검은 빛을 뿜던 천뢰기 때문이었다.

남궁세가의 푸른색 기운과 다른 검은 번개는 불길함의 상징이었다.

하지만 그때와 마찬가지로 진화는 거기에 연연하지 않기로 했다.

다만 이전과 다른 점은, 그때는 검은 빛을 숨겨서라도 함께하고 싶은 가족들이 모두 죽어서 포기해 버린 것이라면 지금은 검은 빛을 뿜어서라도 지켜야 할 사람들이 생겼기 때문이다.

쉐에에에엑-!

카------앙!

진화와 검마제의 검이 부딪혔다.

검마제의 진짜 검이.

'닿았다!'

귀천검을 휘둘러 진화의 검을 막아 낸 검마제의 눈이 커졌다.

평정이 깨어진 것과 동시에 사납게 일그러진 검마제의 얼굴을 보며 진화는 통쾌함을 느꼈다.

쉐에에에엑---!

묵빛이 스며든 검푸른 기운이 더 이상 청명할 수 없을 정도로 밝게 빛났다.

소낙비를 퍼붓는 듯 쏟아지는 유성우를 막는 듯.

섬전십삼검뢰 붕격우산의 연속적 움직임에 검마제도 더 이상 여유 부릴 수 없을 정도로 바쁘게 움직였다.

진화는 육체의 안력을 넘은 안계에서 움직일 수 있는 것은 검마제만이 아니라는 듯 끊임없이 공격을 퍼부었다.

진화의 공세에 검마제가 뒤로 밀려났다.

그 사실이 검마제의 자존심을 건드린 듯, 그의 기운이 횃불처럼 거세게 끓어올랐다.

“날 죽이기엔 아직 멀었다, 애송이-!”

까아아아앙-----!

주작이 날개를 펴듯, 날카로운 검명과 함께 검마제의 검에 실린 거대한 기운이 진화의 번개를 단숨에 떨쳐 버렸다.

퍼-----엉

진화가 검마제의 검을 막아 내며 뒤로 물러섰다.

‘이십 보.’

진화의 눈이 순식간에 자신이 물러선 거리를 파악했다.

‘이 정도 차이라면……!’

진화의 눈 속에 떨어지는 유성우의 불꽃은 아직 꺼지지 않았다.

하지만 그때.

ㄷㄷㄷㄷㄷㄷㄷㄷ----!

바닥이, 땅이 흔들렸다.

쿵! 쿵!

동굴이 흔들리며 천장에서 큰 돌덩어리가 떨어져 내렸다.

"뭐, 뭐야?"

당황한 적호단원의 목소리가 크게 울렸다.

남궁진혜가 혼현마제와 대등하게 맞붙고, 적호단원들이 교성흑오대를 압도하던 차였다.

그런데 몸이 흔들리고 동굴이 무너질 듯 심한 진동이라니.

놀란 적호단원들이 무너지는 바닥을 피해 비교적 안정적인 벽 쪽으로 물러섰다.

남궁진혜 또한 놀란 얼굴로 주변을 보다가, 혼현마제를 노려보며 그에게서 떨어졌다.

진화도 마찬가지였다.

처음 겪는 일.

"혹시?"

진화가 급히 혼현마제를 보았다.

혹시 이전처럼 혼현마제가 동굴을 무너뜨리는 장치를 한 것인가 의심한 것이다.

하지만 혼현마제마저도 예상치 못한 일인 듯 놀란 얼굴로 무너지는 바닥을 보고 있었다.

드드드드드―――――

땅이 크게 무너지고 바닥이 갈라졌다.

"으아아악!"
미처 피하지 못한 백성들이 갈라진 틈으로 떨어졌다.
철—퍽.
익숙한 소리.
진화와 현오의 시선이 마주쳤다.
아니나 다를까, 그들은 본 적 있는 까만 독물이었다.
"크아아악!"
"끄어……."
지옥의 문이 열리듯 바닥에서 솟아오른 시커먼 독물이 남아 있던 시체와 떨어진 사람들을 집어삼켰다.
그리고 그 사이로.
"부단주님, 거기!"
"나도 보인다!"
적호단은 물론 진화의 눈이 커졌다.
촤아아아아아———!
시커먼 독수 속에서 솟아오르는 단상.
진화는 그 또한 익숙한 것이었다.
'저건 그때의 그……!'
이전 생에서 진화가 마지막으로 누웠던 그 단상과 같은 것이었다.
독수 속에서 단상이 온전하게 모습을 드러내고, 단상에 누워 있던 여인의 몸이 천천히 떠올랐다.

"뭐, 뭐야?"

검은 독무와 새빨간 혈무가 단상을 중심으로 춤을 추는 듯 넘실거렸다.

단 아래에는 온전한 땅도 없이 검은 독물이 출렁이며 단상을 떠받들고 있었다.

여인의 몸은 단상을 떠나 점점 더 높이 떠올랐다.

마치 검은 독물의 숭배를 받는 듯.

"천신이시여……!"

"아이고, 성녀님!"

검은 독물에 삼켜지는 것을 피한 백성들이 바닥에 머리를 박으며 그들의 신을 찾았다.

적호단원들이 남궁진혜와 진화를 보았다.

하지만 그들이라고 달리 뚜렷한 방법이 있을 리 없었다.

그들 또한 이 모든 일이 처음이었기 때문이다.

그건 혼현마제와 검마제도 마찬가지였다.

단지 놀랐을 뿐인 검마제와 달리 혼현마제는 무엇 때문인지 믿을 수 없다는 얼굴을 하고 여인을 보고 있었다.

이 자리에서 당황하지 않는 이들은, 모순적이게도 여인에게 현혹된 백성들뿐이었다.

그렇게 모두가 당황한 사이.

휘이이이이――――!

자욱한 독무와 혈무가 여인을 보호하듯 여인을 둘러싸고,

그 속에서 누워 있던 여인의 몸이 바로 섰다.

그리고.

번뜩—!

갑자기 여인의 눈이 뜨였다.

눈동자가 없이 새하얀 눈.

탁하게 죽은 혼현마제의 한쪽 눈과 달리 옥처럼 새하얀 눈이 광채를 뿜었다.

그와 동시에 남궁진혜의 목소리가 울렸다.

"젠장! 전부 숨 쉬지 마—!"

장안에서 환마제의 기운이 어떻게 사람들의 정신을 조종했는지 떠올린 남궁진혜가 소리쳤다.

하지만 소용없는 명이었다.

환마제의 그것은 숨을 쉬며 공기와 함께 흡입하는 것이 아니라, 환마제의 기운에 따라 상대의 정신을 침탈하는 것이었기 때문이다.

단상에 있던 여인이 사방으로 힘을 터뜨리고, 그와 함께 여인을 둘러싸고 있던 독무와 혈무가 순식간에 동굴 안으로 퍼져 나갔다.

"아아아악———!"

간신히 살아남은 백성들 사이로 비명이 울려 퍼졌다.

백성들이 기대한 것은 그들도 즐겁게 웃으며 살 수 있는 천신의 세상이었으나, 여인이 깨어나고 그들을 기다린 것은 스스로 목을 조르게 만드는 지옥이었다.

“젠장, 진짜 싫은데…… 니미아무나쓰불!”

독혈무가 다가오는 것을 보며 현오의 얼굴이 슬픔으로 물들었다.

“아아악——! 너 때문이야!”

지옥 같은 악몽이 시작되었다.

챙—! 챙챙——!

“부대주, 피하십시오!”

“어서요!”

사방에 검은 귀면을 쓴 놈들이 수하들을 죽이고 있었고, 간신히 살아남은 수하들도 곧 죽음을 각오한 얼굴들이었다.

이제 간신히 곁을 내준 내 사람들.

그들은 오늘도 자신으로 인해 비참한 죽음을 기다리게 되었다.

비통함이 가슴을 옥죄고 죄책감이 온몸을 짓눌렀다.

‘이곳은 내 지옥 속이군.’

익숙한 광경과 익숙한 고통.

이전의 삶에서 진화가 견뎌야 했던 것들이었다.

꽈드드득!

고통을 견디려 입안을 씹었다.
비릿한 혈향과 따끔한 고통에 정신이 번쩍 들었다.
진화는 망설이지 않고 팔을 휘둘렀다.
쉐에에에-!
육신이 한계를 넘어 공기를 찢는 소리가 진화의 귀에 온전히 들렸다.
동시에.
파지지지직---!
분노한 천뢰기가 사방으로 뻗어 갔다.
홀연하게 눈을 뜬 진화의 눈동자 속, 검은 우주에는 천둥번개가 내리치고 있었다.
콰----광!
파지지지짓!
검은 독수 위로 떠올랐던 단상이 부서지고, 단상 주변에 있던 독수에서 검은 연기가 피어 올랐다.
동굴 안을 맴돌던 독무와 혈무마저 진화의 번개에 타들어 갔다.
"어, 어떻게?"
여자가 하얀 눈에 핏발을 잔뜩 세운 채로 경악했다.
그런 여자를 보며 진화가 오랜만에 억지로 입꼬리를 올렸다.
"악몽을 두고 싸우는 건 익숙한 일이거든."

어쩌면 이전 생과 비교해서 너무도 평탄하고 행복한 삶을 살고 있기 때문일지도 모르겠다.

그래서 온몸에 사무친 원한이 조금 마모되었던 건지도.

진화는 오장육부를 쥐어짜고 싶을 정도로 온몸을 옥죄어 오는 원한이 더없이 반가웠다.

'이 원한이 무뎌지면 이전 생의 그들에게 너무 미안하지 않은가!'

기억해야 했다.

고통스럽지만 진화 자신만큼은 그들 하나하나의 죽음을 기억해야 했다.

"좋은 기억이 떠오르게 해 줬으니, 마땅한 보답을 하도록 하지!"

파지지지짓---!

진화가 여인을 향해 검을 휘둘렀다.

"꺄아아악--!"

퍼-엉!

여인이 비명을 지르며 몸을 웅크렸다.

동굴을 배회하던 독무와 혈무가 진화의 검기를 막으며 흩어졌다.

쉐에에엑-!

"아아악!"

펑! 펑! 펑!

저 독혈무는 분명 여인의 뜻에 따라 그녀를 보호하는 것 같았는데, 어찌 된 일인지 여인은 전혀 싸울 줄 모르는 사람처럼 웅크리고만 있었다.

'싸울 줄 모르는 사람? ……그렇군! 아직 힘을 제대로 쓸 줄 모르는 거야!'

진화의 눈이 번뜩였다.

그때.

쉐에에엑---!

진화는 자신을 향해 내리꽂히는 붉은 기검을 보며 급하게 검을 휘둘렀다.

"제법이군."

진화의 앞을 가로막은 사람은 검마제였다.

여인의 독혈무는 적호단과 귀천성을 가리지 않고 덮쳤다.

적호단은 물론 교성흑오대까지 바닥을 구르며 고통스러워하고 있는 이유였다.

검마제는 진화처럼 스스로 악몽을 깨고 나온 것이다.

"당신이 할 말이 아니야."

쉐에에엑---!

진화의 천뢰기가 여인을 향해 쏘아졌다.

천뢰제왕검법 낙엽은 위아래, 좌우를 가리지 않고 진화가 할 수 있는 모든 방향에서 여인을 공격해 들어갔다.

펑! 펑! 펑! 펑!

검마제 또한 여인을 지키기 위해 진화의 모든 공격을 향해 수십 개의 붉은 기검을 날렸다.

퍼----엉!

콰드드드드드--!

사방으로 던져진 기운의 여파에 동굴 전체가 흔들렸다.

돌덩어리와 가루가 떨어지며 눈앞을 가렸다.

그에 맞춰 진화를 향해 날아드는 한 줄기 매서운 빛.

파-팟!

진화의 눈에 푸른 번개가 내리치는 것과 동시에 어디선가 날아든 금빛 돌멩이가 현홍사를 떨어뜨렸다.

혼현마제가 깨어난 것과 거의 동시에 현오 또한 악몽에서 벗어난 것이다.

“쓰불. 망할 곱슬머리 퉁퉁이 새끼!”

현오가 창백한 얼굴로 욕지거리를 뱉었다.

곱슬머리 퉁퉁이라니…….

진화의 머릿속에 소림사 대서전에 있던 자애롭고 거대한 불상이 스쳐 지나갔으나, 끝까지 상상하지 않았다.

“천흠--!”

혼현마제의 다급한 목소리가 울렸다.

그 목소리에 진화가 본능적으로 검기를 날렸다.

파지지지짓-!

진화의 천뢰기가 검마제의 경로를 막았다.

현오 또한 무슨 영문인지는 모르나 진화를 따라 혼현마제를 공격했다.

휘이이이-!

사방이 돌덩어리요, 타다 만 잿덩어리들이라. 현오의 팔이 유연하게 팔궤를 그리며 검은 잿덩어리에 금강의 기운을 실었다.

파-팟! 파파팟-!

금빛 성력을 담은 돌과 잿덩어리들이 혼현마제가 쏘아 대는 현홍사의 끝을 부러뜨렸다.

그와 동시에.

퍼------억!

"꺄아아아악-!"

여자의 날카로운 비명이 동굴 전체에 울려 퍼졌다.

세 번째로 악몽에서 벗어난 사람은 놀랍게도 나하연이었다.

"남의 것에 눈독 들이지 말라고, 개쌍-여자야!"

나하연이 잔뜩 분노에 찬 얼굴로 여자를 향해 주먹을 내질렀다.

"그런 얼굴을 망가뜨리다니!"

정말 악몽에서 깨어난 것이 맞을까.

"침도 나만 흘릴 거다! 눈깔도 돌리지 마라! 타아앗!"

퍼퍽! 펑! 펑! 퍽! 퍽!

"아아악!"

거칠 것이 없었다.

검붉은 독혈무가 여인을 보호하려 나하연에게 달려들었지만, 나하연의 손과 발은 독혈무를 뚫고 앞으로 나아갔다.

패왕권문의 사천패룡권.

금룡무제 나윤천을 주먹 하나로 정의맹 맹주 자리까지 올렸던 무공이었다.

타고난 천력과 강인한 신체를 바탕으로 마구잡이로 휘두르는 것 같지만, 나하연의 용수팔반은 사천패룡권의 화룡결기와 흑룡패기를 일흔두 가지 연속기로 이은 것이었다.

사천패룡권의 패도적인 부분만 연결한 것이 참 나하연다운 동시에, 결기와 패기를 하나로 합칠 수 있는 것은 나하연이기에 가능한 일이었다.

"아름다운 것을 소중히 할 줄 모른다면 죽어도 마땅하다-앗!"

퍼-억!

우두둑.

용암처럼 뜨거운 기운을 실은 나하연의 주먹이 여인의 목을 끊어 놓았다.

말 그대로 몸에서 끊어진 여인의 목이 땅에 떨어지고, 동굴을 가득 채우고 있던 독혈무도 순식간에 사라졌다.

예상 밖의 일이었다.

모든 것이.

환마제가 깨어나는 것부터.

'저 제물의 자질이 이전의 여시보다 완벽했단 말인가!'

혼현마제가 나하연의 주먹에 쓰러지는 여인을 보며 눈매를 좁혔다.

그리고 여인을 죽이는 나하연.

지금까지 그다지 주목하지 않았던 나하연이 혼현마제 자신과 거의 비슷하게 악몽을 깨고 일어설 줄은 전혀 예상하지 못한 일이었다.

'금룡무제 나윤천의 핏줄이란 말이지.'

나하연을 보는 혼현마제의 눈빛이 이채를 띠었다.

하지만 당장 시급한 문제는 모든 일의 진행이 혼현마제 자신의 계획과 어긋났다는 것이다.

'결과적으로는 내가 원하는 대로 되었지만…….'

환마제가 될 뻔했던 여자는 죽었고, 역천대법은 정의맹의 방해로 실패했다.

딱 혼현마제가 원하는 대로였다.

다만, 과정이 깨끗하지 못하다는 건 좋지 못한 일이었다.

'제물의 자질이 마제들보다 나을 수도 있단 말이지…… 그나저나 내 계획이 어긋날 때마다 이놈들이 있군. 운명이라는 것이 이런 사소한 부분까지 이어지는 건가? 흥, 그래도 상관없다! 이제 남은 건, 손쉬운 상대뿐이니까.'

혼현마제의 눈빛에 살기가 맴돌았다.

지친 기색이 역력한 현오를 보며 슬쩍 입꼬리를 만 혼현마제는, 순식간에 낯빛을 바꿔 얼굴을 일그러뜨리며 소리쳤다.

"이런, 말도 안 돼! 환마가! 환마가……!"

혼현마제가 크게 당황한 듯 머리가 떨어진 환마제를 보며 외쳤다.

검마제가 눈살을 찌푸리며 혼현마제를 보았다.

"혼현, 냉정해져라-!"

"하지만……!"

"일단 이곳을 벗어나야 한다!"

검마제가 혼현마제를 향해 소리쳤다.

파파팟---!

쉐에에에엑---!

"누구 마음대로!"

남궁진혜의 노성과 함께 푸른 검기가 검마제의 등을 향했다.

퍼-엉!

붉은 기검이 남궁진혜의 검을 막고, 검마제는 잔뜩 날이 선 표정으로 주변을 돌아보았다.

환마제가 될 뻔했던 여인이 죽고 독혈무가 걷히면서, 악몽에 갇혀 있던 적호단원들이 깨어났다.

대체 어떤 악몽에 있었는지, 교성흑오대는 대부분 깨어나지 못했고 몇몇 적호단원들도 그러했다.

정신을 차린 적호단원들도 겨우 검은 들었지만, 더 이상 움직이지 못하고 창백하게 질린 얼굴로 숨만 몰아쉬고 있을 뿐이었다.

다만 남궁진혜를 비롯한 몇몇은 달랐다.

"숨이 붙어 있는 놈들을 찾아 모두 죽여라!"

"충!"

남궁진혜의 명에 사 조와 오 조 조장이 적호단원들을 데리고 움직였다.

"망할 영감탱이들! 개작살을 내 주마-!"

남궁진혜가 이를 바득바득 갈면서 혼현마제와 검마제를 노려보았다.

그녀의 주변에는 잔뜩 굳은 얼굴을 한 남궁구와 남궁교명, 팽가 형제와 당혜군이 마제들을 향해 살기를 뿌리고 있었다.

악몽을 견디고도 눈빛이 죽지 않고 지치지 않은 이들이었다.

"죽이자!"

"충!"

하지만 대답하기가 무섭게 수십 개의 붉은 기검들이 그들을 향해 쏟아졌다.

파파파파파파파팟―――――!

남궁진혜와 관도생들이 급하게 검을 들어 기검을 막았다.

쉐에에에엑―――!

진화와 싸울 때조차 여력을 남겨 두었던 듯.

검마제는 자신을 향해 달려드는 진화를 향해서도 똑같이 수십 개의 붉은 기검을 날렸다.

파파파파파파팟―――!

진화는 검마제의 붉은 기검을 모두 베어 내고 빠르게 앞으로 나아갔다.

기운들이 부딪히면서 퍼지는 여파에 옷자락이 찢어지고 살갗이 베였지만, 진화의 눈은 오롯이 검마제를 향해 있었다.

"아직이다!"

채――――앵!

진화의 검과 검마제의 귀천검이 부딪혔다.

"허! 대단하군."

검마제가 진화를 도며 눈을 크게 떴다.

아까와 달리, 이번에는 정말로 대등한 무인을 향해 토해 낸 감탄이었다.

"예의를 갖춰 주마!"

번뜩―.

검마제의 눈이 붉게 물들었다.

동시에 검마제의 귀천검이 귀곡성을 터뜨렸다.

카아아아아아아아----!

카—앙!

캉!

“크읏!”

검이 부딪힐 때마다 진화를 보호하기 위해 천뢰기가 번뜩였다.

진화는 전신을 짓누르는 기운을 느끼며 이를 악물었다.

하지만 진화와 달리 진화의 검은 검마제의 기운을 견디지 못하고 깨어지고 말았다.

파아아앗---!

부서진 칼이 산산이 흩어지고, 진화가 급하게 뒤로 물러섰다.

그런 진화를 향해 붉은 기검들이 화살처럼 날아들었다.

쉐에에에에엑---!

“진화야---!”

퍼----엉!

남궁진혜가 진화의 앞을 가로막고 삼 장가량 치솟은 푸른 기둥을 휘둘렀다.

“누……님?”

남궁진혜의 검강을 처음 본 진화는 놀란 눈으로 그녀를 보았다.

푸른 기둥이라니…… 정제되지 못한 기운의 낭비를 떠나서 남궁진혜에게는 참 잘 어울리는 모습이었다.

남궁진혜가 검마제의 기검을 부수는 사이, 검마제는 혼현마제와 함께 동굴을 빠져나가고 있었다.

파지직-!

진화가 양손에 천뢰기를 모으고 뛰어올랐다.

그때.

"현오야!"

남궁구의 다급한 목소리가 진화를 멈추었다.

아래를 내려다본 진화의 시야에, 피를 흘리고 쓰러진 현오의 모습이 보였다.

파지지지짓---!

"우아아아악-!"

파지지직!

"아아악! 아이고, 나 죽는다아아아악---!"

통통한 금창어처럼 펄떡거리는 현오를 두고 진화가 인정사정없이 천뢰기를 뿜었다.

"때, 땡중, 조금만 참아! 이제 됐어!"

"힘내라, 현오!"

멀찌감치 떨어진 곳에서 남궁구와 남궁교명이 현오를 응원했다.

파지지지짓---!

"끄아아아악!"

살이 타들어 가는 냄새와 함께 고통스러운 비명이 조금 더 이어지고.

어느새 내장이 흘러내릴 듯 벌어졌던 현오의 배가 천뢰기에 타들어 가며 철철 흐르던 피도 멎었다.

괜찮다는 것을 보여 주려는 듯 소리를 지르며 엄살을 부리던 현오도, 더 이상 소리 지를 힘도 없는지 창백한 얼굴로 쓰러졌다.

"지혈은 했지만 이미 흘린 피가 너무 많아. 어서 옮겨서 의원에게 데려간다!"

남궁진혜의 말과 함께 팽가 형제가 현오를 들고, 빠르게 움직였다.

아직 환마제의 악몽에 당해 깨어나지 못한 단원들도 옮겨야 했기에, 남궁진혜의 명에 따라 적호단은 빠르게 철수했다.

검마제와 혼현마제가 도망친 것은 아쉬웠지만, 큰 희생 없이 환마제의 부활을 막는다는 기존 목표는 달성했으니. 오늘은 칠 할 정도 적호단의 승리라 봐도 무방했다.

그렇게 모두 동굴을 나가고 후방을 지키고 있던 진화도 자리를 뜨려던 참이었다.

진화는 동굴을 나가다 말고 마제들이 사라진 방향으로 고개를 돌렸다.

'왜지? 왜 혼현마제가 현오를 죽이려 한 거지?'

진화가 이해할 수 없다는 듯 매서운 눈빛으로 그곳을 노려보았다.

콰과광-----광!

그림 같은 협곡을 이루던 절벽 하나가 무너졌다.

혼현마제와 함께 동굴을 빠져나오며 검마제가 통로를 무너뜨렸기 때문이다.

가뜩이나 위태롭던 절벽이 무너지면서, 그들을 쫓아오는 기척은 느껴지지 않았다.

"허, 허어!"

"……."

검마제는 황당하고 허탈한 듯한 웃음을 흘리는 혼현마제를 보았다.

그것을 끝으로 금세 냉정을 찾는 모습이 평소의 혼현마제와 같았다.

다만 마음에 걸리는 것이 있다면…….

"마지막에 그 소림 중, 역천마제 님의 제물이 아니었나?"

검마제의 물음에 혼현마제의 눈이 커졌다.

하지만 곧 기다렸다는 듯 답을 내놓았다.

"아, 그자라면 괜찮을 걸세. 단지 쫓아오지 못하도록 출혈만 일으킨 것이니."

"그런가……."

혼현마제의 대답에 검마제가 고개를 끄덕이며 말끝을 흐렸다.

그 뒤로는 대화가 없었다.

더 할 말이 뭐가 있겠는가.

환마제의 부활이라는 임무에 실패했으니, 그에 대한 보고를 하러 돌아가는 일만 남았을 뿐인 것을.

"내 실책일세. 정의맹의 후기지수들을 너무 얕본 모양이야."

"남궁진화라 했던가? 의천검주의 냄새가 나더군."

"그자의 제자라는 말이 있었지. 그렇게 빨리 클 줄은 상상도 못 했지만. 광마제가 무슨 짓을 한 건지 괴물을 만들었어! 후우, 더 말해 뭐하겠나. 돌아가지."

"……."

혼현마제가 먼저 자리에서 일어섰다.

검마제는 냉정하게 스스로를 자책하는 혼현마제의 모습을 물끄러미 보다가 조용히 그의 뒤를 따랐다.

임무를 끝낸 적호단이 객잔으로 돌아왔다.

가장 심하게 다쳤다고 할 수 있는 현오의 방에는 명진학사가 그를 살피는 중이었다.

적호단주와 남궁진혜, 진화 그리고 현오의 보호자라 주장하는 남궁구, 남궁교명이 초조한 얼굴로 명진학사의 말을 기다렸다.

잠시 후.

“후우, 이거…… 이 정도면 아파서 죽었을 것 같은데요.”

명진학사의 말에 사람들의 눈이 일제히 진화를 향했다.

“…….”

진화가 슬쩍 시선을 피했다.

“그래도 워낙 잘려 나가기도 깔끔하게 잘리고 붙이기도 잘 붙인 터라, 후유증은 없겠습니다.”

“그렇게 아파했는데요?”

남궁구가 진화의 눈치를 살피며 되물었다.

아까 현오는 분명 그 어떤 돼지 멱따는 소리보다 크게 울었었다.

혼현마제의 현홍사에 당했을 때보다 괴로워 보였다고 확신할 수 있었다.

“에이, 그건 아니죠. 잘려 나간 걸 붙인다고 이전과 똑같아지는 건 아니지 않습니까? 한번 손상이 되면 장기도 기능이 떨어지고 피부도 재생력이 떨어지기 마련입니다. 그런데 현오 스님은 위장부터 간장까지 그냥 태우기만 한 것이 아니라 기혈을 깔끔하게 연결시켜 놓아서 순환까지 원활하니, 기능적으로도 회복하는 데에 문제가 없을 거라는 말입니다."

"그거 참 다행이군요."

명진학사의 확언에 적호단주가 안심한 듯 고개를 끄덕였다.

남궁구와 남궁교명도 어느 정도 진화에 대한 오해를 푼 얼굴이었다.

"실혈된 부분만 보충하고, 다른 건 적호단원들과 같이 몸을 보하고 체력을 돋우는 데 좋은 약재만 쓰면 되겠습니다."

"잘 부탁드립니다."

적호단주가 수하들을 위해 기꺼이 고개를 숙이며 부탁했다.

현오도 그렇지만 이번 임무에선 유난히 부상자가 많았다.

환마제의 악몽에 당하면서 스스로 깨어나지 못했거나 심신의 기력을 잃은 이들이 꽤 많았던 것이다.

늘 전쟁터를 오가는 적호단이었다.

그들이 상상할 수 있는 끔찍한 악몽이란 게 오죽하겠는가.

적호단주는 신체적으로 별다른 이상이 없는 이들에게도 며칠간 휴식을 주었다.

"빌어먹을!"

남궁진혜가 속이 상한 듯 욕지거리를 뱉었다.

적호단주가 자리를 비운 상황에서 적호단은 부단주인 남궁진혜의 책임이었다.

그런데 이렇게 많은 인원을 상하게 했으니.

"네 탓이 아니다."

적호단주가 자책하는 남궁진혜를 위로했다.

"하지만……."

"새끼들이 몸만 키웠지 정신 상태가 약해 빠졌어! 깨고 나면 다 함께 특별 정신 수련을 하겠다!"

적호단주의 말에 남궁진혜가 열렬하게 고개를 끄덕였다.

그 자리에 있는 남궁구와 남궁교명의 얼굴이 살짝 질렸다.

"그건 그렇고, 피는 왜 계속 흘러 들어온 겁니까?"

남궁진혜가 따지듯 물었다.

그러자 적호단주가 슬쩍 진화를 보았다.

"또 그 황자 놈들 때문이었다."

"네?"

"어째 안 얽힌다 싶더니, 유인당한 것도 모르고 실컷 양민학살 중이시더군. 멈추라고 해도 더럽게 말도 안 듣고! 하여튼 귓구멍 막히고 자존심만 높은 새끼들이 다 그렇지!"

"아우, 망할 새끼들!"

적호단주와 남궁진혜가 시원하게 황족모독죄를 자행했다.

그래도 진화를 생각한 것인지 더 이상 분노를 이어 가진 않았다.

"일단 혈의 생산을 촉진하는 침을 놓고, 현오 스님이 깨고 나면 탕약을 올리겠습니다."

불행인지 다행인지 진화의 처치가 맞아떨어져 큰 위험은 없을 거라, 명진학사가 일행을 안심시켰다.

남은 것은 현오가 깨어나는 것뿐이라, 잠이 든 현오의 곁에 남궁교명만 남고 모두 밖으로 나왔다.

타—앙!

조용히 현오의 방을 나와 진화가 향한 곳은 황자들과 북회군이 묵고 있는 숙소였다.

굳게 닫혀 있던 문이 억지로 열리자, 안에 있던 북회군이 일제히 무기를 쥐고 사방을 경계했다.

문을 박차고 들어온 사람이 이황자로 알려진 진화라는 걸 알아보기도 전에, 숨이 막힐 듯 거대한 기운이 그들을 짓눌렀다.

"황자님!"

"……."

한쪽에서 진화를 알아보고 부르는 소리가 들렸지만, 진화는 들은 척도 하지 않고 성큼성큼 위층으로 걸어 올라갔다.

잔뜩 흉흉한 기세를 풍기며 올라가는 진화를 보고도, 누구

하나 그의 걸음을 멈춰 세우지 못했다.

진화를 따라 들어온 남궁구가 무표정한 얼굴로 북회군 전체를 바라보며 계단 아래를 지켰다.

그렇게 이 층으로 올라온 진화는 삼황자와 북회군 사마 원자기의 기척이 느껴지는 곳의 문을 벌컥 열고 들어갔다.

쾅!

"이게 무슨 짓입…… 큭!"

자리에서 벌떡 일어난 원자기는 말을 마치지 못했다.

방에 들어온 직후부터 흉흉하게 날뛰던 진화의 기운이 온전히 원자기와 삼황자를 향했기 때문이다.

심장을 멈춰 세울 듯 온몸을 죄어드는 기운에 삼황자가 자리에 도로 주저앉았다.

그리고 진화를 향해 날을 세우려던 원자기는 창백한 얼굴로 진화와 눈을 마주했다.

"백성들에게 유인당해 정의맹 임무를 위험에 빠뜨려?"

"우, 우리는 황명에 따라 민란을……."

"그러니까. 얼마나 병신 같으면 제국의 황자와 중앙군씩이나 되는 작자들이 고작 농사나 짓던 이들에게 농락이나 당하는 거냐!"

비수처럼 찌르는 진화의 말에 원자기와 삼황자의 얼굴이 하얗게 질렸다.

삼황자는 꽤 분한 눈으로 진화를 보았지만, 달리 입을 열진 않았다.

지금까지 삼황자와 원자기도 적호단의 부상자들이 실려 왔다는 소식을 듣고 자신들에게 상황이 불리하다는 이야기를 하고 있었기 때문이다.

이황자인 진화가 다치지 않은 것이 천만다행한 일이었다.

물론 진화는 전혀 그렇게 생각하지 않았지만 말이다.

"크읏!"

삼황자가 저도 모르게 신음을 흘렸다.

까만 눈동자가 저를 향하는 순간, 모골이 송연해지는 공포를 느꼈기 때문이다.

식은땀이 비처럼 쏟아졌다.

'쯧!'

진화가 속으로 혀를 찼다.

살기 하나 감당하지 못하는 놈들 때문에 현오와 적호단이 위험에 빠졌다는 생각을 하면 속에서 화가 치솟았다.

그때, 참다못한 원자기가 겨우 입을 열었다.

"화, 황자님의 아우이십니다. 아무리 황자님이라도 아우인 삼황자님과 황제 폐하의 군대를…… 크억!"

이번에는 정말이었다.

원자기가 말을 끝내기도 전에 진화의 기운이 그의 목을 움켜쥐었다.

"컥! 커헉!"

아무 실체도 없는 기운에 목이 졸린 원자기가 숨을 컥컥대며 놀란 눈으로 진화를 보았다.

서늘하게 가라앉은 진화의 눈이 괴로워하는 원자기의 얼굴을 무심하게 보고 있었다.

"내 친우이자 소림의 촉망받는 제자가 죽을 뻔하였다. 적호단의 피해가 이처럼 컸던 적이 없다. 네놈들의 어리석은 행동 때문에! 대체, 황제 폐하의 군을 이끄는 작자들이 얼마나 멍청하면 칼 하나 들 줄 모르는 이들에게 농락을 당한단 말이냐! 부디 적호단의 치료가 무사히 끝나길 바라거라. 그들이 하나라도 깨어나지 못한다면, 내 반드시 너희들에게 대가를 받아 낼 테니!"

"커-억! 커헉! 컥! 히이이이익-!"

경고를 마친 진화가 원자기를 던지다시피 하며 기운을 풀어 냈다.

그리고 미련 없이 몸을 돌렸다.

숨이 넘어가기 직전에 풀려난 원자기는 창백하다 못해 파랗게 질린 얼굴로 급하게 숨을 몰아쉬었다.

삼황자가 다가가 원자기를 부축했다.

삼황자는 자신을 위협하고 돌아서는 진화의 행동에 분노가 끓어올랐다.

이래서는 안 되는 일이었다.

고작 무림의 무인들 몇 다친 것이 뭐 그리 대수란 말인가!

자신은 이 제국의 황자였다.

밀어줄 세력 하나 변변찮은 황태자와 달리, 진짜 유력한 황위 계승자!

"……실수하신 겁니다!"

삼황자가 진화를 노려보며 말했다.

공포에 벌벌 떨던 때와 달리 저를 향해 매섭게 날을 세우는 삼황자의 눈을 보던 진화가 사르르 입꼬리를 말아 올렸다.

"그거 참 무섭겠군."

가소롭다는 듯 태연하게 웃어 보인 진화가 뒤도 돌아보지 않고 방을 나갔다.

삼황자는 진화가 나간 문을 노려보며 한참 동안 분노에 몸을 떨었다.

삼황자의 방을 나온 진화가 계단을 내려가려던 때.

기다렸다는 듯 맞은편에서 사황자가 나타났다.

무림에서 가장 중요한 것이 은(恩)과 원(怨)이라 할 수 있으니.

"……."

진화는 철수를 반대하는 삼황자와 원자기에 맞서 철수를 결정하고 그들을 설득해 준 것이 사황자였다는 사실을 기억했다.

만약 삼황자가 끝까지 반대했다면 적호단주는 정말로 황족을 두드려 팬 대역죄인이 되었을 것이다.

짧게 한숨을 내 쉰 진화가 사황자에게 말했다.

“……원하는 게 있다면 말해라.”

이전에는 제게 바라는 것이 있어서 접근했음을 알았으면서도 모른 척했다.

하지만 뜻하지 않게 사황자의 도움을 받았으니, 그 대가로 기회를 주려는 것이다.

사황자가 놀란 눈을 떴다.

“아…….”

진화의 말에도 사황자는 선뜻 입을 열지 못했다.

하지만 원하는 것이 없다고 시치미를 떼지도 않았다.

진화는 조용히 사황자의 말을 기다렸다.

“그게…….”

말을 할 듯 말 듯, 사황자는 좀처럼 말문을 열지 못했다.

결국 진화의 인내심이 먼저 동이 났다.

“말할 수 있을 때 와라.”

기회는 주되 인내심까지 준다고는 하지 않았으니.

툭 던지듯 여지를 남긴 진화가 계단을 내려가려 걸음을 뗐다.

그때, 사황자가 급하게 진화를 잡았다.

"그때 그 약!"

"……."

고개를 돌린 진화와 눈이 마주치자 사황자는 다시 망설이는 눈치였다.

하지만 곧 단단히 결심한 얼굴로 진화와 눈을 마주쳤다.

"황……궁에서 당한 그 독약. 그거 어떻게 해독한 것입니까?"

"……?"

진화는 전혀 예상치 못한 말이었다.

게다가 그 독약이라면, 사황자의 모친인 허미인의 소행으로 추측되는 것이 아니었던가.

모친의 독약에 대한 해독제를 자신에게서 찾는다? ……이상한 일이었다.

"해독제가 있다면 주십시오. 은혜는 꼭, 무엇으로든 갚겠습니다."

이상한 일이었지만, 사황자의 눈빛이 너무 간절하여 무시할 수 없었다.

진화는 결국 솔직하게 답을 하기로 했다.

"……해독제는 없다."

파지지직.

진화의 손에서 푸른 번개가 튀었다.

"경지를 넘은 무인은 만독불침이다."

"아……!"

사황자가 맥이 풀린 듯 휘청거렸다.

하지만 진화가 뇌전까지 보여 주며 하는 말을 믿지 않을 수도 없었다.

사황자는 망연자실한 얼굴로 실망을 넘어 절망한 듯 보였다.

대체 사황자씩이나 되는 이가, 심지어 모친의 독 때문에 저런 얼굴을 하는 이유가 뭘까.

이쯤 되니 사정이 궁금하지 않을 수 없었다.

하지만 진화는 사정을 캐묻기보다 사황자에게 선택권을 주었다.

"다른 사람의 독도 해독해 줄 수 있다."

진화의 말에 사황자가 고개를 번쩍 들었다.

"네가 말할 수 있을 때 말해라. 그 정도는 들어주지."

상대가 원하는 때에, 원하는 방식으로 은혜를 갚는다.

그것이 진화의 방식이었다.

진화는 짧게 말을 남기고 계단을 내려갔다.

사황자는 한참 동안 진화에게서 눈을 떼지 못했다.

모조리 불에 타 없어지고 난 자리.

남은 것은 타다 만 앙상한 뼈대와 검게 형체를 유지하고 있는 잿더미뿐이었다.

복잡한 골목에 있던 곳이라 불은 순식간에 주변으로 번지며 꽤 많은 곳을 태웠다.

많은 사람이 죽었고, 불을 모두 제압하기까지 꼬박 이틀이 걸렸을 정도였다.

거의 작은 마을 하나가 이틀 사이에 모두 사라진 것이다.

“회주님.”

월하회주 정소팔의 곁으로 염석당주 효염이 다가왔다.

“이곳이 발화지가 확실하다지?”

“예. 목격자의 증언도 그렇고 이틀간의 바람과 불이 번진 양상이 일치합니다.”

“……누군가 의도적으로 방화를 한 것이 확실하구나.”

세상의 모든 정보를 모으는 월하회에서 오랜만에 일어난 황도의 큰 화재에 대해 조사를 나온 것은 지극히 당연한 일이었다.

그러나 월하회 회주까지 등장한 것은 당연한 일이 아니었다.

월하회주는 화재에 대해 조사를 시작하기 전부터 이 일이 방화라는 것을 확신하고 있었다.

염석당주 효염이 의아한 얼굴로 그것에 대해 물으려던 찰나였다.

붉은 옷을 입은 염석당 당원이 급하게 월하회주와 염석당주가 있는 곳으로 달려왔다.

"무슨 일인가?"

"하오문주가 왔습니다."

당원의 말에 염석당주의 눈이 커졌다.

엉덩이 무겁기로 소문난 사패천의 암고래가 화재 현장까지 나오다니. 확실히 제가 모르는 무슨 일이 일어나고 있는 것이 분명했다.

아니나 다를까. 월하회주가 기다렸다는 듯 하오문주를 찾았다.

"어디 계시는가? 아니, 그럴 것이 아니라 곧바로 이쪽으로 모시게."

"그러실 것 없습니다, 이렇게 왔으니."

월하회주의 말에 염석당원이 대답을 하기도 전에, 부드럽지만 힘이 실린 목소리가 존재를 알려 왔다.

"문주."

"오랜만에 뵙습니다."

월하회주와 하오문주가 서로 희미한 미소를 지으며 인사를 나누었다.

"역시 알고 오셨군요."

"혈수문이 있던 곳이니까요. 하루아침에 경쟁 문파가 전멸, 아니 소멸했으니 관심을 가질밖에요."

하오문주 채명지의 말에 월하회주의 얼굴이 심각하게 굳었다.

"……그 독이 확실합니까?"

"사천당문의 확언을 받아야겠지만, 거의 확실합니다."

월하회주의 조심스러운 물음에 하오문주가 고개를 끄덕였다.

하오문주의 확신이라니.

월하회주가 갑갑한 듯 크게 한숨을 쉬었다.

"이거…… 우리끼리 논할 사안이 아닐 듯하군요."

월하회주가 황성이 있는 방향을 보며 말했다.

화재 현장.

관군도 아닌 복면을 쓰고 검은 옷을 입은 무사들이 앞을 지키고 녹색 무복을 입은 이들이 현장 곳곳에 남은 시체를 조사하고 다녔다.

"허어, 장관이군요. 하오문 무사들이 경계를 서고 당문의 독의들이 현장을 누비는 광경이라니."

월하회주 정소팔이 혈수문 화재 현장을 둘러보며 경탄을 했다.

"하오문이 사패천 소속으로 들어가고 난 후에도 이렇게 협력할 일은 없었으니까요."

하오문주 채명지가 은근히 웃으며 옆을 보았다.

그녀의 옆에는 당문에서 나온 독의장 당황이 있었다.

하오문이 같은 황도에 있으면서도 당문과 협력할 일이 없었던 이유는 오로지 당문 때문이었는데, 그동안 당문은 사천을 떠나 황도로 피난 온 뒤 가세를 회복하는 데에 힘을 쏟았을 뿐 무림이나 정의맹의 일에는 한 걸음 물러서 있었다.

하오문주는 은근슬쩍 그런 당문의 소극적인 태도를 꼬집은 것이었다.

하지만 독의장 당황은 하오문주의 말에 눈 하나 깜짝하지 않았다.

"관의 조치가 빨랐더군요."

"하남 조씨 가문에 알렸습니다. 낙양부에 알리는 것보다 조치가 빠르더군요."

월하회주는 이 상황에서도 제 필요한 말만 하고 마는 당황의 태도에 웃음을 흘렸다.

'사패천의 암고래가 임자를 만났군.'

당황의 뒤에서 그에게 눈을 흘기고 있던 하오문주는 월하회주와 눈을 마주치자 노골적으로 눈웃음을 지어 보였다.

'허!'

한 사람은 찔러도 피 한 방울 안 나올 위인이고, 다른 한 사람은 기어코 피를 볼 때까지 찔러 볼 위인이니.

"임자를 만난 것은 나인가. 허허."

월하회주는 앞으로도 이 협력작업이 결코 순탄하지 않을 거라는 불길한 예감이 들었다.

시료의 채취가 모두 끝이 나고.

그날 저녁 월하루 꼭대기 방에서 월하회주와 하오문주, 독의장 당황이 다시 모였다.

"결과는요?"

하오문주 채명지가 대뜸 결과부터 물었다.

그녀의 표정과 말투에서 그들과 함께 있기 싫다는 기색이 풀풀 풍겨 나왔지만, 월하회주의 예상대로 거기에 굴할 당황이 아니었다.

"아무것도 없었소."

"뭐예요?"

당황의 당당한 대답에 하오문주의 목소리가 뾰족하게 섰다.

"꼭 알아야 할 것이 있다며 회의를 미뤘잖아요! 그런데 아무것도 없어요?"

"그 '아무것도 없다'는 것이 알아내야 하는 것이었소."

"뭐라고요?"

덤덤한 당황의 말에 하오문주의 목소리가 높아졌다.

그러자 안 되겠다 싶었던 월하회주가 두 사람 사이에 끼어

들었다.

"자, 자, 문주께서는 흥분을 가라앉히시고. 독의장도 제대로 당문의 결론을 설명해 주시지요."

월하회주의 말에 당황이 고개를 끄덕이고, 하오문주는 그런 당황을 째려보며 한발 물러섰다.

탁.

당황이 탁자 위에 접시 하나를 내놓았다.

그리고 작은 호리병에 든 내용물을 하얀 접시 위에 부었다.

독한 백주 냄새와 함께 검게 탄 조각들.

"죽은 혈수문주의 간과 비장, 타다 만 혈맥이오. 어떤 독이든 간에 독기가 쌓이기 마련인데, 보다시피 독기는 하나도 남지 않았소."

보다시피라니…….

애초에 뭘 봐야 하는지도 몰랐다.

하오문주와 눈빛을 마주하니, 그녀도 제대로 알아듣지 못한 듯했다.

"그렇군요. 그럼 혈수문주를 죽인 것은 독이 아니라는 말입니까?"

월하회주가 천연덕스럽게 고개를 끄덕이며 대화를 이어갔다.

"아니오. 이 혈관은 화재로 탄 것이 아니라 그 전에 말라

붙은 것이오."

"호오."

당황이 접시 위의 혈관을 가리키며 말했다.

이번에도 월하회주와 하오문주는 접시 위의 혈관의 무엇을 보아야 하는지 알지 못했지만, 월하회주가 적당히 호응을 하자 이야기는 순조롭게 이어졌다.

"간과 비장에 독기 하나 없이 혈맥을 말려 죽이는 독은 당문이 알기로 이 세상에 단 하나밖에 없소."

당황의 말에 월하회주의 눈이 이채를 띠고 반짝였다.

월하회주가 뭔가 확인하려는 듯 하오문주에게 물었다.

"문주님, 남은 사체나 현장에서 다른 무공의 흔적은 발견하셨습니까?"

"딱 한 놈. 문 앞에 남아 있던 사체는 날카로운 손톱에 찔려 죽은 흔적이 남았어요."

"혈수문주나 다른 사체에서는 없었다는 말이군요."

"네. 현장에 다른 전투 흔적은 하나도 없었어요. 천하의 혈수문이 저항도 하기 전에 전부 독살당했다고 봐야겠죠."

하오문주의 말에 월하회주가 고개를 끄덕였다.

그리고 다시 눈을 빛내며 당황에게 물었다.

"당문에서는 이 독을 전에도 본 적이 있습니까?"

"……."

월하회주의 말에 당황이 대답을 하지 않고 입을 꾹 닫았다.

'본 적이 있으나 말을 하기 어렵다는 의미로군.'

월하회주는 당황의 침묵을 이해했다.

"다시 묻겠습니다. 의선문에 오랫동안 계신 그분이 이 독에 쓰러지신 것이 맞습니까?"

"……!"

월하회주의 질문에 당황이 놀란 눈을 떴다.

월하회주가 의선문에 계신 그분이라 높일 만한 사람은 한 사람밖에 없었다.

월하회주가 대강의 사실을 알고 있는 듯하자 당황이 천천히 고개를 끄덕였다.

"독의라 하나 의원입니다. 환자의 사정에 대해 동의 없이 말하기 곤란함을 이해해 주시오."

"대답은 충분합니다."

당황의 말에 월하회주가 고개를 끄덕였다.

그에 이번에는 하오문주도 눈을 반짝이며 물었다.

"우리 사패천 소공자가 근래에 의선문을 찾은 적이 있어요. 그분과 같은 독에 당했다고 판단해서였죠. ……맞나요?"

하오문주의 질문에 월하회주가 고개를 끄덕였다.

그러자 하오문주의 눈에 살기가 스쳤다.

"독부로군요."

귀천성 팔마제 중 하나인 독마제 독부 은요.

독이라면 중원 제일이라는 당문과 천하제일 의가라는 의선문에서도 해독해 내지 못한 독을 쓰는 여자는 그녀밖에 없었다.

"귀천성에서 혈수문을 없앨 이유가 있소?"

"소리마제 문악이 남궁세가의 손에 죽고 살인시문 전체가 멸문당했어요. 새로운 소리마제가 필요했겠죠. 영악하고 속물적인 혈수문주가 그런 거래 건수를 놓칠 리 없을 테고……. 귀천성에 거래를 제안하는 건 곧 거절이죠. 거절의 대가는, 보는 바와 같고요."

독에 관해서는 당문보다 못하지만 단편적인 정보를 바탕으로 상황을 유추하는 데에선 하오문주를 따라갈 자는 없었다.

하오문주는 개개인의 성격을 파악하고 그다음 행동까지 추리해 내었다.

게다가 자신의 추리에 저만한 확신을 가진다는 건…… 그건 월하회주인 정소팔조차도 할 수 없는 일이었다.

'과연. 성녀님께서 하오문주를 눈여겨보시는 이유를 알겠군.'

월하회주는 내심 빠르게 생각을 정리해 가는 하오문주에 감탄하는 한편, 자신이 해야 할 일 또한 잊지 않았다.

"독의장, 제가 다른 시체를 구해 주면, 그 시체의 혈맥을 보고 독을 알아낼 수 있습니까?"

"다른 시체 말이오?"

월하회주의 말에 당황은 물론 하오문주도 의아한 표정으로 그를 보았다.

"귀천성이 혈수문에 손을 뻗었다가 거래가 결렬되었다……. 그것 말고 다른 게 더 남았나요?"

하오문주의 물음에도 월하회주는 곧바로 답하지 않고 당황에게 다시 한번 물었다.

"황궁 안에서 죽은 시체입니다. 가능합니까?"

"……부패가 심하지 않다면 가능합니다."

당황이 대답을 하고 나자, 월하회주가 심각한 얼굴로 생각하고 있는 것을 털어놓았다.

"그동안 황도에서는 정쟁을 통해서 많은 신료들과 후궁들이 죽었습니다. 당장 황궁의 일이라 무림의 일과 관련이 없다고 생각했고, 사실 당문의 결과를 듣기 전까지는 혈수문의 혈사도 정쟁에 엮인 것이라 생각했습니다. 그런데 독에 대해 듣다 보니…… 며칠 전, 월하회에서 하남 조씨 문중의 의뢰를 받아 조사 중인 일이 생각나더군요. 독의 흔적이 남지 않는 독살 증거를 찾아 달라는."

"독의 흔적이 남지 않는 독살의 증거라니…… 설마?"

월하회주의 말에 하오문주와 당황의 눈이 커졌다.

"중원에 그러한 독이 귀천성 독부의 것밖에 없다면, 아무래도 독부가 오래전부터 황도에 있었던 모양이군요."

월하회주의 눈이 날카롭게 빛났다.

아무래도 하오문과 당문을 넘어 협력의 범위가 조금 더 넓어질 듯했다.

황궁 영수전.

황궁에서 가장 아름다운 후궁전이라는 평과 달리, 영수전 안의 분위기는 살얼음판같이 고요했다.

엄격하고 잔인한 주인을 가진 염녕전조차 그 안의 궁인들끼리는 생사고락을 함께하는 이들만의 끈끈한 정이 있기 마련인데, 영수전 궁인들은 서로를 향해 눈조차 마주치지 않았다.

그 아슬아슬한 고요함 속에서 웃고 있는 사람은 영주전의 주인, 미인 허양뿐이었다.

"아니, 그거 말고. 오늘은 푸른색으로 해."

"예, 마마."

나비가 날갯짓을 하듯 나긋나긋한 목소리.

실수를 했다고 곧장 따귀가 날아들거나 채찍을 맞는 일이 없었음에도 어린 궁인들은 벌벌 떨리는 손을 숨기기에 급급했다.

"킥!"

그 모습을 보며 허미인이 재밌다는 듯 웃음을 터뜨렸다.

어린 궁인의 얼굴이 당장 기절할 듯 하얗게 질렸다.

그도 그럴 것이, 후궁으로서는 최초로 악랄한 손 속에 대한 질책성 강등을 당한 사람이 바로 그들의 주인이었기 때문이다.

영수전에서 뭔가 잘못을 하면 벌을 받는 것이 아니라 아침에 조용히 시체로 발견된다.

그냥 사람들이 수군거리는 소문이 아니라 실제 오늘 아침에도 있었던 일이었다.

"마마, 모 상궁이 환궁하였습니다."

"응? 그래? 어서 오라고 해."

밖에서 알리는 말에 허미인이 반색을 하고 자리에서 일어섰다.

황제를 제외하고 그녀가 이처럼 반기는 사람은 단 한 사람뿐이었다.

"모 상궁!"

허미인이 꿀 떨어지는 듯 진득한 목소리로 모 상궁이라 하는 중년 여인을 불렀다.

간만에 친정어머니를 본 듯 허미인이 한달음에 달려갔다.

모 상궁은 푸근한 몸으로 달려와 안기는 허미인을 익숙한 듯 토닥거렸다.

"마마, 그동안 강녕하셨습니까?"

"아이, 왜 이렇게 오래 걸린 거야? 모 상궁이 없어서 얼마나 아쉬웠다고."

허미인은 어리광을 부리는 아이처럼 모 상궁에게 애교스럽게 투덜거렸다.

모 상궁은 순하게 웃으며 자연스럽게 허미인의 어리광을 받아 주었다.

"호호호, 우리 마마께서 그러셨어요? 송구하옵니다. 이년이 원체 몸이 느려 마마를 기다리게 했군요."

"괜찮아. 어쨌든 돌아왔으니까."

허미인이 가는 눈을 사르륵 접으며 웃어 보였다.

그러고는 아무 일 없었던 듯 다시 머리 장식을 마저 하기 위해 자리에 앉았다.

모 상궁이 당연한 듯이 허미인의 뒤를 땄다.

"아침에 또 하나가 나갔다고요?"

"상관없어. 그깟 년 따위."

"마마, 너무 자주 쓰시면 황제 폐하께서 싫어하실 거라고 했잖아요."

모 상궁이 허미인의 머리를 빗으며 그녀를 달래듯 말했다.

"하지만…… 됐어! 요즘은 영수전엔 발길도 안 하시는데, 궁녀 몇이 죽어 나간들 신경도 안 쓰실걸. 흥!"

"……."

궁녀들의 죽음은 이제 황제의 관심거리조차 되지 못한다.

허미인에게 중요한 건 그 사실뿐인 듯했다.

"그보다 모 상궁, 황후전에서 내 꽃 한 송이를 꺾어 갔어.

그런데 그게 죽었다는 소리가 도통 안 들리네?"

"이런, 별일이군요. 황후전에서 마마의 꽃을 가져가시다니."

"흥, 황후의 아들에게 조그마한 장난을 쳤더니 화가 났나 봐."

"……이황자에게 장난을 치셨나요?"

허미인의 모든 말을 유연하게 받아 주던 모 상궁이 잠시 멈칫했다.

이황자라니…… 그런 일이라면 황후전도 예사로 넘어가지 않을 것이었다.

"하도 황제 폐하께서 개만 찾아 대니까. 심술이 나서 그랬어."

"마마, 그분은……."

"그런데 말이야, 모 상궁."

모 상궁은 허미인에게 뭔가 주의를 주려 했지만, 허미인이 대뜸 몸을 돌리며 모 상궁의 말을 잘랐다.

그리고 무표정한 얼굴로 모 상궁과 눈을 마주했다.

"개가 안 죽었어, 해독제도 없이."

무표정한 얼굴에 말간 눈이 어쩐지 서늘하게 모 상궁을 비쳤다.

마치 눈빛으로 모 상궁을 추궁하고 있는 듯했다.

아니, 허미인은 모 상궁을 추궁하고 있었다.

"……궁녀들에게 쓰던 것을 보내셨나요?"

"응. 혹시 그래서 안 죽은 거야?"

"듣기로 이황자께서는 무림인이라 하셨으니, 궁녀들에게 쓰는 그것으로는 부족하셨을 거예요."

"아아, 그런 거야? 그럼…… 다음에는 성공할 수 있어?"

"……물론입니다, 마마."

"호호, 그렇다면 다행이네. 아니, 뭐, 그걸 당장 쓰겠다는 건 아니고."

모 상궁의 대답이 마음에 든 듯, 허미인이 사르르 눈매를 접으며 웃어 보였다.

그리고 다시 뒤를 돌아 모 상궁에게 머리카락을 맡겼다.

"황후궁에 잡힌 쓸모없는 꽃은 모 상궁이 처리해 줄 거지?"

"물론입니다."

"호호, 그래. 역시 모 상궁이 있어야 편해."

여상한 태도로 사고의 수습을 맡기는 허미인의 모습에, 그녀의 뒤통수를 바라보는 모 상궁의 눈빛이 차갑게 가라앉았다.

다음 날, 다행히 현오가 무사히 깨어났다.

"아아아아아아-----!"

현오의 방에서 비명이 나고.

마침 현오에게 오고 있던 관도생 일행이 그 소리를 들었다.

"고통은 있어도 후유증은 없을 거라더니. 저렇게 소리를 지를 정도로 아픈 건가?"

팽수가 걱정스러운 얼굴로 남궁교명에게 물었다.

다른 사람들, 심지어 당혜군조차도 안타까운 표정이었다.

하지만 제일 가까이에서 현오를 지켰던 남궁교명은 태연하기만 했다.

"아, 지금쯤 그 소식을 들었겠네. 그 소식 때문이니 걱정하지 말게."

"그 소식?"

"위장을 다쳐서 한동안 금식을 해야 된다더군. 한 일주일?"

"……."

모두가 황당하다는 듯 남궁교명을 보았다.

그때, 현오의 방에서 다시 현오의 비통에 찬 목소리가 새어 나왔다.

"아아--! 부처님 어찌하여 제게 이런 시련을 주신단 말입니까! 차라리 절 데려가시지요!"

"……."

"일어나자마자, 하루치 끼니를 한 번에 찾더군. 동정할 가치도 없는 놈이야."

남궁교명이 싸늘하게 말했다.

하지만 말만 그럴 뿐, 남궁교명의 손에는 물보다 조금 나은 미음이 들려 있었다.

현오는 오랜만에 만난 친우들에게 인사도 하기 전에 미음을 들이켜며 자신의 건재함을 과시했다.

"말하지 않아도 몸은 괜찮은 거 같네."

꽤 많은 피를 흘렸던 터라 은근히 마음을 졸였던 관도생들은 현오의 모습이 반가운 듯 웃었다.

"우리 도련님이 하도 잘 붙여 놔서 끄떡도 없대."

"아파서 죽을 뻔했지! 삼도천을 마시려는 찰나에 건져진 느낌일세."

"부처님이 너한테는 물도 주기 아까우셨나 보다."

"뭐야?"

"하하하하하!"

모처럼 만난 이들은 바로 어제도 그러했던 것처럼 시시덕거렸다.

오늘 깨어난 현오도 그렇지만, 다른 이들도 오늘에서야 겨우 웃을 수 있게 되었다.

환마제의 악몽을 스스로 깨고 검을 들었던 진화나 현오, 나하연과 달리, 다른 이들은 나하연이 여인을 죽일 때까지 악몽에서 깨어나지 못했었다.

그리고 억지로 깨어진 악몽에서 눈을 뜨자마자 본 광경이 피를 철철 흘리는 현오였으니. 다들 말은 하지 않았지만 불편한 몸과 마음을 회복하는 데에 하루의 시간이 필요했다.

“으, 흉터가 상당하네.”

“그러니! 내가 아무리 젊고 탱탱한 몸을 가졌어도 치명적인 흉터일세. 남들이 보면 대머리 스님이 아니라 대머리 산적인 줄 오해할 걸세.”

“그래. 이 정도면 우리 도련님이 책임을 져야지.”

타---앙!

“나란히 황천으로 보내 줄까?”

나하연이 주먹으로 침상 한 귀퉁이를 부수며 진화의 책임을 운운하던 현오와 남궁구를 노려보았다.

나하연은 아직 후유증을 털어 버리지 못한 듯도 했다.

현오와 일행이 왁자지껄 시간을 보내는 동안, 진화는 적호단주의 호출을 받아 그의 방에 왔다.

적호단주의 방에는 남궁진혜와 각조 조장들이 먼저 와 있었다.

“내일 바로 정의맹으로 귀환한다.”

“갑자기요? 사흘은 쉬고 움직일 거라더니?”

적호단주의 말에 남궁진혜가 의아한 듯 물었다.

그러자 적호단주가 진화를 힐끔 보고는 대답했다.

"맹에 일이 생겼다는군. 준비해라."

"어이구, 쉬질 못하는군."

"맹이 그렇지. 뭐."

"추-웅!"

적호단주의 명에 다른 아쉬워하면서도 순순히 귀환 준비를 위해 밖으로 나갔다.

진화도 십 조에 귀환을 알리려 나가려는데, 적호단주가 진화의 손에 뭔가를 쥐여 주었다.

"……?"

"특별히 너한테 온 전서다."

진화는 방을 나오자마자 전서를 확인했다.

좌활백설옥이 깨졌다. 적호단과 귀환 후 은밀하게 올 것.

내용을 본 진화가 저도 모르게 전서를 꾹 쥐었다.

진압할 진鎭 꽃 화花 : 밝히는 자, 아는 자, 숨기는 자

적호단이 정의맹에 귀환하다가 마침 임무를 나서는 청룡단과 마주쳤다.

"어디 가는 거지?"

"남이사."

"쯧."

각자의 임무에 대해서는 묻고 대답하지 않는 것이 불문율이라, 청룡단주 낙추회검 남궁헌이 적호단주의 질문을 가볍게 무시했다.

청룡단주 남궁헌과 적호단주 팽치는 같은 오대세가 출신에 정의맹 무단의 단주로서 은근한 비교와 경쟁 속에 있었다.

본인들은 서로 의식하지 않으려 했지만, 주변에 의해서 어색해진 관계랄까.

그런데 지난번 적호단이 청룡단을 구해 준 이후, 청룡단주는 적호단주에게 깍듯하게 예의를 차리는 일이 없어졌고 적호단주는 그런 청룡단주의 태도에 둘 사이의 거리가 많이 줄어든 것 같다고 느꼈다.

평소 한쪽 팔을 잃고도 고수의 반열에 오른 청룡단주에게 호감을 가지고 있던 적호단주는 지금의 관계가 제법 마음에 들었다. 그래서 쌀쌀맞게 지나는 청룡단주를 보고도 가볍게 혀를 차는 정도로 씨익 웃으며 지나칠 수 있었다.

"당숙!"

"……기둥이라니. 쯧."

남궁진혜의 반가운 부름에 이번에는 청룡단주가 남궁진혜를 물끄러미 보다가 혀를 차고 지나갔다.

"당숙도 참 쌀쌀맞다니까요."

"무뚝뚝한 친구라 그렇지, 흐흐."

적호단주와 남궁진혜가 청룡단주의 뒷모습을 보며 음흉하게 웃었다.

왜, 함께 사선을 넘나드는 임무를 하는 자들끼리는 말을 하지 않아도 통하는 교감이라는 것이 있지 않나.

적호단주와 남궁진혜는 청룡단주와 마음으로 통한다 생각하며 정의맹 문을 넘었다. 적호단원들도 청룡단과 눈인사를 나누며 정의맹에 들었다.

그때, 뒤쪽에서 다시 청룡단주의 목소리가 들려왔다.

"고생했구나. 장하다."

"감사합니다, 당숙님."

청룡단주가 임무에서 돌아오는 진화를 발견하고 자애롭게 웃으며 어깨를 토닥여 주었다.

남궁세가를 향한 진화의 진의(眞意)를 알게 된 후, 청룡단주는 때때로 진화에게 다정한 말을 건네며 진화를 다독여 주었다.

"임무에 가십니까?"

"남해 검문 쪽의 일을 마무리 지으러 간다."

"남해 검문이라면……?"

"그래. 네 아버지가 지금 그곳에 있다지? 걱정 마라. 그쪽도 거의 정리 중이라는구나. 만나면 네 안부도 전해 주마."

"감사합니다! 당숙님도 무사히 다녀오십시오."

"오냐."

청룡단주가 진화를 거쳐 남궁구와 남궁교명의 어깨도 한 번씩 두드려 주었다.

그러다 뒤통수가 따가운 느낌에 뒤를 돌아보자.

"푸후!"

"크르르르."

적호단주와 남궁진혜가 배신감 가득한 얼굴로 콧김을 뿜으며 으르렁거리고 있었다.

청룡단주는 영문을 알 수 없다는 얼굴로 고개를 젓고는 그대로 정의맹을 빠져나갔다.

그날 저녁.

진화는 조용히 담을 넘어 의선문으로 들어갔다.

탓.

언제 심어졌는지 모를 대나무로 빼곡하게 가린 곳을 지나자 의선문의 별채가 눈에 들어왔다.

조용히.

진화가 미끄러지듯 제갈길현의 방으로 들어갔다.

"헉!"

"너, 너는……!"

"진화야!"

깜짝 놀란 제갈길현이 심장을 붙잡고, 제갈가주가 저도 모르게 말을 더듬었다. 너무 놀라서 눈만 끔벅끔벅 뜨고 있는 의선과 홍랑대부도 있었는데, 결국 진화를 반갑게 맞이한 사람은 남궁진휘밖에 없었다.

"아니, 은밀하게 찾아오라 하셔서……."

지은 죄도 없이 진화의 목소리가 작아졌다.

"염병, 두 번만 은밀했다간 겨우 돌아온 황천길을 도로 돌아갈 뻔했네."

제갈길현이 침상이 아닌 탁자에 앉아서 구시렁거렸다.

제갈길현뿐 아니라 제갈가주와 남궁진휘, 의선, 홍랑대부 초산하까지 모두, 얼굴도 보이지 않을 만큼 죽간이 쌓인 탁자 앞에 앉아 있었다.

그 모습에 진화는 지은 죄는 없지만 당장 도망가야겠다는 생각을 했다.

그때.

투–욱.

제갈길현이 진화의 앞으로 뭔가를 던졌다.

"이것이 무엇입니까?"

"경오년 갑자월 임신일 해시, 환마제의 역천비록일세. 겨우 해석이 끝났는데, 죽어 버렸지."

"……."

잘못 죽였나…….

제갈길현의 말에 진화의 눈동자가 흔들렸다.

어째서 이 방에 들어온 뒤로 계속 죄인이 된 기분이 드는 걸까.

진화가 어떤 반응을 할지 혼란스러워하는 때, 남궁진휘가 진화를 구해 주었다.

"자꾸 사람을 시험하는 고약한 심보 좀 버리라고 하지 않았습니까. 곱게 늙으셔야지요, 곱게."

"뭐야, 이놈아?"

"늘 그렇게 말 한마디도 사람을 시험하듯 구니까 자식 농사가 망하는 겁니다."

"……나 아직 여기 있네."

"허허허허."

남궁진휘가 제갈길현과 대거리를 주고받고 거기에 제갈가주가 장단을 맞추니 의선과 홍랑대부가 유쾌하게 웃고 있다.

……이 상황을 어떻게 받아들여야 할까.

진화의 얼굴에 혼란스러운 기색이 역력했다.

그때, 남궁진휘가 민망한 듯 웃으면서 진화에게 자리를 권했다.

"후우, 봐야 할 것은 산더미고 눈은 다섯 쌍밖에 없으니, 이렇게 농담이라도 나누며 피곤을 푸는 것이다. 어디 보자, 내 동생. 잘 다녀왔느냐? 다친 곳은 없고?"

"예, 형님."

평소의 남궁진휘와 같은 모습에, 진화가 그제야 순순하게 고개를 끄덕였다.

"다른 것이 아니고 환마제의 역천비록을 해석했는데, 환마제가 죽었으니. 혹시 그 자리에 다른 특별한 일은 없었는지 네게 물으려 부른 것이다. 알다시피 그곳에 있던 사람 중 천수현인께서 깨어나신 것을 아는 사람은 너밖에 없으니 말이다."

"환마제의 역천비록을 해석했다니. 환마제의 운명을 푼

것입니까?"

"같은 생시를 가진 사람이야 중원에도 수천이지. 역천비록에 적힌 것은 역천대법에 필요한 특별한 천문과 조건들이더구나."

결국은 풀었다는 말이었다.

이렇게 빨리 풀 줄은 몰랐는데…….

진화는 갑자기 앞에 앉아 고약한 농담을 나누던 사람들이 무림 제일의 두뇌들이라는 사실을 실감했다.

제갈가주와 남궁진휘가 암호처럼 적힌 역천비록을 해석하고 나면, 홍랑대부가 사주와 팔자를 읽고, 의선이 역천대법의 진행 방법이나 효과를 연구했다.

그리고 천수현인 제갈길현이 천문을 읽어 역천비록에 적힌 역천에 필요한 운명을 알아내었던 것이다.

"경오년 갑자월 임신일 해시, 오명성이 빛나는 천문에서 흰 말이 푸른 쥐와 검은 원숭이를 한 잔에 담아야 한다."

제갈길현이 또렷한 눈으로 진화를 보았다.

"여기서 푸른 쥐는 갑자년의 독마제이고, 검은 원숭이는 독마제와 술시에 운명이 중첩된 임신년의 누군가겠지. 한 술잔에 두 가지 술이 담기면 반드시 하나는 넘쳐흐르기 마련이다. 환마제를 죽일 때, 뭔가 다른 일은 없었느냐?"

바로 얼마 전까지 좌활백설옥에 의지해서 누워 있던 환자라고는 믿을 수 없을 만큼 강렬한 안광이 진화의 속을 꿰뚫을 듯 빛났다.

무섭도록 날카로운 현기는 그 어떤 거짓도 빗겨 낼 것 같았다.

'과연 천수현인이라 해야 하나. 오성과 지략으로 천하제일 십이좌에 오른 위인답구나.'

진화는 속으로 감탄을 금치 못했다.

하지만 그것은 제갈길현 또한 마찬가지였다.

제갈길현은 진화가 속으로 말을 고르지 못하도록 현원전단공으로 진화의 평정을 흔들려 했다. 하지만 진화의 눈은 흔들리기는커녕 점점 더 깊게 가라앉았다.

'허! 제왕검의 눈을 보는 듯하군. 어린 녀석이 벌써 저런 경지에 도달했단 말인가!'

제갈길현은 은근히 미소를 지으며 진화를 흔들던 현원전단공을 거두어들였다.

진화가 침착하게 말문을 열었다.

"혼현마제와 검마제가 그곳에 있었습니다. 혼현마제는 일전의 일로 좌안과 좌수를 잃은 상태였고, 검마제는…… 장담컨대 무림에 나와 만난 고수들 중 가장 강한 자였습니다. 백합을 조금 넘게 겨루었고, 삼십 보 차이였습니다."

"허!"

진화의 말에 제갈길현이 참을 수 없는 듯 탄성을 뱉었다.

삼십 보라니, 고작 삼십 보라니!

무려 검마였다.

고작 약관도 되기 전에 옥허신검의 좌수를 자른!

제갈길현은 물론이고 제갈가주와 남궁진휘, 의선, 홍랑대부 모두 할 말을 잃고 진화를 보았다. 그들은 진화가 말한 거리라는 것이, 진화가 밀려난 거리가 아닌 진화가 검마제를 죽일 수 있겠다고 생각한 거리라는 사실은 상상도 하지 못했다.

"그, 그리고 무슨 일이 있었지? 역천을 타고난 자의 운명이네. 죽는다 해서 쉽게 끊어질 것이 아닐세. 뭔가 이상하다 싶은 일은 없었는가?"

제갈길현이 흥분을 감추지 못한 상태로 물었다.

그는 그저 한 말일지 모르겠지만, 진화는 제갈길현의 말이 가슴에 와서 박혔다.

역천을 타고난 자의 운명.

'죽는다 해서 쉽게 끊어지지 않는다라…….'

진화는 제갈길현의 말을 곱씹으며 쓴웃음을 삼켰다.

"이상한 일이라면 있었습니다."

"무엇인가?"

"혼현마제가 달아나면서 현오를 베었습니다."

"현오? 천살성을 가진 역천마제의 제물 말인가?"

"위장부터 비장, 신장에 간장까지, 조금만 더 깊었다면 그 자리에서 죽었을 정도로 깊게 베었습니다. 제가 알기로 마제들은 결코 최종 제물을 상하게 하는 법이 없었습니다."

이전 생에 광마제마저도 그랬었다.

진화를 잡아서 제물대 위에 올릴 때까지, 그토록 치열하게 싸우는 와중에도 진화의 몸을 영구적으로 상하게 만드는 일은 결코 하지 않을 정도로 그의 몸을 아꼈었다.

하물며 현오는 역천마제의 최종 제물이었다. 진화는 혼현마제가 실수로 그랬을 거라곤 생각하지 않았다.

"혼현마제가 역천마제의 제물을 건드렸다라……."

진화의 말에 눈빛을 번뜩인 제갈길현이 잠시 생각에 빠졌다.

그리고 잠시 후.

제갈길현이 진화의 앞에 죽간 하나를 내놓았다.

"기사년 병진월 을해일 진시. 정의맹이 확보한 역천비록 중 하나인데, 가짜지."

다른 죽간 하나도 그 옆에 놓았다.

"여기 진짜도 있네. 신사년 병진월 을해일 묘시…… 진짜 혼현마제의 것일세. 아직 전부 해석하지는 못했으나, 혼현마제가 가짜를 만든 것만은 확실하지. 혼현마제, 그놈이 뭔가 다른 꿍꿍이를 가진 모양이야."

제갈길현이 진짜 혼현마제의 비록을 보며 의미심장한 비소를 머금었다.

그때, 제갈가주가 덤덤한 목소리로 주의를 환기했다.

"혼자만 음흉하게 웃는다고 죽간이 해석되진 않습니다."

"……재미없는 후레자식."

제갈길현이 잔뜩 흥이 올랐다가 김이 팍 새어 버린 얼굴로 제갈가주를 째려보았다.

잠시 후.

탁자 위에 가득 쌓여 있던 죽간과 문서들이 바닥으로 내려가고, 탁자 위에는 단 네 개의 죽간만 올라와 있었다.

제갈가주가 그중 하나를 왼쪽에 두었다.

"지금 중요한 것은 환마제가 운명을 완수하고 죽었느냐, 아니냐 아니었습니까?"

"환마제의 운명에 나온 '흰 말이 푸른 쥐와 검은 원숭이를 한 잔에 담는다.' 할 때의 임신년 검은 원숭이가 검마제라면, 환마제가 운명을 완수했을 가능성이 큽니다. 그게 어떤 운명인지는 모르겠지만."

남궁진휘가 독부의 역천비록을 환마제의 것과 같은 왼쪽에 두며 말했다. 그러자 제갈길현이 혼현마제의 것을 오른쪽에 두며 투덜거렸다.

"둘이 쿵짝이 잘 맞는구나. 어쨌든 혼현마제 놈이 역천마제와 중첩된 운명을 숨기려 했다면, 뭔가가 있을 거다."

제갈길현은 혼현마제의 것 옆에 역천마제의 것도 놓았다.

"가짜를 제외하고 정의맹이 가진 것은 총 네 개군요. 거기에 운명이 중첩된 것끼리 묶으면 역천마제와 혼현마제의 것

그리고 독마제와 환마제의 것, 이렇게 되나요?"

"귀천성에 있는 것으로 확인된 것이 소리마제와 권마제, 검마제의 역천비록. 그중 소리마제는 혈정을 모아 암림혈귀갑을 만드는 것이고. 권마제는 알다시피 죽었고 한수림 공자는 사패천에서 보호 중입니다."

의선과 홍랑대부가 상황을 정리했다.

"거기에 더해, 역천비록은 없지만 검마제와 광마제의 생시는 알고 있습니다. 운명의 중첩으로 본다면, 검마제는 왼쪽의 환마제, 독부와 엮일 것이고 광마제는…… 이쪽이겠지요."

마지막으로 제갈가주가 까만 바둑알을 왼쪽에 놓고, 푸른색 옥함 하나를 오른쪽에 놓으면서 슬쩍 진화의 눈치를 살폈다.

그때 제갈길현이 붉은색 연주를 가운데 놓으며 말했다.

"남아 있는 세 개의 역천비록을 풀어내는 건 시간문제일세. 이제 우리에게 필요한 것은 검마제와 광마제의 천문 그리고 혈마제의 역천비록뿐인가?"

"혈마제와 광마제의 역천비록 둘 다 행방을 알지 못합니다. 게다가 혈마제에 대한 정보는 전무하다고 해도 무방합니다."

남궁진휘가 심각한 얼굴로 말했다.

당초 생각보다 많은 것이 풀렸고 앞으로 풀어 갈 예정이었지만, 진화와 연관된 광마제의 것을 알지 못한다는 점에서 남궁진휘는 마음을 놓을 수 없었다.

정도의 차이는 있겠지만, 다른 사람들도 안타까운 눈으로 진화를 보았다.

제갈길현의 시선도 진화를 향했다.

'이 자리의 누구보다 담담하군.'

진화와 눈이 마주친 제갈길현은 저도 모르게 입꼬리를 올리고 말았다.

"하나는 사패천주가 꿍쳐 두고 있을 거야."

"네?"

"사패천에 있어야 할 비록이 두 개였거든. 우리에게 하나만 줬으니, 하나는 들고 있겠지. 광마제의 것인지, 혈마제의 것인지는 모르겠지만."

제갈길현이 진화를 보며 말했다

진화의 반응을 살피며 눈을 반짝이는 것이, 기특한 건 기특한 것이고 도발과 시험은 제갈길현의 본능인 듯했다.

남궁진휘가 한숨을 쉬며 진화의 등을 토닥였다.

'매번 사람 마음을 흔들긴. 심술궂은 영감탱이 같으니!'

제갈세가 사람들을 제외한 모두가 제갈세가의 자식 교육이 실패한 이유를 알 것 같았다.

진화야 이제 와서 역천비록이니 운명이니 말 한마디에 흔들릴 리 없었지만, 남궁진휘와 의선은 슬쩍 진화를 도발하는 제갈길현의 시선을 막았다.

"흐흐, 걱정 말게. 어쩌면 두 가지 모두 조만간 해결될 수 있으니. 곧 십이좌회가 열릴 거거든."

사람들이 걱정한 것은 그게 아니었지만, 어쨌든 제갈길현의 말에 모두 놀란 얼굴로 그를 보았다.

남궁세가 장원으로 돌아오는 길.

남궁진휘가 걱정스러운 눈으로 진화를 보았다.

결국 진화에게 중요한 광마제에 관한 것을 풀어낸 것이 없으니, 혹시나 진화가 실망했을까 봐 걱정한 것이다. 하지만 장원으로 들어가기 전 진화가 물은 것은 전혀 다른 것이었다.

"형님, 귀천성에서도 그 모든 사실을 알고 있었을까요?"

일전에 광마제의 운명과 천살성의 운명은 서로 죽고 죽이는 상극이라 했었다.

진화가 아는 광마제는 그 사실을 알고도 가만히 있을 위인이 아니었다.

혹시 혼현마제가 다른 마음을 품은 것처럼 광마제도 다른 마음을 품고 있진 않을까. 그렇다면 저는 그런 점을 이용해서 광마제를 죽일 수 있지 않을까.

오는 내내 진화의 머릿속에 맴돈 것은 그런 생각들이었다.

걱정과 실망, 절망은 이미 이전 생에서 충분히 했기에, 이번 생에 진화는 온통 앞으로 나아갈 생각뿐이었다.

하지만 남궁진휘는 그런 진화의 속을 알 리 없었으니.

'녀석, 안 그런 척하면서도 불안한 모양이구나.'

남궁진휘가 안타까운 눈으로 진화를 보았다.

"그렇진 않을 것 같구나. 만약 그 모든 사실을 알고 있었다면, 혼현마제가 가짜를 만들어 모두를 속이도록 두었을 리 없으니 말이다. 걱정 말거라. 천수현인의 말씀처럼 십이좌회가 열리면, 우리가 놈들보다 먼저 알아낼 수 있을 것이다."

남궁진휘는 안쓰러운 마음을 감추고 진화를 안심시키려 웃어 보였다.

"예, 정말 그리되면 좋겠습니다."

천하의 광마제도 모르는 것이 있다니.

'이건 이것대로 놈을 유인하는 데 쓸 수도 있겠군.'

진화는 진화대로 히죽 웃었다.

달밤의 동상이몽(同床異夢)이었다.

타닥타닥타닥.

사위가 깜깜한 어둠 속으로 잔걸음이 바쁘게 지나갔다.

스스슷.

풀이 흔들리는 소리에 걸음이 멈춰 서며 사방을 경계하고, 조금 있다가 다시 움직이기 시작했다.

황궁의 어린 내관과 궁녀 들의 일 중 가장 중요한 것이 촛불을 밝히고 끄는 일이라. 밤이 오자마자 불을 밝힌 어린 궁인들은 윗전들이 잠드는 시각이 되면 바쁘게 소등에 들어갔다.

잔걸음의 주인은 촛불이 타던 냄새가 채 가시지도 않은 시간에 기다렸다는 듯 창신궁에 있는 작은 광에 다가갔다.

체구가 작은 궁녀의 그림자가 달빛에 비쳤다.

쿵. 쿵. 쿵. 쿵.

궁녀는 실제로는 밖으로 들리지도 않을 심장 소리에 손이 벌벌 떨렸다. 하지만 품에 숨겨 둔 독 병을 꺼내 실수 없이 물그릇에 탔다.

드드드.

'헉!'

숨을 집어삼켰다.

물그릇을 조용히 바람구멍 틈으로 밀어 넣는다는 것이, 그릇 바닥이 돌바닥에 끌려서 소리가 나고 만 것이다.

궁녀는 너무 놀라서 숨을 내쉴 생각도 못 하고 그대로 얼어붙었다. 그리고 눈만 도르르 굴리며 사방에서 들려오는 소리에 집중했다.

"……."

조용히, 풀벌레 소리 하나 들리지 않았다.

궁녀는 그제야 겨우 참고 있던 숨을 살살 내뱉었다.

그리고 다시 조심스럽게 물그릇을 안으로 넣었다.

'후우.'

손이 덜덜 떨려 왔지만 들키지 않게 심호흡을 하며 물그릇을 넣었다. 그리고 바람구멍 안쪽에서 물그릇을 가져가는 기척을 느끼며 다시 숨을 참았다.

잡혀도 죽지만 안에 있는 사람이 물을 마시지 않아도 죽을 것이다.

'마셔! 마셔! 제발……!'

궁녀는 자신의 죄 앞에 눈을 질끈 감고 바람구멍 안을 향해 빌고 또 빌었다.

기도가 통했는지, 곧 안쪽에서 기다리던 소리가 났다.

텅!

'……!'

그릇이 떨어지는 소리였다.

밖에서 덜덜 떨면서 기다리고 있던 궁녀는 안쪽에서 독을 탄 물을 마시고 그릇을 떨어뜨리는 소리를 듣자마자 안도의 한숨을 쉬며 몸을 일으켰다.

그때, 뭔가 서늘하고 뾰족한 것이 궁녀의 목 뒷덜미에 닿았다.

"헉!"

고개를 들고 눈을 돌린 궁녀는 너무 놀라서 비명도 지르지 못했다. 흑의에 복면을 한 일련의 무리가 그녀의 목에 비수를 댄 채 그녀를 둘러싸고 있었다.

그들은 곧장 그녀의 아혈을 짚으면서 소리를 막고, 그녀의 입안에 손가락을 집어넣었다.

"……!"

거친 손가락이 뭔가를 찾는 듯 입안을 헤집고, 이어서 그녀의 온몸을 훑었다.

흑의인들이 그녀의 몸에서 독 병을 찾아내자 뒤늦게 저항하려 했지만, 말 그대로 이미 늦은 일이었다.

"끌고 간다."

젊은 남자의 목소리와 함께 흑의 복면인들이 궁녀를 데리고 안으로 들어갔다.

이곳은 창신궁에서도 외진 곳에 있는 광으로, 안쪽에는 당연히 창신궁의 본관이 있었다.

"물그릇이라니……."

월하회주가 물그릇을 보며 허탈한 듯 말했다.

안쪽에서 마시고 떨어뜨린 줄 알았던 그것은, 물 한 방울까지 완전한 모습으로 월하회주의 손에 들려 있었다.

"궁지에 몰린 사람은 모든 것이 의심스럽기 마련이지. 그런 중에 가장 의심을 사지 않고 건네줄 수 있으면서 독의 흡수를 높일 수 있는 것이 바로 깨끗한 물을 이용하는 방법이오."

당문의 독의장 당황이 월하회주에게 설명을 덧붙였다.

그러자 함께 있던 하오문주 채명지가 코웃음을 쳤다.

"흥! 월하회에서 그동안 후궁전에서 일어난 독살 사건의 정보를 다 넘겨줬잖아요. 열 명 중에 예닐곱 명은 물을 마시고 죽었을 가능성이 높다고 다 나왔는데, 그쪽이 뭘 잘난 척이에요?"

"정보는 말 그대로 정보일 뿐이오. 용독을 대비하는 쪽에서는 모든 가능성을 놓고 하나도 놓치지 않아야……."

"어차피 우리 쪽 애들이 독을 푼 궁녀까지 탈 없이 잡아 왔으니 증인은 충분하잖아요?"

"이 물에서 독을 꺼낼 수 있어야 충분한 것이지! 그건 우리 당문 독의들만 할 수 있는 것이고!"

하오문주의 비꼼에 독의장 당황이 반발하면서, 당문독의장 당황과 하오문주 채명지가 매섭게 서로를 노려보며 맞부딪혔다.

그러자 월하회주가 곤란한 얼굴로 둘 사이를 갈라놓았다.

"허허허! 두 곳 모두 중요한 쓰임이 있으니, 정사 협력을 구한 것 아니겠습니까. 한발씩 물러나시지요."

-정신들 차리시오! 황후마마의 앞이란 말입니다!

질풍노도의 예민한 어린애들을 데리고 있는 것도 아니고, 당문 독의장과 하오문주씩이나 되는 사람들이 이곳이 어디인지도 잊었단 말인가.

사람 좋은 얼굴로 둘 사이를 중재하던 월하회주도 이번만

큼은 어금니를 꽉 깨물고 두 사람에게 눈빛을 쏘아 보냈다.

월하회주가 이를 악물고 보내는 경고에 정신이 번쩍 든 하오문주와 독의장 당황이 급히 고개를 숙였다.

그들의 앞에는 창신궁의 주인, 제국에서 가장 귀한 여성이자 제국의 황후인 조정화가 웃음을 머금고 그들을 보고 있었다.

"송구하옵니다."

"부끄러운 모습을 보였사옵니다."

"아닐세. 무림의 사람들이 격이 없다는 건 익히 알고 있다네. 오히려 정과 사를 대표하는 그대들의 관계가 무척 흥미로웠네."

황후의 말에 당황과 하오문주가 민망해하며 더 깊게 고개를 숙였다.

그러자 황후가 유쾌하게 웃으며 고개를 저었다.

"호호호, 정말이야. 개의치 말게."

하오문주가 슬쩍 고개를 들어 황후를 보았다.

'정말 많이 닮았네.'

백옥처럼 곱고 화사한 얼굴에 천제가 붓을 들고 한 획, 한 획 정성을 들여서 그린 듯 아름답고 조화로운 이목구비. 그중에서도 특히 눈을 뗄 수 없는 건, 순후하고 맑은 눈매에 흑수정같이 검고 깊은 눈동자였다.

지금 같은 상황에도 향기를 품은 꽃처럼 우아함과 품위를 잃지 않는 여인.

황후는 청아한 소리로 웃으면서 아무렇지도 않게 하오문도들이 붙잡고 있는 궁녀를 외면하고 있었다.

그곳만 칼로 도려낸 듯 단호하고 냉정했다.

그런 황후의 모습에, 하오문주는 황후의 아름다움에 감탄하는 동시에 그녀와 닮은 누군가를 떠올렸다.

저렇게 꽃 같은 얼굴로 서늘하게 저를 협박하던.

"구 또한 내가 지키는 남궁이다."

내가 구의 어미인데…….

서운하고 가슴이 아린 동시에 사무치도록 감사한 마음이 드는 말을 하던 사내.

하오문주의 눈이 황후에게 오래 머물자, 황후가 의아한 듯 그녀를 보았다.

하오문주는 황후가 불쾌해하기 전에 얼른 고개를 숙였다.

"송구하옵니다. 이전에 그분을 뵌 적이 있는데, 너무 닮으셔서 저도 모르게 넋을 잃고 무례를 저질렀습니다."

"어머, 우리 진화를 만난 적이 있는가?"

"예. 일전에 정의맹과 얽힌 일이 있었는데, 남궁세가를 건드리면 가만히 있지 않겠다고 엄포를 놓고 가셨지요."

"호호호, 그 아이라면 그랬을 거야. 폐하처럼 자기 사람을 많이 아껴서.”

단지 진화의 이야기를 꺼냈을 뿐인데, 황후의 얼굴이 도화꽃처럼 화사하게 물들었다. 이렇게 보자니, 이전의 그 청아한 웃음소리조차 가짜였다는 것이 실감이 났다.

황후가 진화의 이야기에 웃음을 터뜨리자 창신궁 전체에 훈풍이 도는 듯했다. 실제로 딱딱하게 굳어 있는 궁인들조차 진화의 이야기에 미미하게 미소를 짓고 있었다.

하오문주는 궁에 머문 시간이 짧다면 아주 짧은 시간이었음에도 불구하고 진화가 궁인들에게 마음을 얻었다는 걸 알아차렸다.

‘남궁에 하남 조씨, 게다가 황궁까지. 세상이 그분을 중심으로 도는 듯하구나. 천의가 닿는다는 게 진짜 존재한다면 이런 것이겠지. ……그래, 저쪽까지.’

하오문주의 눈이 월하회주를 향했다.

세상 모든 일을 알고 있다는 월하회.

혈수문의 일과 무림에서 일어난 석연치 않은 죽음들, 그리고 황궁과 조정 신료들 사이를 움직인 독살 사선을 연결시킨 것은 월하회이기에 가능한 일이었다.

“하오문에서는 앞으로 이 명단에 있는 사람들의 일거수일투족을 감시해 주시면 됩니다. 당문에서는 하루라도 빨리 이 안에 든 독이 무엇인지 알아내 주시고 죽은 이들의 사인과 연관성을 밝혀 주십시오. 앞으로 월하회에서 정과 사, 황궁을 막론하고 의심 가는 정황과 정보는 모두 제공할 것입니다."

월하회주의 말에 당문 독의장 당황이 심각한 표정으로 물었다.

"사실 범인은 이미 알고 있지 않소? 중요한 것은 우리가 증거를 모으고 범인의 위치를 찾고 난 그다음이 아니겠소? 대책은 있는 것이오?"

독부 은요.

당문에서는 일찍이 그들이 해독해 내지 못한 독의 주인이 독부라 확신했다.

아직 독의 정체는 알아내지 못했으나, 황도에서 일어난 독살 사건들이 귀천성과의 전쟁 중 독부의 손에 죽은 인사들의 죽음과 양상이 비슷하다는 것까지 밝혀냈다.

문제는 허미인과 독부의 연관성을 밝혀낸다 한들, 여기 있는 이들만으로는 독부를 잡아낼 방법이 요원하다는 것이었다. 그에 월하회주는 시원하게 웃어 보였다.

"독부를 잡을 사람은 이미 요청해 놓은 상태입니다. 아마도 그분이 오실 겁니다."

"우리 진화가?"

황후가 깜짝 놀란 얼굴을 했다.

그 모습에 월하회주가 미소를 지으며 아련한 표정을 했다.

"그러고 보니 월하회도 이황자님과 함께한 적이 있지요."

"호오, 그대에게도 내 아들이 엄포를 놓던가?"

"월하회의 기둥 하나를 날려 버리셨지요. 독부도 그분께는 별수 없을 겁니다."

기둥을 쪼개던 푸른 뇌전을 떠올리며, 월하회주가 자신만만하게 웃어 보였다.

최근 정의맹에서 진화와 적호단이 기어이 환마제의 후인마저 죽여 버렸다는 소식이 전해진 참이었다.

적호단에 새로운 임무가 떨어졌다.

어디에 숨은 건지 전쟁 이후 행방을 알 수 없었던 독부가 처음으로 꼬리를 잡힌 것이다.

"황도요?"

"정확히는 황궁에 숨었을 가능성이 크다는구나."

황궁.

그 말에 진화가 눈을 크게 떴다.

지난번 독살 위협을 당했던 것이 떠오른 것이다.

그때는 그저 황궁에서 비일비재하게 일어나는 추악한 질투에 휘말린 것이라 생각했는데, 그게 아니었던가.

"그동안 황궁에 숨어서 후궁전과 조정 여론에 관여하고 있었던 모양이야. 독부가 왜 황궁에서 그런 일을 했는지 이유는 알 수 없지만. 그건 독부를 붙잡아서 물어봐야겠지."

"저도 가는 것입니까?"

"일의 전후가 반대겠지. 네가 가야 하니 적호단이 가는 것이다."

남궁진휘의 말에 진화가 순순히 고개를 끄덕였다.

이황자라는 신분이라면 황궁에서 움직이는 데에 황궁 사람들과 부딪힐 일 없고, 얼마 전엔 한수림과 제갈길현의 독까지 해독했으니. 진화만 한 적임자가 없는 것도 사실이었다.

"조심해야 한다. 독과 별개로 독마제가 쓰는 독공은 엄연히 독을 이용한 무공이다. 나와 우리가 늘 너를 염려한다는 것을 기억하고, 위험한 일이 있다면…… 진혜를 이용하거라."

"형님."

남궁진휘의 농담을 섞은 당부에 진화가 민망한 듯 웃고 말았다. 하지만 남궁진휘는 진지했다.

"여태 경지를 그렇게 무식하게 밟은 무인은 없다고 하더구나. 광기둥이라니……."

"광기둥요?"

"미친 기운 낭비 검강 기둥이라더군. 창피해서 어디 내보이긴 힘들지만, 방패로 쓰기에는 적당할 것이다. 저답게 무식하게 튼튼할 터이니."

남궁진휘가 혀를 차며 하는 말 뒤에는 남궁진혜에 대한 신뢰가 깔려 있었다. 아마도.

남궁진휘의 말처럼 이번 임무에 최고의 적임자인 진화가 움직이면서 적호단이 함께 황도로 향하게 되었다.

그것을 모를 리 없는 적호단주는 출발 전부터 진화를 보는 눈초리가 심상치 않았다.

"약한 주제에 콧대만 높은 황궁 놈에, 성격 나쁜 당문 독의, 거기에 하오문이라고? 어쩐지 네놈들을 비롯해서, 아니 네놈 때문에 골치 아픈 일은 죄-다 떠맡는 느낌이야."

적호단주가 눈매를 좁히고 진화와 진화의 곁에 모인 관도생들, 이제는 엄연한 적호단 십 조 단원들을 노려보았다.

그의 눈빛이 완전히 골칫덩어리들을 보는 그것이었다.

하지만 적호단주의 말이 아주 틀린 것이 아니었기에, 진화는 슬쩍 적호단주의 시선을 피했다.

그런데 그때.

전혀 의외의 인물들이 황도로 가는 적호단 행렬에 합류했다. 얼마나 의외의 인물들이었는지 진화조차 놀란 얼굴을 숨기지 못했다.

"어른을 봤으면 인사부터 해야지 왜 눈깔을 그렇게 뜨는가?"

성격이 매우, 매우 고약해 보이는 노의원은, 어쩐지 오만하게 비틀린 입매와 눈빛이 눈에 익었다.

"……!"

의선문 특제 티가 나지 않는 인피면구와 변장으로 골격 자체가 다른 사람 같았지만, 특유의 심술맞은 기운이…… 제갈길현이었다.

그 옆에는 음흉한 여우처럼 웃고 있는 중년의 의원이 있었는데, 그저 하얀 분칠을 지운 홍랑대부였다.

수많은 사람들 중에서도 절대 이곳에 나와선 안 될 두 사람이었다.

제갈길현은 깨어났다는 사실조차 절대 비밀로 붙여져 있었고, 홍랑대부는 한수림이 돌아간 것을 비롯해서 외부에 행적이 알려지면 곤란한 사람이었다.

두 사람은 물론이고 의선문이나 군사부에서도 그걸 모를리 없는데, 이들이 대체 왜 이곳에 나타났단 말인가.

진화가 적호단주의 눈치를 살피랴, 제갈길현와 홍랑대부 초산하를 번갈아 보랴, 당황한 기색을 숨기지 못했다.

—흐흐흐, 놀랐느냐?

—……미치신 겁니까?

—예끼! 이놈아, 다 필요해서 움직이는 것이다!

—필요해서요?

물론 이유가 있으니 의선문과 군사부가 허락을 했을 것이다. 하지만 진화는 그마저도 의심스러운 눈으로 제갈길현을 보았다.

—독부의 역천비록을 해석해야지. 분명 검마제와도 연관이 있을 것이다.

―하지만 검마제의 정보는 아무것도 알지 못하지 않습니까?

―흐흐흐, 다 아는 수가 있지. 세상에 모든 천문 기록은 현학문에 있고, 모든 사건 기록은 월하회에 있을 테니까.

음흉하게 웃는 제갈길현의 모습에 진화가 혼란스러운 얼굴을 하고 있을 때, 홍랑대부 초산하가 끼어들었다.

―곧 십이좌회가 황도에서 있을 것이니, 천주님께서 그곳에 또 다른 역천비록을 가지고 오실 겁니다.

홍랑대부의 말에 그나마 진화의 고개가 끄덕여졌다.

"의선문에서 도움이 될 만한 의원들을 보내 준다더니…… 골치 아픈 것들은 죄다……."

적호단주가 성격 나빠 보이는 노의원과 중년 의원을 보며 구시렁거렸다. 그는 노의원이 천수현인 제갈길현일 것이라는 생각은 전혀 못 하고 있는 것이 분명했다.

"흘흘흘, 입이 팔딱거리는 게 딱 가지고 놀기 좋은 멧돼지 같은 놈이로고."

적호단주가 제갈길현에게 찍혔다.

진화는 적호단주를 보며 심술궂게 웃는 제갈길현을 보았지만, 스―윽 모르는 척 고개를 돌렸다.

"저하……!"

동 태감과 건희전 궁인들이 진화의 마중을 나왔다.

눈물까지 흘리는 동 태감의 모습을 보자니 그렇게 오랜 시간이 지났나 싶지만, 지난번 황궁을 떠난 지 한 달도 지나지 않았다.

"동 태감."

"잘 오셨습니다! 어서 건희전으로 드시지요. 조 숙수가 저하만을 위한 요리를 만들어 오매불망 기다리고 있습니다."

이황자가 만두를 좋아하는 것은 이미 건희전은 물론 창신궁 숙수들 사이에서 유명한 이야기라. 동 태감은 세상 모든 재료를 만두로 만드는 한이 있더라도 이번에는 진화를 오래도록 황궁에 머물게 하겠다는 포부를 품고 있었다.

하지만 그런 동 태감의 속내와 상관없이 그의 말에 기뻐하는 사람이 또 있었으니.

"황궁 숙수의 요리라니! 아아, 살아 있어서 정말 다행이네. 나무아미타불 관세음보살."

불과 얼마 전까지 이렇게 굶고 사느니 죽는 게 낫네 어쩌네 하던 현오였다.

"땡중, 나오는 요리 다 먹게?"

"이번에도 밖에서 고기 타령하면서 소림 망신시키면 가만두지 않겠다고 각우 사부가 협박, 아니 엄포를 하신 것으로 아는데?"

"자네들은 자비심을 좀 가지시게! 이렇게 뼈밖에 남지 않은 날 보고도 그런 말이 나오는가?"

옆에서 남궁구와 남궁교명이 딴지를 걸자 현오가 뼈가 보이는 손목을 내밀며 툴툴거렸다.

실제로 이번에 얻은 부상 때문에 일주일 정도 미음으로 연명했던 그는 통통한 턱살은 온데간데없이 근육이 드러날 정도로 말라 있었다.

"……보통 손목뼈는 보이는 게 정상 아닌가?"

"깊이 따지지 마라, 형님."

"그것보다 고작 일주일 만에 저렇게 살이 빠질 정도면, 그 전에는 얼마나 먹었던 겁니까?"

"저놈의 밥값을 벌려고 소림 백팔나한들이 야밤에 염주를 만든다는 소문이 있어."

팽가 형제와 제갈상, 당혜군이 저마다 한마디씩 덧붙였다.

관서겸은 화려한 황궁의 모습에 넋을 놓고 구경 중이었고, 나하연은 어쩐지 수줍게 두 손을 모으고 있었다.

적호단은 사천당문에서 머무르기로 했으나, 적호단 십 조만큼은 진화를 따라 황궁으로 들어왔다.

그때.

덜컹. 끼이이익.

타타타타타타탓!

어디선가 수십 명의 궁인들이 길목에 있던 문을 한껏 열어젖히고 나타나 바쁘게 시립했다.

군인만큼이나 일사불란한 모습에 일행이 놀랄 새도 없이, 궁인들 너머로 반가움이 가득한 목소리가 익숙하지 않은 호칭으로 진화를 불렀다.

"황자—!"

자신의 궁에서 기다리다 못한 황후가 진화를 맞으러 나온 것이다.

세상 화려한 붉은 예복과 그보다 더 화려한 황후의 자태에, 황후를 처음 보는 적호단 십 조원들이 뒤늦게 몸을 숙였다.

"황후 마마를 뵙습니다. 천세 천세 천천세!"

"평신하라."

몸을 일으키는 십 조원들의 얼굴이 한결같이 상기되었다.

일행 중 태연한 이들은 그나마 황궁 출입을 해 보았던 남궁구와 남궁교명뿐이었다.

"황자, 참으로 격조하였구나."

"모후를 뵙습니다. 그간 강녕하셨습니까?"

덤덤하게 황후를 맞는 진화의 모습에, 백의생 때부터 함께 했던 적호단 십 조원들은 진화가 제국의 황자라는 사실을 새삼스레 깨달은 얼굴들이었다.

동 태감과 건희전 궁인들의 안내를 따라 진화와 십 조원들이 건희전으로 갔다.

건희전은 창신궁 안에 있으면서도 황제의 처소인 장추궁

과도 가까운 곳이라, 총애받는 황자의 처소는 주인이 있든 없든 아름답게 가꿔져 있었다.

"와아! 이 정도면 한 백 명은 먹고 자고 수련할 수 있겠군."

"양주 시골구석의 궁핍한 소문파 후계자의 시야엔 그렇겠네."

"아, 거기선 다들 그렇게 지낸다고!"

관서겸의 소박한 감탄에 제갈상이 그를 놀렸다. 관서겸을 제외하면 다들 무림에서 내로라하는 명문 출신들이라, 그들이 보기에도 관서겸의 감탄이 남달랐던 것이다. 순수한 관서겸의 반응에 궁인들 사이에서도 웃음이 나왔다.

"진화, 혹시 아침에 저 앞에 있는 돌을 뽑아 써도 되나?"

"……동 태감에게 물어봐라."

"어머어머! 이건 태광양화로군요! 잘 처치하면 아주 예쁜 붉은색 독을 뽑을 수 있어요. 이거 저 좀 주세요!"

"궁인들이 많군. 대체 시댁 식구의 범위를 어디까지 둬야 하지?"

"맛있는 냄새! 맛있는 냄새! 남궁 공자, 아니 황자 시주, 내 처소는 저기로 해도 좋네!"

주인이 비어 조용하던 건희전이 손님들로 떠들썩했다.

저마다 한마디씩 하는데, 정신이 하나도 없었다.

"하나같이 특이한 손님들이로구나."

"이번에도 손님 대접이 쉽지 않겠습니다."

"허허허, 언제는 우리 황자님의 손님들이 쉬웠던 적이 있었더냐?"

"하긴 그렇습니다. 하하하."

동 태감과 건희전 궁인들은 소란스러운 손님들을 보며 고개를 절레절레 저으면서도 입가에 미소를 달고 있었다.

건희전, 창신궁이 떠들썩해지면서 진화의 귀환 소식은 삽시간에 황궁 전체에 퍼져 나갔다.

적통 황자이자 황제의 총애를 받는 이황자의 귀환은 언제나 화젯거리였지만, 이번에는 이황자가 무림의 수하들까지 황궁으로 데려왔다는 소식이었다.

이 소식은 당연하게도 영수전에도 전해졌다.

"폐하를? 전부 장추궁으로 불려 간 거야?"

"아니오. 폐하께서 창신궁으로 오셨다 합니다."

대답을 하는 궁녀의 목소리가 떨렸다.

궁녀는 제 대답이 주인이 기뻐할 대답이 아니라는 걸 이미 알고 있었다. 아니나 다를까, 허미인의 순하게 처진 눈꼬리가 단번에 가늘게 좁아졌다.

"흥! 후궁전 한번 들를 시간도 없으신 분이 무림의 천한 무부들을 만나려 친히 창신궁까지 걸음 하시다니. 이황자 사랑이 아주 지극하시구나."

"마, 마마."

황궁에서는 낮말이든 밤말이든, 모든 말이 사람의 귀를 탔다. 특히 황제와 관련된 말은 귀신이 와서 듣고 간다는 말이 있을 정도라, 궁녀는 황제에 관해 함부로 말하는 허미인의 언사에 당황한 듯 그녀를 불렀다.

하지만 그런다고 말을 조심할 허미인이 아니었다.

"자식이 셋이나 있으면 뭐 해! 쓸모가 없어, 쓸모가! 이번에 사황자가 귀환했을 때도 고작 수고했다, 그거 한마디 들은 것이 전부라잖아! 이황자였어 봐! 연회를 열고, 영수전에도 직접 걸음 하셨겠지! 멍청한 놈! 수고했다 한마디 겨우 듣고 덜렁 물러나? 황제 폐하를 이리로 청했어야지! 천하의 불효자식 같으니!"

탁.

허미인이 들고 있던 자수틀을 던지며 화를 토했다.

이황자와 사황자의 차이는 이황자인 한진화가 제국 유일의 적통 황자라는 것이 결정적이었는데, 그건 이황자의 모후가 황후이고, 사황자의 모친이 미인이라는 점에서 기인한 것이었다.

물론 허미인은 전혀 그렇게 생각하지 않았지만 말이다.

그녀에게 자식은 황제가 자신에게 보낸 애정의 증거인 동시에 그녀가 황제에게 그 애정을 상기시키는 수단에 지나지 않았다.

"멍청한 놈! 불효자식! 고작 그것도 못 해서…… 그래! 고 영악한 이황자가 교태를 부려 폐하를 창신궁까지 청한 게 분명해! 사황자가 못한 걸 그놈은 한 거야! 그게 아니라면, 벌써 수 달째 영수전에는 발걸음도 안 하신 분이 대낮에 왜 창신궁에 가시느냔 말이야!"

버럭 소리를 지른 허미인이 그것으로는 부족한지 신경질적으로 손톱 장식을 빼고 손톱을 물어뜯었다. 짜증이 나고 불안하면 늘 보이던 습관 같은 거라 손톱 장식을 뺀 그녀의 손톱은 피딱지가 군데군데 있을 정도로 엉망이었다.

"그때 그 빌어먹을 놈을 죽였어야 했는데…… 그래, 아직 안 늦었어. 이번에야말로…… 모 상궁, 모 상궁을 불러와! 어서!"

광증이 도진 사람처럼 정신없이 말을 뱉어 내는 허미인의 모습에, 곁에 있던 궁녀 하나가 공손하게 읍하며 모 상궁을 부르러 나갔다.

나머지 궁녀들은 조용히 물러나 사방의 문을 단속했다.

표정 변화 하나 없이 허미인을 대하는 것이나 말이 새어 나가지 않도록 주변을 관리하는 모습들이, 영수전 궁인들에게는 이런 상황이 사뭇 익숙해 보였다.

그렇게 잠시, 한참 중얼거리며 손톱을 물어뜯던 허미인이 모든 것을 뚝 멈췄다.

"가만, 그런데 놈이 왜 이렇게 빨리 황궁으로 돌아왔지?"

추하게 구겨졌던 허미인의 얼굴이 서늘하게 바뀌고, 음울하게 처진 눈매가 요요하게 접혔다.

"황후가 그놈을 황궁으로 부른 건가? ……왜?"

가늘게 접힌 눈 속 검갈색 눈동자가 위험하게 빛났다.

허미인이 엉망이 된 손톱에 다시 손톱 장식을 끼우고 조용히 궁녀를 불렀다.

그리고 그녀를 향해 뭔가 명을 내리려는 찰나.

"마마."

모 상궁이 허미인의 곁으로 왔다.

허미인이 미간을 좁히며 모 상궁을 째려보았다.

"대체 어딜 다녀온 거야?"

"대사마댁에 다녀왔습니다. 아무래도 새로운 물건이 필요할 듯해서요."

모 상궁이 허미인을 달래듯 나긋나긋하게 말했다.

그 여유로운 말투와 새로운 물건이라는 단어에 허미인의 표정이 거짓말처럼 밝아졌다.

"그래? 역시 모 상궁이야. 곧 그게 필요해질 것 같았는데, 알아서 척척척. 다른 이들도 다 모 상궁 같으면 얼마나 좋아?"

"황송하옵니다, 마마."

기분이 좋아진 허미인이 웃음을 보이고, 영수전의 닫힌 문만큼이나 답답하던 분위기가 조금 풀려 나갔다.

하지만 그때.

밖에서 급하게 뛰어 들어온 궁녀 하나가 급하게 영수전 궁녀의 귓가에 뭔가를 속삭이고, 그녀의 말을 들은 영수전 궁녀의 얼굴이 사색이 되었다.

"마, 마마!"

영수전 궁녀가 하얗게 질린 얼굴로 급히 허미인을 불렀다.

"미, 미향이 돌아오지 않았다고 합니다!"

"뭐야!"

허미인이 앙칼지게 되물으며 자리에서 벌떡 일어섰다.

겨우 좋아졌던 기분이 순식간에 나락으로 처박혔다.

모 상궁의 얼굴이 차갑게 굳었다.

궁녀들 사이에도 급은 존재했다.

궁녀들은 어린 견시, 견습 궁녀의 신분 동안 상급 궁녀의 수발을 들며 필요한 교육을 받는다. 그리고 견습 궁녀에서 벗어나면 특기나 집무에 따라서 배치가 되거나, 필요에 따라 황궁 안의 각 궁으로 배치가 된다.

황족들의 궁을 관리하고 황족을 전담하여 모시는 궁녀들은 상궁이라 불리는 장사궁녀부터 대부분 상급 궁녀에 해당하는 전내궁녀라. 그들은 보통의 궁녀들보다 직급과 녹봉이 높았다.

하지만 무엇보다 황궁에서 소모품보다 못한 존재인 궁녀들에게 있어 주인의 존재는 그 자체가 든든한 뒷배였다.

생사고락을 함께하는 동시에 휘하 궁인들의 모습이 황족의 자존심과 연결되는 터라, 대부분의 전내궁녀들은 주인에게 따로 받는 재물이 녹봉보다 훨씬 많았다. 게다가 후궁전 궁녀들의 경우에는 황제를 만날 기회마저 다른 궁녀들과는 비교가 되지 않았다. 어린 궁녀들이라면 누구나 후궁을 윗전으로 모시기를 희망했다.

미향(微響)도 그런 어린 궁녀들 중 하나였다.

어린 궁녀들은 황궁 어느 곳이든 의심을 받지 않고 다닐 수 있는 동시에 누구에게도 의심을 사지 않을 사소한 존재라. 특히 미향은 영수전 궁녀와 친척이라 일을 믿고 맡기기에 딱 좋은 인물이었다.

"제 언니를 죽이지 않으려면 일을 성공시키겠지. 휴가를 내줄 터이니, 일을 성공시키고 곧바로 집으로 가서 의심받지 않을 때 돌아오라. 돌아오면 영수전에 자리를 줄 것이다."

적절한 협박과 달콤한 유혹.

어린 미향은 허미인과 모 상궁의 명을 받아들였고, 그들에게 독 병을 받아 나갔다.

그 후 닷새가 지났으니 미향이 영수전으로 돌아올 때였다.

그런데 그 미향이 돌아오지 않은 것이다.

"어찌 된 것이냐!"

모 상궁이 매서운 눈으로 미향과 친척인 궁녀에게 물었다.

하지만 궁녀도 아는 것이 없었다.

"소, 송구하옵니다, 마마님. 오늘 약속된 시간이 되어 마중을 나갔는데, 미향을 기다려도 한참 동안 오지 않았습니다."

"그 계집의 집이 어디라고 했지?"

"황도에서 멀지 않은 고현입니다."

"어서 집으로 사람을 보내거라. 혹여 날짜를 잘못 알았거나 오는 중에 일이 있어 늦어진 것은 아닌지 알아 오란 말이다!"

"예, 예! 마마님!"

모 상궁의 재촉에 궁녀가 연거푸 허리를 숙이며 밖으로 뛰어나갔다.

허미인이 매서운 눈으로 모 상궁을 노려보았다.

"모 상궁, 어떻게 된 일이야? 틀림없을 거라며!"

곧바로 제게 화살을 돌리는 허미인의 모습에 모 상궁은 저도 모르게 윗입술을 움찔거렸다.

'누가 사고 치래! 멍청한 년이 사고는 제가 치고 냉큼 사고 수습만 떠넘긴 주제에 일이 잘못되니까 내 탓을 해?'

모 상궁은 뻔뻔한 허미인에게 당장 소리를 치고 싶었지만, 그 대신 파르르 떨리는 입술을 억지로 끌어 올렸다.

"황후궁 소식을 알아보겠습니다. 잠시만 계세요."

"감이 안 좋아. 멍청하게 왜 이딴 일도 제대로 못 하는 거야! 망할! 그 망할 이황자가 환궁한 게 다 그 일 때문 아니야?"

허미인이 어느새 다시 손톱을 물어뜯었다.

"갑자기 이황자가 왜 왔나 했어! 그 일 때문에 황후가 부른 거야. 틀림없어! 두 년이 전부 잡힌 거 아냐? 전부 잡혀서 뭔가 불었다면? 이게 폐하의 귀에 들어가면 어쩔 거야?"

허미인이 소리를 지르며 신경질적으로 쏘아붙였다.

모 상궁은 그런 허미인의 목소리를 못 들은 척 한 귀로 흘려버리며 제 목소리를 더 나긋나긋하게 깔았다.

"걱정 마세요, 마마. 혹시 일이 잘못되어 황후가 그 두 년을 다 잡았다고 해도, 폐하께서 나서시기 전에 두 년 다 죽여버리면 그만 아니겠어요?"

"그건…… 그렇지!"

모 상궁의 말에 무섭게 표정을 일그러뜨리고 있던 허미인이 언제 그랬냐는 듯 방긋 웃었다.

"그러네! 그럼 빨리 그렇게 해! 아이 참, 괜히 놀랐잖아. 전에는 이런 일이 없었는데, 요즘 왜 일 처리가 깔끔하지 못해? 모 상궁도 늙었어?"

"……소인이 책임지고 처리할 것이니 걱정하지 마세요. 다녀오겠습니다."

천역덕스럽게 모 상궁을 타박하는 허미인의 모습에, 모 상궁이 조용히 허리를 숙이며 물러났다.

허미인에게서 돌아서기 무섭게 모 상궁의 얼굴이 흉신악살처럼 구겨졌다.

건희전.

진화와 일행들이 건희전 앞에 있는 정자에 모여 다과를 나누고 있었다.

정자가 있는 연못 건너편에는 울창한 숲과 아담한 별채가 있었는데, 창신궁 안에 있는 작은 광과 정원이었다.

"지금쯤 영수전에서 알게 되었겠군."

"설마 월하회에서 그 미향이라는 여자의 집과 집으로 보낸 전서까지 알아낼 줄은 몰랐지만, 큰 도움이 되었습니다."

"지금은 누가 있지?"

"제갈상과 관서겸이 있습니다."

남궁교명의 말과 동시에, 나무에 가려 잘 보이지 않는 작은 별채의 지붕 위에서 제갈상과 관서겸이 손을 흔들었다.

"하오문에서 손을 쓴다고?"

"황궁으로 오는 길에 있는 다리가 무너진 척을 해 놓고, 미향이라는 여자의 집에도 전서를 바꿔치기하려고 대기 중에 있다네."

"정보는 최대한 천천히 흘려야지. 긴가민가할 즈음에 미향이 집에 오지 않았다는 걸 알리고, 그걸 알 즈음에 미향이 황후궁에 잡혔다는 소식을 알리면……."

"정신없겠지. 당장 뒤처리를 하려고 움직일 거다."

영수전에서 누군가 뒤처리를 하러 움직인 순간, 별채에서 매복 중인 제갈상이나 관서겸, 혹은 다른 누군가의 손에 잡힐 것이다. 그리고 저들은 그걸 해결하려고 다른 방법을 찾게 될 것이다.

"한번 일을 쉽게 해결한 적이 있다면, 다시 그 방법을 찾을 수밖에 없지, 궁지에 몰리면 몰릴수록 더."

일이 어려워지면 허미인은 반드시 이제까지 만능 해결책이 되었던 독부의 독을 찾을 것이다.

그러면 그때가 바로, 독부는 물론 허미인과 그 일파의 목에 적호단과 황군의 칼이 겨눠지는 때가 될 것이었다.

"우리가 찾을 건 독을 쥔 사람이다. 구, 네가 영수전을 감시해라. 독부 본인이 그곳에 있다면 너무 가까이 감시하는 건 위험해. 그러니까……."

"알았어. 멀리서 소리만 들으라는 거지, 도련님?"

"들키지 않게 조심해."

진화가 남궁구에게 다시 한번 주의를 주며 연못 건너편을 향해 눈을 빛냈다. 사냥감이 함정에 들어오기 전까지는 사냥꾼의 눈에 들켰다는 사실을 모르도록 해야 했다.

그날 오후.

집에 미향의 소식을 물어보려던 궁녀는 상인으로부터 고현에서 황도로 오는 길목에 있는 다리가 무너졌다는 소식을 들었다.

'그럼 그렇지. 길을 돌아오느라 조금 늦는 걸 거야!'

궁녀는 이 일을 곧바로 영수전에 알렸다.

그날 새벽.

영수전 모 상궁은 심어 놓은 어린 견시궁녀로부터 창신궁 광에 있던 죄인들을 냉궁으로 옮길 것이라는 이야기를 들었다.

"죄인'들'이라고? 그리 말했다는 것이냐?"

"예, 마마님. 필시 죄인들을 움직일 것이라 하셨습니다."

"허!"

모 상궁의 눈초리가 매섭게 변했다. 모 상궁은 곧장 자고 있던 미향의 친척 궁녀를 끌어내어 추궁했다.

"황후전에서 시킨 것이냐? 거짓을 말하라고?"

"아닙니다! 믿어 주십시오, 마마님! 영수전 궁녀인 제가 어찌 그런 짓을 하겠습니까!"

"글쎄. 그건 모를 일이지."

"마마!"

허미인은 매일 그녀의 머리칼을 곱게 빗어 주던 궁녀를 단숨에 버렸다. 아닌 밤중에 날벼락을 맞은 궁녀는 눈물을 흘리며 빌었지만 소용없는 짓이었다.

"꺄아아아악--!"

"아아, 난 왜 이렇게 복이 없을까. 이리 검은 머리 짐승에게 마음 주면 나만 상처받는 것을……."

궁녀들 사이에서 자행되는 고문은 눈에 띄지 않고 피를 흘리지 않으며 오래도록 살려 놓고 고통만 주는 것이 대부분이었다. 그중에서 특히 손톱 밑을 천천히 바늘로 찌르거나 뼈를 조여드는 것은 사람이 참아 내기 힘든 고통이었다.

궁녀도 금세 숨을 헐떡이기 시작했지만, 처절할 정도로 끝까지 고개를 저었다.

죽을 것이다. 저뿐만 아니라 모두가 죽을 것이다.

오직 그 생각이 궁녀를 움직였다.

"허억! 마마! 마마, 아니옵니다!"

"그런데 왜! 왜 두 사람이야! 네년이 네 동생 년은 잘 오고 있다면서!"

궁녀가 허미인에게 매달리자, 허미인이 궁녀의 턱을 붙잡으며 악을 썼다.

짜아악!

"아아악-!"

허미인이 분노를 참지 못하고 잡고 있던 궁녀의 얼굴을 내리쳤다. 허미인의 손톱 장식에 궁녀의 얼굴을 깊이 패면서 피가 흘렀다.

"하아, 하아. 망할 년들! 감히 내 일을 그르쳐?"

"마마."

모 상궁이 흥분한 허미인을 조용히 불렀다.

허미인이 희번덕거리며 사방을 노려보던 눈초리 그대로 모 상궁을 노려보았다.

"어찌할 것이냐? 폐하께서 알게 되시면 이번엔 진짜로 진노하실 텐데! 내가 폐서인 되면 네년들은 무사할 것 같아?"

"걱정 마십시오. 제가……."

"죽여!"

말이 끝나기도 전에 허미인이 그녀의 말을 끊었다.

"그 여자에게 말해 죽여 버려! 알잖아? 그게 제일 간단해."

"……."

허미인의 말에 모 상궁의 입에서 아무런 대답이 없었다.

대신 모 상궁의 눈이 쓰러진 궁녀를 향했다.

단순히 할퀸 것이 아니라 얼굴의 살점을 긁어내린 듯 잔인한 상처를 안고 궁녀가 쓰러져 있었다.

'틀렸군. 저년도 그렇고, 일이 너무 커졌어.'

모 상궁의 눈빛이 차분하게 가라앉았다.

"날이 밝기 전에 돌아오겠습니다."

"그래. 그래야지."

모 상궁의 대답에 그제야 허미인이 웃어 보였다.

"이참에 거슬리는 건 전부 다 치워 버리는 게 어때?"

"……그리하겠습니다."

"호호호, 좋아! 진즉 그러면 됐잖아! 아이, 이제야 좀 마음에 드네."

눈빛을 희번덕이며 묻는 허미인의 말에 잠시 머뭇거리던 모 상궁이 순순히 고개를 숙여 보였다. 허미인의 말처럼 문제가 실타래처럼 복잡하게 꼬여 버렸다면 아예 잘라 버리는 것도 나쁘지 않을 것이니. 모 상궁은 아이처럼 좋아하는 허미인을 뒤로하고 바쁘게 궁을 나섰다.

영수전 본관에서 소란이 있었던 것과 달리, 본관에서 조금 떨어진 별채의 아침은 고요하기만 했다.

너무 조용해서 도무지 살아 있는 사람이 사는 것 같지 않은 별채.

언제 들어와도 익숙해지지 않는 적막함 속에 사황자 한유영이 안도의 한숨을 내뱉었다.

'사람이 오간 흔적은 없군.'

사황자는 이 별채에 최소한의, 자신이 허락한 궁인들 외에는 출입을 엄금했다. 그것을 어긴 이는 친히 장형을 때리고 출궁을 시키며 본보기를 보였다.

전부, 이 별채에 누워 있는 동생 육황자 한유인을 지키기 위해서였다.

아주 오래전 별안간 독에 당해 쓰러진 한유인은 황궁 태의조차 어쩌지 못하는 가운데 벌써 수년째 깊은 잠에 빠져 있었다. 사황자는 궁에 있는 동안 그런 동생을 하루도 빼놓지 않고 보살펴 왔다.

"……응?"

사황자는 동생의 방 앞에 자신의 내관이 나와 있는 것을 보고 의아한 얼굴을 했다.

어쩐지 초조한 듯 안과 밖을 두루 살피는 내관의 모습.

사황자의 심장이 내려앉는 동시에 걸음이 빨라졌다.

"종명아!"

"화, 황자님!"

어미를 찾은 새끼처럼 울먹이는 내관의 모습에 사황자가 급하게 안으로 뛰어 들어갔다. 그리고 누워 있는 동생의 곁에 서 있는 사람을 발견했다. 절대 이곳에 있어서는 안 될 사람이었다.

"무슨 짓이야! 당신이 왜 여기 있지?"

사황자가 급하게 육황자의 곁에 다가가며, 그 앞에 서 있는 허미인의 팔을 잡아당겼다.

"이런, 무례하구나."

"닥쳐! 당신이 왜 여기에 있는 거냐고!"

"어머, 얘. 어미가 자식을 보러 온 게 뭐 대수라고."

"어미?"

사황자가 잡아당긴 팔이 아팠는지 허미인이 얼굴을 찌푸리며 팔을 털었다. 하지만 사황자의 얼굴은 그보다 더 험악하게 일그러져 있었다.

"인이가 누구 때문에! 아니, 인이를 이렇게 만든 인간이 누군데, 당신이 여길 와! 어미? 어떤 어미가 자식의 입에 독을 처넣어!"

"아이, 참. 좀 살살 말하렴. 품위 없이…… 죽은 것도 아닌데 웬 유난인지."

"허!"

허미인의 말에 사황자가 기가 막힌 듯 헛숨을 뱉었다.

그렇게 숨을 뱉지 않으면 숨이 막혀 버릴 것만 같았다.

벌써 몇 년째. 저와 겨우 한 살 차이가 날 뿐인 동생이 전혀 자라지 못한 채 바싹 마른 몰골로 죽어 가고 있었다.

매일매일, 이 모습을 보면서 제 속은 또 얼마나 무너져 내리는데, 유난이라니!

"꺼져! 죽여 버리기 전에 꺼지라고!"

결국 사황자에게서 참고 있던 증오가 터져 나왔다.

허미인을 보는 눈은 붉게 달아올라 결코 어머니를 보는 눈빛이 아니었다.

"너도 참! 사황자씩이나 되는 녀석의 언동이 그렇게 험해서야…… 폐하를 닮아 그런가? 적당히 하렴. 버릇없게."

"버릇?"

"그래. 이제 곧 더 높은 곳으로 가야 할 텐데, 모후에게 이렇게 거친 언사를 뱉어서야 되겠니?"

"허!"

조곤조곤, 여상하게 타이르는 듯한 말투에 화가 머리끝까지 솟았다.

까드득.

사황자는 안간힘을 써서 허미인의 목을 조르고 싶은 것을 참아 내며 이를 악물었다.

"모후? 한낱 미인 따위가 그렇게 불리고 싶다니, 언감생심 꿈이 크군."

"황자!"

사황자가 강등된 신분으로 그녀를 비꼬자 허미인도 참을 수 없었는지 소리를 지르며 사황자를 노려보았다. 하지만 이제 사황자는 그런 눈초리에 겁을 먹을 만큼 어리지 않았다.

"또 무슨 일에 이용하려는 건지 모르지만 나는 빼. 당신한테 이용당해 주고 싶은 생각은 추호도 없으니까!"

"얘가 대체 왜 이래? 이게 나 좋자고 하는 일이야?"

"당연히 당신 좋자고 하는 일이지! 그럼 아니야? 난 당신에게 좋을 일이라면 숨도 쉬어 주기 싫어! 그러니까 꺼져! 죽여 버리기 전에 꺼지라고!"

또다시.

동생 한유인이 산송장처럼 죽어 가고 있는 곳 앞에서 또다시 자식들을 이용할 생각밖에 없는 허미인의 모습에, 사황자는 분노를 느끼다 못해 진절머리가 쳐졌다.

"유인이를 깨워! 무슨 짓이든 유인이를 깨우고 나서 하라고! 그 전까지, 아니 유인이가 잘못된다면 내 손으로 기필코 당신을 죽이고 말 테니까!"

사황자가 살기 어린 눈으로 허미인을 노려보며 증오를 퍼부었다. 그러자 허미인도 만만치 않게 독기에 찬 눈으로 사황자를 노려보았다.

"진짜 이럴 거야? 지금 유인이를 어떻게 깨워? 얘만 일어나면 이상하잖아. 그러다가 또다시 내가 독살의 범인으로 의심받으면 어떡하니!"

"그러니까! 전부 당신 짓이잖아!"

"아이, 진짜! 차라리 네가 그 약을 먹었어야 했어! 착한 유인이라면 어미 말을 잘 들어줬을 텐데! 왜 너 따위가……."

"당신이 그 악마 같은 여자에게 자식을 팔아넘긴 거지! 고작 폐하의 눈길 한 번 더 받으려고! 어차피 이렇게 버려질 거면서!"

"뭐야!"

"왜, 내가 틀린 말 했나? 당신 같은 여자, 폐하가 버렸어도 진즉 버린 것을, 이 궁에서 당신만 모르고 있군."

"너……!"

불같이 타오른 분노와 소름 끼치는 광기가 서로 맞부딪쳤다. 모자지간이라고 하기엔 서로를 향한 지독한 증오 외에 어떤 감정도 남지 않았다.

한참 서로를 노려보고 있던 사황자와 허미인.

두 사람 중 허미인이 피식 웃음소리를 흘리며 먼저 눈을 돌렸다.

“앵앵앵앵! 매번 시끄러워 죽겠네, 쓸모도 없는 놈이. 너 같은 것도 자식이라고 내가 미친년이지. 하지만 어쩌겠어, 어미란 그런 존재인 것을.”

이상하게 여유 있는 목소리와 태도.

‘앵앵앵, 시끄러워 죽겠네, 쓸모도 없는 것들.’

이전에도 들었던 말이었다.

허미인이 제 앞에 독 병을 내놓았던 그날.

그걸 외면하고 나간 뒤, 동생이 쓰러졌었다.

사황자의 뇌리에 불길한 예감이 스쳤다.

“당신, 또 무슨 짓을 한 거야?”

“호호, 기다려 봐. 가질 수 없으면 없애 버리면 그만이니까. 호호호호!”

가질 수 없다면 없애 버린다고……?

사황자의 눈동자가 크게 흔들렸다.

황제에게 광적으로 집착하는 허미인이 가지고 싶은 자리는 하나밖에 없었다.

사황자의 머릿속에 이황자가 나타나기 전 황태자를 흔들

면서 그다음엔 자식이 없는 황후를 끌어내리려 하던 허미인과 외조부의 모습이 떠올랐다.

“이런…… 미친!”

사황자가 욕지거리를 뱉으며 급히 몸을 돌렸다.

그때, 허미인이 앙칼진 목소리로 사황자를 붙잡았다.

“뭐 하는 거야! 어딜 가려고! 네가 가서 밝히면 내가 어떻게 되는지 몰라? 어미를 죽일 셈이야?”

“하하!”

저를 협박하며 붙잡는 허미인의 말에 사황자가 허탈한 듯 웃었다. 그리고 다 포기한 듯 처연한 얼굴로 허미인을 돌아보았다.

“당신 같은 건 진즉 죽어 버렸어야 해.”

사황자의 말에 허미인의 눈이 커졌다. 그리고 돌아서 나가는 사황자의 모습에 놀란 얼굴이 점점 경악으로 물들었다.

“네 동생은! 내가 잘못되면 애는 영원히 끝이야! 그 사람들이 해독제를 줄 것 같아? 알잖아!”

“…….”

비명처럼 소리치는 목소리.

방을 뛰쳐나온 사황자는 울먹이는 내관과 눈이 마주쳤다.

“금군들을 데려와 육황자의 주변을 지켜라, 어서.”

“예, 저하.”

사황자는 내관에게 명을 남기고 건희전으로 향했다.

사황자의 걸음이 점점 빨라졌다.

다급하게 걷기 시작한 사황자는 종국에는 체통이고 품위고 집어치우고 숨을 헐떡일 정도로 뛰었다.

주변에서 놀란 내관들과 궁녀들, 신료들의 시선이 느껴졌지만, 지금은 그런 것을 신경 쓸 겨를이 없었다.

또 다른 곳.

"황자님-!"

창신궁으로 가는 다리 위를 영수전 궁인들이 급하게 막아서는 게 보였다.

첨벙!

"황자님!"

사황자는 그들을 피해 개울로 뛰어들었다.

다리와 옷이 다 젖었지만 상관없었다. 그렇게 궁 안쪽으로 흐르는 개울을 거슬러 창신궁으로 들어갔다.

"사, 사황자님?"

"어머나!"

놀란 금군들과 궁인들의 목소리를 뒤로하고 사황자는 급하게 건희전으로 갔다.

어쩐 일인지 궁인들이 보이지 않았다.

'서, 설마 벌써? 안 돼!'

불길한 예감이 엄습하며, 사황자의 얼굴이 창백하게 질렸다.

마지막 희망이었다. 지옥 같은 여자의 손아귀에서 벗어나 동생을 구할 수 있는.

"다른 사람의 독도 해독해 줄 수 있다. 네가 말할 수 있을 때 말해라. 그 정도는 들어주지."

이황자의 말.

도와준 것에 대한 대가를 지불하겠다는 딱 그 정도의 호의.

하지만 그렇기에 더 신뢰가 갔다. 그 정도 호의만으로도 사황자는 허미인의 손을 놓을 수 있었다.

'우리 유인이는……!'

사황자가 다급하게 건희전으로 뛰어들었다.

"형님! 이황자……님?"

건희전으로 뛰어든 사황자의 눈이 찢어질 듯 커졌다.

독부의 독에는 해독제가 없었다.

천년혈삼이든 인형설삼이든 만독해주든, 해독제를 만들 수 있었다면 제갈가주와 의선문이 천수현인을 그토록 오래도록 누워 있게 하지 않았을 것이다.

진화가 독기를 없앤 것은 그것을 해독한 것이 아니라 말 그대로 '없애 버린' 것이었다. 천뢰기를 이용해서 몸속의 조화를 그르치는 독기를 태워 버린 것이다.

파지지지지지직----!

"꺄아아아악--!"

확인은 끝났다. 번뜩이는 불빛과 함께 궁녀의 새끼손톱이 검은 연기와 함께 타들어 갔다.

궁녀의 고통스러운 비명은 일종의 덤이었다.

진화와 일행이 고통에 못 이겨 기절한 궁녀를 덤덤한 얼굴로 보았다.

"독을 손톱 장식에 담아 둔 건가? 영리하네."

"여인의 장신구는 들키지 않게 독을 담아 두기 좋은 도구니까요."

"오늘 창고를 지키는 사람이 하필 당가의 무남독녀만 아니었다면 말이지."

남궁교명의 말에 당혜군이 약간 우쭐대는 얼굴로 피식 웃었다.

"감히 당문의 사람을 앞에 두고 어설프게 독 병을 깨뜨리니 우스울 수밖에요."

"그것보다 이 궁녀와 나 소저에게 잡힌 궁녀, 분명 무공을 익힌 듯 보였습니다."

제갈상이 심각한 얼굴로 말했다.

"궁녀가 무공이라니. 역시 독마제의 수하겠죠?"

"당연히. 영수전과 독마제가 연관이 있다는 중요한 증인이 될 거다."

"그렇지만…… 그게 증명이 되겠습니까?"

제갈상이 여전히 심각한 얼굴로 한쪽을 가리켰다.

그곳엔 궁녀 복장의 여인들이 쓰러져 있었다.

하나같이 나하연의 주먹에 늑골이 아작 났거나, 정강이가 부러지고, 팔이 이상한 방향으로 꺾여 바닥에서 몸을 일으키지도 못했다.

저래서야 무공을 할 수 있다는 걸 증명하기는커녕 이전에는 정상이었다는 걸 증명하기도 힘들 것 같았다.

"음……."

진화를 비롯한 일행이 조용해졌다.

증거와 증인을 모은 것 같은데, 어쩐지 소용없을 듯한 찜찜한 느낌이랄까.

그런데 그때.

건희전의 문이 벌컥 열리면서 누군가 뛰쳐 들어왔다.

"형님! 이황자……님?"

건희전 응접실에 심각하게 서 있는 진화와 그 일행, 그리고 기괴한 몰골로 바닥을 뒹굴고 있는 궁녀들이라니.

놀란 사황자가 궁녀들과 진화를 번갈아 보았다.

진화가 그런 사황자를 보며 환하게 웃어 보였다.

"이제 뭘 말할 생각이 든 건가?"

다가오는 진화를 보며 사황자가 저도 모르게 주춤 물러섰다. 그런데 물러서는 사황자의 뒤에 뭔가가 닿았다.

"하하하, 황자님도 꽤 빠르시더군요."

영수전을 감시하던 남궁구였다.

남궁구가 자연스럽게 사황자의 퇴로를 막아섰다.

"인이에게 그런 독을 먹일 줄 알았다면 내가 먹었을 겁니다."

그때의 일에 대해 말을 하는 사황자의 얼굴은 지독한 가시가 심장에 박힌 듯 아파 보였다.

"한창 허미인이 후궁전에서 일어나는 독살의 범인으로 지목받고 있을 때였습니다. 범인인 게 확실했죠."

사황자는 허미인을 어머니라 부르지 않았다.

그녀를 말하는 입엔 냉소마저 걸려 있었다.

"허미인이 의심에서 빠져나가기 위해 택한 방법이 자식 중 하나에게 똑같이 독을 먹이는 거였습니다. 제정신이라면 어미가 자식에게 그런 짓을 할 리 없으니까."

하지만 허미인은 했다. 육황자 한유인에게 독을 먹이고, 자식을 잃은 슬픈 어미를 연기했다.

황제는 물론 대소 신료 누구도 그런 저급한 연극에 속지 않았다. 오히려 자식을 그렇게 만들 정도로 미쳐 있는 그녀에게 질려 버렸다. 그러나 중요한 것은 증거와 명분이었다.

자식을 잃은 어미의 슬픔을 건드린다는 건 도덕적 측면에서 체면을 크게 손상시키는 일이었고, 누구도, 황제마저도 '넌 미쳤으니 자식을 그렇게 했지?'라고 묻지 못했다.

증인이나 증거 하나 남지 않은 상황에서 허미인이 자식까지 해쳐 가며 명분을 가져간 것이다.

조정에서 할 수 있는 일은 투기와 악독한 행실을 트집 잡아 용화였던 허씨를 미인으로 강등시킨 것이 전부였다. 결국 육황자 한유인의 희생으로 그 사건이 마무리된 것이다.

"그 여자와 허미인이 원하는 대로였죠."

사황자의 눈빛에서 짙은 원망의 기색이 떠올랐다.

"그 여자가 해독제를 가지고 있을 겁니다. 그 여자가 원하는 것을 찾는 날, 혹은 제가 황태자가 되는 날에 그 해독제를 주기로 했으니. 젠장! 황제 폐하께서 미친 여자의 아들을 황태자 위에 올릴 리 없지요! 세상이 알고 그 여자도 아는 것을, 망할 그 미친 여자만 모르고 있어요! 음식도 먹지 못하고 약 기운으로만 연명한 게 벌써 수년째입니다. 육황자가 언제까지 버틸 수 있을지 모르겠습니다. 태의도 이제 슬슬 위험하다 했고요. 그런데도 그 미친 여자는……!"

결국 사황자의 눈에서 눈물과 함께 지독한 증오가 터져 나왔다.

사황자의 입으로 듣는 사건의 전말.

일행 모두 어떤 말도 하지 못한 채 사황자를 보았다.

황자라는 껍데기에 가려 드러나지 않았던 고작 열일곱 살짜리의 얼굴이 보였다.

"황제 폐하는?"

"태의를 동원해서 해독제를 만들기 위해 백방으로 애써 주셨습니다. 지금까지 허미인과 그 여자를 건드리지 못하는 이유도 반쯤은 해독제 때문이었고. 그 여자는 유인이를 허미인의 인질이라 생각했지만 사실은 폐하의 인질이었던 거죠. 그런데……."

사황자가 진화를 보았다. 모두의 시선이 진화에게 향했다.

"허미인이 이황자 형님까지 건드리는 바람에, 폐하와 황후마마께서 더는 참지 않으시려고 합니다. 무, 물론 그걸 탓하는 것은 아닙니다. 그런데 그렇게 되면 유인이는……."

결론적으로 사황자가 급해진 것이 진화 때문이라는 말이었다. 진화로 인해 황후와 하남 조씨가 그 여자를 쫓기 시작했고, 공교롭게 월하회가 조정의 일과 무림의 일에서 연관성을 찾았다. 당문이 독마제 은요의 독으로 확신했고, 그다음은 정사 무림과 황실이 독마제와 허씨 집안을 본격적으로 노리게 된 것이다.

우연과 필연이 겹쳐 일사천리로 일이 진행되는 속에서, 오직 사황자만이 육황자의 안위를 걱정했다.

'황제는 보통의 아비와 다르다 했던가?'

진화가 의도한 바는 아니었지만 결과적으로 저 때문에 황제가 육황자를 포기한 것이나 마찬가지라. 진화는 육황자의 생사에 어느 정도 책임감을 느껴야 했다.

슬쩍.

적호단 십 조 일행이 아닌 척 진화를 힐끗거렸다.

그들도 진화와 같은 생각을 한 것이다.

"다시 말하지만 그 독이라면 내가 해독할 수 있다."

"아! 가, 감사합니다!"

진화의 말에 사황자가 크게 안도하고 기뻐했다.

일행 역시 흐뭇한 얼굴로 그 모습을 보았다.

"너는, 증언을 할 수 있겠나?"

낳아 준 어미를 죽이게 될 것이었다.

"……제게 선택지가 있습니까?"

"없다."

"하하, 그냥 물어본 것입니다."

저 또한 폐서인의 자식이 될 것이다. 지금의 황태자가 그것 때문에 제국의 황태자임에도 불구하고 바람 앞의 등불처럼 흔들리는 것을 보면, 그 멍에가 두고두고 사황자의 발목을 잡을 게 분명했다. 하지만 고작 발목 하나 내주고 동생을 구할 수 있다면 얼마든지 그럴 수 있었다.

"증언할 것입니다."

진화의 단호한 거절에 멋쩍게 웃은 사황자가, 진지하게 각오를 세운 얼굴로 고개를 끄덕였다.

'저건 죄책감도 없나?'

'미안한 건 미안한 거고, 할 일은 해야지. 아니면 네가 대표로 단주님께 욕 들어 먹을 거냐?'

'……모름지기 남자라면 차가워질 때가 있어야지.'

'장하다, 우리 황자 시주!'

십 조 단원들은 이전보다 더 흐뭇한 얼굴로 그들을 보았다.

"그 여자가 모 상궁 맞나?"

"아니요. 모 상궁과 그녀가 데려온 이들은 '그 여자'의 수하들일 뿐입니다. 그 여자는 대사마 허임, 외조부 댁에 있을 겁니다."

사황자의 말이 끝나자, 남궁구가 달려 나가고 진화와 적호단 십 조 또한 움직이기 시작했다.

스스스스슷--!

적호단과 당문, 하오문이 순식간에 움직였다.

금군을 움직이는 것은 황제의 재가를 받아야 하는 일로, 그사이 독마제 은요나 그 일파가 눈치를 채고 도망을 칠까 봐 무림에서 먼저 움직인 것이다.

황제의 허락이 떨어지기 전까지 허씨 가문의 장원은 아직 대사마 허임의 집으로, 적호단과 당문, 하오문은 장원의 주변을 빼곡하게 에워싼 채 금군의 도착만을 기다리고 있었다.

"지금부터 쥐 새끼 한 마리도 놓치지 않는다. 들어가는 놈은 그냥 두고 나오는 놈들은 잡아서 빼돌려 놔라."

"충!"

적호단주 팽치가 눈을 부라리며 허씨 가문 장원을 노려보았다.

"독의들은 독마제나 그 수하들의 용독에 대비하고, 혹시 장원 주변에 함정은 없는지 살펴라."

"예."

보통 독공은 은밀한 용독이 생명이라 어지간한 독공의 고수가 아닌 이상 미리 정해진 곳에 독을 발라 놓은 경우가 많았다. 하여 당문의 독의들은 독의장 당황의 명에 따라 허씨 가문 장원의 출입로를 중심으로 수색에 나섰다.

"전서구나 다른 방법을 통해 전서를 주고받을 수 있으니, 날아다니는 것부터 기어 다니는 것까지 사람이 아닌 건 전부 죽여라."

"예."

하오문주 채명지의 냉철한 명에 흑의 흑면을 한 하오문도들이 나무 그림자 속으로 은밀하게 숨어 들어갔다.

팽팽한 긴장감이 저자에 흐르면서, 길을 지나는 일반 백성들은 영문도 모른 채 스산한 분위기에 몸을 떨었다.

잠시 후, 자연스럽게 주변을 통제한 적호단에 의해 지나는 사람들의 발길이 뚝 끊겼다.

밖에서 적호단과 당문, 하오문이 금군을 기다리는 사이.

진화와 적호단 십 조, 그리고 연락을 받고 들어온 남궁진혜와 적호단 일 조는 곧바로 영수전으로 향했다.

척. 척. 척. 척.

금군들이 일사불란한 움직임으로 진화와 적호단의 뒤를 따랐다. 사황자의 움직임에서 무언가를 눈치챈 것인지, 영수전의 문이 굳게 닫혀 있었다.

소용없는 짓이었다.

"미인 허씨와 영수전 궁인들은 문을 열고 황명을 받으라!"

엄 태감이 앞으로 나서 황명을 들고 소리쳤지만 영수전 문은 열리지 않고 고요하기만 했다.

"흠흠, 미인…… 엇, 황자님?"

영수전의 낯 뜨겁고 무엄한 행실에 엄 태감이 헛기침을 했다. 그리고 목소리를 키워 다시 나서려는 순간, 진화가 엄 태감을 제치고 앞으로 나섰다.

타---앙!

"황자님!"

아무 말도 않고 정문을 날려 버리는 진화의 행동에 엄 태감의 두 눈이 휘둥그레졌다. 하지만 뭔가 말을 하기 전에 부서진 문 안쪽에서 검기가 날아들었다.

쉐에에엑--!

카-앙! 퍼억!

안에서 날아든 검기보다 남궁진혜의 검이 더 빨랐다.

새파랗고 엄 태감만큼이나 큰 검강을 발현한 남궁진혜가 진화의 앞으로 날아든 검기를 막은 것이다.

"이 쌍년들이 했다 이거지? 전부 조진다!"

"추웅…… 아, 아니, 부단주님! 잠깐!"

반사적으로 외치려던 일 조 조장 서장원이 급하게 남궁진혜를 부르며 엄 태감을 보았다.

후궁전에서 가장 아름답다던 영수전 문이 부서진 순간부터 남궁진혜의 검강에 막힌 아니, 남궁진혜의 검강에 튕겨나간 검기가 영수전 벽을 박살 내기까지, 모든 광경을 목격한 엄 태감은 곧 기절할 것 같은 얼굴로 눈을 뒤집고 있었다.

일 조 조장 서장원이 급하게 진화를 찾았다.

날뛰는 미친 소를 말릴 수 있는 유일한 사람이었기 때문이다. 서장원은 진화가 남궁진혜를 말릴 순 있으나 이제까지 그녀를 말린 적이 단 한 번도 없다는 걸 몰랐다.

"누님의 검강이 그때보다 짙어졌군."

진화가 느긋하게 진혜의 뒤를 따라 영수전으로 들어갔다.

안으로 들어가자 모 상궁이 데려온 수하들로 보이는 궁녀들이 남궁진혜에게 대항하고 있었다.

'저긴 괜찮아.'

진화의 시선이 천천히 움직였다.

그리고 어느 한 곳을 살피던 진화가 손을 뻗었다.

퍼---엉!

"꺄아아악!"

천뢰장 한 방에 본관 창문이 폭발하듯 사라지고, 안에서 숨죽이고 있던 허미인과 궁녀들의 모습이 드러났다.

"나하연, 당혜군, 저들을 끌고 나와라."

"충!"

곧 폐서인이 되거나 처형될 것이 자명하나 그래도 한때는 황제의 여인이었던 여자라, 진화는 같은 여성인 나하연과 당혜군에게 허미인과 궁녀들을 맡겼다.

"까아아아악-!"

"이, 이거 놔라! 네 이년! 감히 내가 누군 줄 알…… 아아악!"

허미인이 궁녀 둘과 함께 나하연의 양손에 머리채가 잡혀 질질 끌려 나오는 모습에, 과연 진화의 결정이 배려였는지는 의문이었다. 나하연의 원초적인 폭력 앞에 당혜군은 남은 궁녀들을 손쉽게 끌어낼 수 있었다.

"여기 역적들이 숨어 있다-!"

다행이라고 해야 할까.

영수전 외에도 후궁전 곳곳에 귀천성 세력이 숨어 있었던 듯, 금군의 고함이 곳곳에서 울렸다.

“일 조는 저쪽을 맡죠. 팽가 형제와 제갈상, 관서겸, 도우러 가라.”

“충.”

적호단에서의 직위는 같은 조장이었지만 이곳은 황궁이고 진화는 경지도 넘었지 않은가.

서장원은 체면이고 뭐고 구원의 동아줄을 잡은 듯 조원들과 함께 이 난장판에서 발을 뺐다.

“얍삽한 뒷모습에 속셈이 투명하게 드러나는군.”

“저 마녀는 이제 누가 말리냐?”

“…….”

궁녀로 위장한 독마제의 끄나풀들을 검강으로 두들겨 패는 남궁진혜의 모습을 보며 남궁구와 남궁교명 모두 말이 없어졌다. 저러다 죽으면 문제가 생기겠지만, 저기에 끼어드는 것보다 그편이 낫겠다 싶었다.

다행히 남궁구와 남궁교명에게도 할 일이 생겼다.

-구, 교명, 저쪽.

진화의 전음에 따라 고개를 돌린 남궁구와 남궁교명은 영수전에 있는 연못에 잔잔한 파동이 일고 있는 것을 발견했다.

진화의 손짓이 아니었다면 발견하기 힘들 정도로 작은 파동이 천천히 움직이고 있었다.

진화와 남궁구, 남궁교명이 고개를 끄덕였다.

곧바로 남궁구와 남궁교명이 퇴로를 막아설 준비를 하고.

진화의 손에서 번뜩이던 뇌전이 연못을 향해 쏘아졌다.

파지지지지직------!

파다다다닷! 타다다다닷!

끓는 기름에 물방울이 떨어진 듯. 푸른 뇌전이 순식간에 요란한 소리와 함께 연못 전체를 뒤덮었다.

예상을 훨씬 웃도는 난리였다.

"……."

퍼더덕!

잉어 한 마리가 연못 밖으로 튀어 오른 것을 끝으로, 연못에 있던 모든 생명체가 둥둥 떠올랐다.

그 안에 있던 사람도 함께.

"모 상궁 그 여자 맞아?"

"모 상궁이건 누구건, 이미 죽지 않았을까."

황금 열 관에 버금가는 비단잉어들이 집단으로 폐사당한 가운데, 모든 사람들의 눈이 진화에게 향했다.

"살아 있다. 건져 와."

진화의 명에 남궁구와 남궁교명이 민망함을 숨기고 기절한 모 상궁을 건져 냈다.

둥. 둥.

모 상궁으로 추정되는 물체가 장대에 끌려 나오는 광경을 모두 넋을 잃고 보는 가운데.

우지--끈!

불길한 소리가 들렸다.

사람들의 고개가 돌아가는 것과 동시에 굉음이 울렸다.

콰---광! 쿵! 콰-앙!

"……."

"허! ……폐, 폐하!"

고작 후궁 하나와 궁녀들을 포박하여 압송하는 일에, 후궁전에서 가장 아름다운 정광을 자랑하던 영수전 본관이 무너졌으니.

엄 태감은 황제 폐하를 볼 낯이 없어 그대로 주저앉고 말았다.

콰---앙!

"역적 허임은 황명을 받으라!"

"모조리 끌어내라!"

사례교위 조정호의 명과 함께 사례군들이 순식간에 대사마 허임의 장원에 있던 식솔들을 끌어내어 분리하기 시작했다.

허임의 일가와 노비, 허씨 일가의 손님들은 각자 금군에 의해 끌려 나갔다.

"아아악-!"

"꺄악!"
"이거 놔라! 내가 누군 줄 알고 감히! 오해가 있는 것이다! 내, 폐하께 고해 네놈들의 무례를 벌할 것이다! 이것 놔라!"
몸은 떨어졌어도 마음은 통했던 것일까.
대사마 허임은 숨어 있다가 금군에 끌려 나오면서 미인 허씨처럼 기세 좋게 소리를 질렀다.
하지만 상대는 진화의 일로 단단히 벼르고 있던 사례교위 조정호였다.
퍼-억!
"억!"
"감히 제국의 역도인 귀천성과 손을 잡아 놈들을 황궁으로 들여?"
"사, 사례교위!"
"이황자님을 건든 것이 실수였다. 폐하의 인내심마저 다 했으니, 네놈들은 차라리 사형당하게 해 달라고 비는 것이 나을 것이다!"
서슬이 퍼런 조정호의 겁박에 대사마 허임은 온몸에 힘이 빠진 듯 축 늘어졌다.
그때, 적호단주 팽치가 한 손으로 허임의 멱살을 잡아 들었다.
"그 여자, 독마제는 어디 있나?"
적호단과 당문 독의들, 하오문이 독마제 은요를 찾아 샅샅이 장원을 수색했지만 흔적조차 발견하지 못했다.

열이 받은 적호단주의 눈에서 살기가 번들거렸다.

"히이익! 그, 그 여자는 모르오! 그저 별채 하나를 내주었는데, 제가 있고 싶을 때만 머문단 말이오!"

"어디로 갔어! 계속 황도에 머물 때는 어디에 있었지?"

"모, 모르오! 정말이오!"

퍼억-!

"젠장!"

적호단주의 추궁에 겁에 질린 허임이 소변까지 지리자, 더 알아낼 것이 없다 생각한 적호단주가 허임을 내려놓으며 욕지거리를 뱉었다.

"황도 주변을 에워싼다. 멀리 가진 못했을 테니, 독의들과 조를 짜서 항구는 물론, 황도를 오가는 길목까지 샅샅이 뒤져!"

"충!"

적호단주의 명에 적호단원들이 빠르게 움직였다.

그에 사례교위 조정호가 말을 보탰다.

"항구와 황도의 관문, 오가는 길목은 사례군이 맡을 것이니, 적호단은 무림인들이 자주 드나드는 저자의 뒷거리를 수색하는 것이 어떻소?"

"……그리해 주신다면 호의는 고맙게 받겠습니다."

적호단주는 사례교위의 호의를 거절하지 않았다.

황도에 있는 무림의 영역도 넓었지만, 황도 자체는 그보다 훨씬 넓고 사람은 더 많았다. 하나하나의 실력은 적호단에 비할 바는 아니지만, 드넓은 황도를 뒤지는 데에 군대의 도움은 절대적이었다. 하지만 사례교위의 도움에도 적호단주의 표정은 쉽게 밝아지지 않았다.

넓디넓은 황도에서 찾아야 할 것은 단 한 사람. 게다가 독마제와 같은 고수라면 황도를 빠져나가는 것쯤은 식은 죽 먹기처럼 쉬울 것이니.

적호단주는 독마제의 색출을 명하면서도 어쩌면 그녀가 이미 황도를 빠져나갔을 수도 있겠다고 생각하고 있었다.

황궁에는 빠르게 추국장이 꾸려지고.

대사마 허임을 비롯한 허씨 일가와 영수전 궁녀들은 추국을 빙자한 고문을 통해 그들의 짓으로 의심되는 모든 일들에 고개를 끄덕이고 있었다.

"끄아아아아아---!"

"아아아악!"

밤낮으로 이어지는 비명이 깊은 지하를 뚫고 들어왔다.

지하 옥사에 갇힌 허미인은 완전히 미쳐 버린 듯 한쪽에 웅크리고 앉아 혼잣말을 중얼거리고 있었다.

"오실 거야, 오실 거야……."

그녀의 주문과 같은 혼잣말이 통했을까.

깊은 밤, 옥사의 문이 열렸다.

벼락 진震 시끄러울 화譁 : 황궁에 숨은 혈성

"이거 놔! 이거 놔-아!"

무슨 기대를 했던 걸까.

허미인이 끌려 나온 곳은 당연히 추국장이었다.

물론 허미인이 기다리던 사람도 있었다.

"허억! 폐, 폐하! 폐하, 어찌 제게 이러실 수 있사옵니까! 소첩은 폐하께서 제게 어찌 이러시는지 모르겠습니다!"

허미인이 추국장 단상에 앉은 황제를 향해 소리쳤다.

황제는 무심한 얼굴로 허미인을 보고 있었다.

"폐하, 그렇게 보시면 싫어요. 소첩을 불쌍히 여기시어요. 소첩, 무섭사옵니다. 소첩을 이곳에서 벗어나게 해 주세요! 영수전으로 돌아가고 싶어요!"

허미인이 눈물을 흘리며 애절하게 애원했다.

그런 그녀의 모습이 얼마나 기괴하게 비치는지 그녀 자신만 모르고 있는 듯했다.

추국장에 있는 대소 신료들은 물론 진화마저도 눈살을 찌푸리고 말았다.

그도 그럴 것이, 지금 허미인의 옆에는 만신창이로 기절한 허임이 쓰러져 있었다.

어디 그뿐인가.

추국장에 역모죄를 저지른 죄인에게 하는 지독한 고문을 견디다 못해 죽었거나 죽어 가고 있는 허씨 일족과 영수전 궁녀들이 수십 명에 달했다.

추국장 가득 그들의 피비린내와 살 타는 냄새가 자욱했다.

모두 허미인과 허임의 죄에 연루된 이들이었다.

황도에서도 손에 꼽히는 부귀영화를 누리던 허씨 일족이니, 처형이 시작된다면 아이부터 노인까지 죄가 있든 없든 그들과 한 핏줄이라는 사실만으로 수백 명이 목숨을 잃을 것이었다.

상황이 이러한데, 허미인은 지금도 교태스럽게 목소리를 꾸며 황제에게 매달리고 있었다.

"완전히 미쳐 버렸군."

어느 신료의 말이 추국장의 소란 속에서도 귀에 들어와 박혔다.

"더 시간 끌 것 없다. 진행하라."

황제는 이 이상 허미인의 발악을 구경할 생각이 없는 듯 금군들에게 눈짓을 했다.

금군들이 허미인을 바닥에 엎드리도록 눌렀다.

"아악! 이거 놔라! 네 이놈들! 감히 폐하의 여인에게 손을 대는 것이냐!"

허미인이 발작하듯 소리를 질렀지만 금군들에게 머리가 눌려 말소리가 크게 들리지 않았다.

"미인 허씨는 사특한 역적 무리와 어울려 그들을 황궁으로 끌어들였을 뿐 아니라, 감히 폐하의 후궁과 궁녀들을 해치는 만행을 저질렀다. 그 수가 수십에 달하니 더 이상 이를 좌시할 수 없다. 또한, 그간 황족을 출산한 공으로 이전의 죄를 탕감했음에도 불구하고 감히 제국의 황자를 해하였다. 황족을 해하는 역모의 죄는 물론이거니와 친모로서 어린 황자를 해하는 천인공노할 패륜에 경악을 금치 못하니, 천륜을 저버린 대역죄인 허씨를 폐서인한다!"

"아니야---!"

"또한! 죄질이 유례가 없을 정도로 간악하고 죄를 뉘우치지 않고 방약무인하니, 폐서인 허씨를 한 달간 냉궁에 유폐하여 죄를 뉘우치도록 한 후 사사한다!"

"아니야-! 아니야-!"

허미인의 발작이 심해질수록 바둥거리는 그녀를 누르는

금군들의 힘도 강해졌다.

중서령 사마윤은 허미인의 상태에 상관없이 냉정하고 엄숙한 목소리로 황제의 판결을 전했다.

어차피 허미인을 추국장에 올릴 때부터 정해진 수순이었다.

그래도 한때는 황제의 후궁이었던 여인을 고문할 수 없으니 모든 죄가 명명백백해질 때까지 시간을 둔 것뿐이었다.

판결이 끝나고 황제가 빠져나간 뒤 금군들이 모든 죄인을 옥사로 데려갔다.

그러나 모두 끝난 것은 아니었다.

오히려 허미인의 추국은 이제 시작이었다.

허미인이 무의미한 저항으로 힘을 빼며 끌려간 곳에는 그녀가 그토록 찾던 사람이 있었다.

“폐, 폐하! 폐-하!”

앞으로 달려 나가려는 허미인을 금군들이 잡아다 바닥에 무릎을 꿇렸다.

“이익!”

금군들이 몸을 짓누르자, 허미인이 두 눈을 희번덕거리며 고개를 치켜들었다.

허미인의 고개가 사방으로 돌아갔다.

횃불이 켜진 지하.

그녀는 존재조차 알지 못하던 곳이었다.

금군들이 사방을 철통같이 지키는 가운데, 정면에는 황제와 이황자인 진화, 추국장에선 모습을 드러내지 않았던 사황자 한유영이 자리했다.

본래 황제는 사황자가 추국장은 물론 그 어떤 곳에도 나타나지 않길 바랐다.

어떤 죄를 지었건 결국 어미를 고발하고 일족을 몰살시키는 데에 사황자가 일조하게 된다면, 앞으로 내내 혈육을 죽였다는 지탄이 사황자를 따라다닐 것이 뻔했기 때문이다.

하지만 사황자의 마음에 맺힌 증오가 얼마나 지독한지, 사황자는 기어이 허미인의 마지막을 지켜보고자 했다.

황제의 옆에는 황제가 진짜로 중시하는 공신들이 자리했다.

태사 조위례와 위장군 원수경, 대사농 정조인, 중서령 사마윤이었다.

허미인이 희번덕거리며 눈알을 굴렸다.

황자들의 옆에는 그녀가 처음 보는 젊은 무인들이 있었다.

그들의 앞으로 모 상궁이 의자에 앉혀 있고, 모 상궁이 데려온 궁녀들이 피투성이로 바닥에 널브러져 있었다.

특히 궁녀들은 목과 사지가 이상한 방향으로 뒤틀려 있었다.

허미인의 눈이 커졌다.

"폐, 폐하, 어째서 저, 저를 이곳으로 부르셨나요?"

허미인이 두려움 가득한 목소리로 황제를 찾았다.

이마와 눈썹, 미간은 공포로 일그러졌는데 입꼬리만 교태를 부리고 있는 꼴이라니, 웃는 것인지 우는 것인지 모를 기괴한 얼굴이었다.

그래도 한때 황제의 사랑받는 후궁으로 영수전의 주인이었던 인물이 저런 추한 모습이라니.

자리에 있던 모든 사람들이 눈살을 찌푸렸다.

단 한 사람, 황제를 제외하고.

"허미인, 감히 짐의 자식들을 해치고 그렇게 쉽게 끝날 것이라 생각했나?"

"폐, 폐하?"

"추국장엔 보는 눈이 많아 참았을 뿐, 그대의 죄는 거기서 끝이 아니지 않나."

"폐하, 어인 말씀을 하시는 거예요? 소첩은 죄가 없어요, 폐하."

"소첩 같은 소리 집어치우라!"

참고 있던 인내심이 다했는지 황제가 버럭 노성을 터뜨렸다.

덤덤하게 가라앉은 듯 보였던 눈에서는 분노를 넘어선 증오가 일렁이고 있었다.

"말하라. 정녕 육황자에게 네 손으로 독을 먹였더냐?"

허미인의 입으로 직접 답을 듣고 싶었던 황제가 그녀를 압박했다.

허미인이 공포에 질린 얼굴로 뒤로 물러나려다 금군들의 손에 막혔다.

"폐하, 아니에요! 아니에요! 나는…… 저, 저놈이 그랬나요?"

황제의 눈을 피해 이리저리 시선을 돌리던 허미인이 사황자를 보았다.

그리고 허미인의 표정이 돌변했다.

"너지! 너지? 이런 살모사 같은 놈! 어떻게 어미를 모함하고 외가를 멸문시킬 수 있지? 이 천하의 패륜아! 너 같은 걸 왜 낳아선! 씹어먹어도 시원찮을 자식! 너였어야 했는데! 독을 먹은 게 너였어야 했는데!"

허미인이 사황자를 향해 독설을 퍼부었다.

허미인의 최후를 지켜볼 것이라 독하게 마음먹은 사황자지만, 저에게 향하는 친모의 날 선 악의 앞에서는 얼굴이 창백하게 질렸다.

그것을 본 진화가 슬쩍, 사황자의 앞을 가로막았다.

"아."

저를 노려보는 핏발 선 눈이 가려지자, 사황자가 놀란 얼굴로 진화의 등을 보았다.

진화는 아무렇지도 않은 얼굴로 허미인의 악의 앞에 섰다.

"그 여자, 독부 은요와 거래한 내용은 뭐지?"

"네놈이야? 네놈이 내가 그랬다고 일렀어? 이 악마 같은 새끼! 황후가 시켰나, 나를 죽이라고? 황후를 닮아 요사스럽기 짝이 없는 얼굴로……."

파지지직-!

"꺄아아악-!"

진화는 자신을 향해 독설을 쏟아 내던 허미인이 선을 넘자 가차 없이 손에서 뇌전을 뿜었다.

푸른 뇌전이 허미인의 치맛자락을 태웠다.

"저기, 저 여자들이 어떻게 되었나 잘 보고 말해. 무림에는 몸에 상처를 내지 않고도 얼마든지 고통을 줄 방법이 많으니까."

진화의 말이 끝나기 무섭게 당혜군이 싸늘한 얼굴로 손을 휘둘렀다.

"아아아악---!"

"꺄아아악!"

당혜군의 손짓에 궁녀들의 몸에 박혀 있던 대침들이 빠져나가고, 궁녀들이 귀가 찢어질 듯 비명을 질렀다.

기괴하게 뒤틀렸던 근육이 바로 펴지면서 온전한 모습으로 돌아왔지만, 궁녀들 대부분이 고통에 못 이겨 정신을 잃었다.
눈이 뒤집혔거나 입에 허연 거품을 문 몰골이, 사지가 뒤틀렸을 때보다 나아 보이진 않았다.
"다시 묻지. 그 여자, 독부 은요가 당신에게 원한 게 뭐지?"
벌써 죽었는지 축 늘어진 모 상궁과 정신을 잃은 궁녀들.
그리고 저를 내려다보는 서늘하게 가라앉은, 황제와 닮은 눈빛.
허미인은 놀란 눈으로 궁녀들과 진화를 번갈아 보았다.
바쁘게 움직이는 눈동자가 많은 생각을 하는 듯했다.
하지만 곧 결론을 내렸는지, 허미인의 표정이 또 돌변했다.
"그걸 알려 줘서 내가 얻는 건 뭐지?"
"글쎄, 생각해 보지 않았는데."
"허! 병신 같은 새끼. 거래도 할 줄 몰라? 날 살려 줘. 날 궁에서 내보내지 않겠다고 약속해!"
"대답부터 해."
진화를 향한 직설적인 욕에 남궁구와 남궁교명의 눈이 대번에 살벌해졌다.
황제와 조위례도 마찬가지였다.
하지만 정작 진화는 눈 하나 깜짝하지 않았다.
"내 아들을 살려 주겠다고 했어!"

"당신 아들은 당신이 직접 독을 먹였잖아."

"어쩔 수 없었어! 모두 날 의심하는 중이었단 말이야! 나는 그냥 착한 내 아들에게 부탁만 했어! 그것뿐이라고!"

곳곳에서 한숨이 터져 나왔다.

죄를 뉘우치길 바란 것은 아니지만, 끝까지 횡설수설하는 허미인의 모습에서 도무지 답을 얻을 수 있을 것 같지 않았다.

하지만 죽어 버린 모 상궁의 입에서 얻어 낸 사실이라곤 '허미인의 곁에서 그녀의 요구 사항을 들어주라.'는 명을 받았다는 것뿐이니, 허미인에게서 답을 구할 수밖에 없었다.

진화가 천천히 허미인에게 다가갔다.

누군가 진화를 말리려 했지만, 황제가 고개를 저었다.

스으으으으…….

소리는 없었는데, 어쩐지 소리가 들린 듯했다.

공기가 스산하게 변했다.

"으으. 닥닥닥닥…… 왜, 왜 이러지?"

그건 비단 느낌만은 아니었던지, 허미인이 이까지 부딪히며 덜덜 떨기 시작했다.

"말해. 그 여자가 당신에게 바란 것."

"으으. 으으으으……."

단지 추워진 것만이 아니었다.

속이 울렁거리고 심장이 빨리 뛰며, 추워진 동시에 등줄기로 식은땀이 비처럼 쏟아졌다.

바닥에서부터 뼈까지 얼려 버릴 듯 시린 한기가 고통스럽게 찾아왔다.

허미인은 처음 겪어 보는 고통과 공포에, 잔뜩 겁에 질린 눈으로 진화를 올려다보았다.

"괜한 계산하지 마. 난 이대로 손 하나 까딱하지 않고 당신을 죽여 버릴 수도, 영원히 아프게 할 수도 있어."

"내 아들…… 내 아들이 죽을 거야."

"아니. 그건 답이 아니야. 이제 와서 모성이 남아 있는 척 매달릴 생각하지 마. 육황자는 안 죽어, 내가 살렸으니까."

"……뭐? 걔, 걔가 살았어? 어떻게?"

역시 죽을 거라 생각했던 걸까.

놀라서 되묻는 허미인의 얼굴엔 기쁜 기색이라곤 없었다.

"그럴 리가 없어! 내가 아직 부탁하지 않았다고! 그 여자가 황궁에서 뭔가 찾을 때까지, 내 부탁을 들어주기로 했어! 나는 아직 모 상궁에게 인아를 깨워 달라고 부탁하지 않았어!"

허미인이 혼란스러운 듯 말을 쏟아 냈다.

그녀의 말에 진화의 눈이 번뜩였다.

"그 여자가 황궁에서 뭔가 찾았다고? 뭘 찾은 거지?"

진화의 질문에 허미인이 고개를 번쩍 들었다.

"내가 말해 주면?"

진화는 허미인의 말을 아예 못 들은 척 무시하며 다시 물었다.

"그 여자가 뭘 찾았지?"

"호호호, 혈성(血星). 알아, 혈성?"

허미인이 의기양양하게 웃음을 터뜨렸다.

"너도 모르지? 그 여자도 모르더라. 모르는 걸 찾고 있었어. 호호호호! 병신들."

"당신은 알고 있나?"

진화의 물음에 허미인이 진화를 향해 씨익 웃어 보였다.

"알아. 하지만 그 여자에게 알려 주지 않았지. 그 여자는 편리했으니까."

허미인이 비소를 지었다.

진화는 의기양양한 허미인을 보며 속으로 고소를 지었다.

'독마제의 일방적인 이용이 아니었나 보네. 죽어도 억울하진 않겠어.'

진화가 허미인을 보며 마주 웃었다.

"그래서 혈성은? 당신은 알고 있나?"

"호호호! 당연하지! 눈치채지 못하는 게 이상하지 않아? 이 황궁에 혈성이라고 할 게 하나밖에 더 있냐고!"

허미인의 말에 진화가 어리둥절해하는 사이, 황제와 조정 신료들은 뭔가 아는 듯 얼굴을 굳혔다.

"그 여자! 폐서인과 그 핏줄!"

허미인이 붉게 핏발 선 눈으로 소리쳤다.

대나무 숲에 비밀을 외치는 사람처럼 사방에 보란 듯이 외치는 그녀의 말에, 황제는 물론 조정 신료들의 얼굴이 무섭게 굳었다.

폐서인의 핏줄이라면…… 황제와 신료들의 머릿속에 황태자의 얼굴이 스쳐 지나고 있었다.

"호호호호호! 황궁에 혈성이라고 불릴 핏줄이 그 여자와 황태자 말고 더 있겠어? 바보 같은 것들! 어떻게 그렇게 쉬운 걸 몰라? 호호호호!"

허미인의 웃음소리를 들으며, 진화와 십 조원들이 눈을 마주쳤다.

그들도 허미인의 말에서 뭔가 눈치를 챘다.

'혈성이라…… 혈마제의 존재를 찾고 있었나?'

귀천성의 팔마제 중 그 어떤 정보도 없었던 단 한 사람, 혈마제에 대한 단서가 황궁에 있었던 것이다.

필요한 것을 모두 알아낸 후.

원하는 것을 얻었지만 황제를 비롯해서 모두의 얼굴이 밝지 못했다.

원하는 정보였지만, 내용은 그렇지 못했기 때문이다.

"날 살려 줘."

"그럴 수 없어."

"뭐야? 날 살려 준다고 했잖아!"

"글쎄, 생각해 본 적이 없다고 했지. 지금 생각해 보니 안 될 것 같군. 알다시피 황명이 워낙 지엄하여."

진화는 더 이상 볼일이 없다는 듯 냉정하게 돌아섰다.

애초에 허미인과 어떤 거래도 할 생각이 없었다.

허미인이 제 입으로 말하지 않았다면, 모 상궁처럼 죽을 때까지 고문을 할 생각이었다.

진화가 황제를 보았다.

다른 사람들도 모두 황제를 보고 있었다.

돌아가는 분위기를 눈치챈 허미인이 다시 황제에게 기어갔다.

"폐하, 폐하, 저를 버리지 마세요! 소첩을 버리지 말아 주세요! 소첩이 더 잘할게요. 아들도 다시 낳으면 돼요. 폐하!"

정말 미쳐 버린 것인가.

말도 안 되는 소리를 하는 허미인의 모습에, 황제는 더 이상 꼴도 보기 싫은지 미련 없이 일어섰다.

"날이 밝는 대로 형을 집행하라."

"황명을 받듭니다."

황제의 불편한 마음을 이해하는 듯, 중서령이 깊게 허리를 숙였다.

진화와 십 조원들이 모 상궁과 궁녀들의 시신을 챙겨 나갔다.

독마제 수하들의 시체라 당혜군이 당문으로 가져가서 연구해 본다고 했기 때문이다.

그것으로 끝이었다.

진화는 눈길 한번 주지 않고 허미인을 지나쳤다.

그리고 남아 있는 사황자 또한, 허탈한 듯 한숨을 내쉬고 조용히 밖으로 나갔다.

"폐하! 폐하-!"

온기 하나 없는 지하 옥사엔 미쳐 버린 허미인의 비명만 남았다.

다음 날.

허미인은 새벽닭이 울자마자 냉궁으로 끌려갔고, 저자에는 수백 명에 이르는 허씨 일족의 처형이 시작되었다.

수많은 사람들이 모처럼 만의 큰 볼거리를 구경하러 저자에 나왔다.

'정말로 전부 죽이잖아? 황제가 육황자의 목숨을 포기했다고? ……아니, 아직 육황자가 죽었다는 소식은 없었어.'

여인은 죽어서 목이 매달리는 허임을 보며 눈살을 찌푸렸다.

목을 매단 기둥에 적힌 죄목 어디에도 황자를 죽였다는 말은 없었다.

그건 같이 죽임을 당한 궁녀들도 마찬가지였다.

다만 그녀들의 죄목에는 허임과 다른 글귀가 있었다.

‘황자를 해치려 했다? 역시 죽지 않았다는 말이잖아!’

그때, 사람들의 대화 중 무시하지 못할 이야기가 귀에 들어왔다.

“육황자님이 일어나 허미인이 독약을 주었다고 증언했다지?”

“사황자가 마시지 않은 것을 육황자에게 대신 먹였다는군. 그러니 사황자의 마음이 어땠겠어?”

“죽어 가는 육황자님을 사황자님께서 지극한 우애로 살렸다잖아.”

“어미는 그 모양이지만 황자님들이라도 우애가 지극해서 다행이군.”

사람들의 대화에 여인의 눈이 번쩍 뜨였다.

‘육황자가 일어났다고? 말도 안 돼!’

여인의 얼굴이 경악으로 물들었다.

그리고 곧 눈빛을 번뜩이며 자리에서 사라졌다.

황궁이 어수선했다.

조정 대신들이며 궁인들이며 모두 아무 일도 없었던 듯 행동했지만, 아직도 궁 안에선 피비린내가 채 가시지 않았다.

사람들은 목소리 하나, 웃음소리 하나 크게 흘리지 않고 딛는 걸음걸음마다 조심스럽기 그지없는 가운데, 곳곳에서 나뭇잎이 바스락대듯 수군거렸다.

어린 궁인들이 잿물을 가져와 대전 입구에 만들어졌던 추국장의 핏자국을 닦고 또 닦았지만, 짙게 물든 핏자국은 옅은 갈색 빛으로 남아서 이전에 있던 흔적에 자국을 더했을 뿐이었다.

"이전에 후궁전에서 일어난 그 많은 독살이며 신료들의 돌연사가 전부 허미인과 그 집안 소행이라며? 그런데 달랑 효수로 끝나다니. 말이 돼?"

"허미인은 냉궁에 한 달간 있게 한 뒤에 죽인다잖아."

"먹을 것도 없이 찬 데서 지내게 하다가 나중에 죽인다지만, 그게 괴로워 봐야 얼마나 괴롭다고. 그래 봐야 사약 받고 편안한 죽음이지."

"그래서 말인데, 그게 사실은 한 달 동안 서서히 고통스럽게 죽도록 미음에 사약을 타서 넣어 준다는 말이 있어. 장이 썩다가 나중에는 끊어져서 죽도록."

"그, 그래?"

"이봐, 거기, 입조심해! 아침에 태감님들과 상궁마마님들이 모두 모아 놓고 한 이야기 못 들었어? 그 일에 대해 떠들다가 황자님들 귀에 들어가기라도 하는 날엔 불붙은 장작을 입에 넣어 입 구멍을 태워 죽일 거라 하셨잖아!"

"우, 우리가 뭐?"

"흠흠. 저기. 저기 가서 닦자."

궁인들의 수군거림에 누군가 앙칼진 목소리로 경고하자, 이제까지 수군거리던 이들이 안 그런 척 시치미를 떼었다.

하지만 곧 경고를 한 궁인의 눈치를 살피며 더 작은 목소리로 수군거리기 시작했다.

"육황자를 그렇게 만든 사람이 허미인이라며? 금수만도 못한 년! 짐승도 제 자식에게 그리하진 않을 텐데!"

"그러니, 황자를 둘이나 낳은 후궁이 폐서인에 사사까지 되는 거지!"

"그러고 보면 폐하께서 황제가 되시기 전에 폐서인 된 사람이 더 있었다고 했잖아. 황태자의 친모! 꼴랑 미인도 그 정도는 해야 폐서인 되는데, 전에 그 폐서인은 대체 무슨 죄를 지은 거야?"

"쉿! 그건 진짜 입조심해야 해. 생각해 봐라. 황자를 낳은 후궁도 궁인 수십을 죽이고 황자까지 건드리고서야 폐서인이 되었는데, 황제의 장남을 낳은 정비가 그리되려면 무슨 짓을 해야겠어?"

"야-! 거기-!"

또다시 앙칼진 목소리가 있고서야, 궁인들이 입을 다물고 손을 움직이기 시작했다.

하지만 이 일과 관련해서 떠드는 이들이 어디 궁인들뿐이랴.

허미인의 폐서인 사건이 있고 나서, 허미인의 이야기와 비교하여 가장 많이 떠도는 말이 이전에 폐서인 된 황태자의 친모에 대한 이야기였다.

폐서인 표서은.

현 황태자의 자리를 위태롭게 하는 가장 큰 약점이었다.

황제 한유수가 알려지지 않은 일개 황족이었던 시절.

나라가 혼란하고 황권이 바로 서지 않으니. 힘없고 가난한 황족은 호족들의 조롱과 관리들의 생색으로 근근이 연명하는 수밖에 없었던 때였다.

그때 한유수는 가족들을 위해 인근에서 가장 힘이 있었던 호족인 표씨 가문의 딸과 정략혼을 하였다.

그 일로 한유수는 표씨 가문의 재력으로 군사를 키워 왕의 자리에 올랐고, 표씨 가문은 표서은을 왕의 정비로 만들어 황실과 혈연을 맺었다.

세간에서는 핏줄을 팔았다 뭐다 하며 떠들었지만, 이 일을 계기로 한유수는 천하를 도모할 힘을 얻었다.

여기까지였다면 성공적인 정략혼이 되었을 것이다.

하지만 문제는 표서은이었다.

평범한 외모에 안하무인인 행동거지를 가졌다는 호사가들의 평판이 이어지고, 잔인하고 포악한 성정은 계속해서 사람들의 입방아에 올랐다.

그런 차에 한유수가 호족들을 규합하는 과정에서 하남의 대호족 조씨 가문과 두 번째 정략혼을 맺게 되었다.

"하이고. 정화 아씨가 아깝지. 천하절색의 미모에 품위 있는 자태, 선량한 성품까지. 하늘이 내린 국모감이 아니던가!"

하남 조씨는 정략혼에 미지근했으나, 한유수가 아름답고 순후한 조정화에게 반해 두 번째 정비로 들였다는 소문이 파다했다.

호사가들이 떠드는 조정화에 대한 평판이 표서은의 질투심을 자극했다.

그 전부터 잔인한 손 속으로 피를 보기 즐겨 했다는 말이 있었지만, 이후로 어린아이에 대한 광적인 집착을 보이며 점점 이상한 소문이 돌기 시작했다.

조정화보다 먼저 아들을 갖기 위해 표서은이 사악한 주술의 힘을 빌렸다는 소문이었다.

"근자에 왕비전에서 사라진 궁녀만 수십이옵고, 왕비전 상궁이 돈을 주고 여아들을 사 모은다는 소문이 저자에 팽배하옵니다. 부디 이 일을 철저하게 조사하여 억울한 이가 없도록 하시옵소서!"

소문이 도를 넘어서, 왕부 조정에까지 올랐다.

순식간에 왕비전 궁인들에 대한 조사가 시작되었고, 궁인들의 증언에 근거하여 병사들이 궁 밖에 왕비가 산 아이들을 모아 두었다는 비밀 장원까지 덮쳤다.

그리고 그곳에서 조사관과 병사 들은 경악스러운 광경을 목격했다.

마침 괴이한 제단 위에서 표서은이 맨손으로 어린아이의 심장을 뜯어 거기서 흐르는 피를 받아 마시고 있었던 것이다.

그곳에서 발견된 주검과 땅에 묻힌 어린아이의 시신이 수천이었다.

거기에 더 큰 문제는 아이들을 죽이고 그 피를 마시고 있던 표서은의 배가 불러 있었다는 사실이다.

왕부 전체에 왕비가 사람을 잡아먹고 배 속에 마귀를 배었다는 소문이 파다했다.

결국 한유수는 조정 신료들의 반발과 곧 태어날 아이의 안위를 위해, 출산 후 표서은을 폐서인한 뒤 사사하였다.

하지만 이후로도 장남인 한유강에게는, 표서은이 마귀에게 홀려 낳은 자식이라는 수군거림이 따라다녔다.

한유강이 황태자가 된 후에도 폐서인의 자식이라는 꼬리표는 그대로였고, 때때로 사람들은 황태자에게서 표서은의 모습을 찾아 험담했다.

표씨 가문은 그나마 가지고 있던 공신의 직위와 세력을 잃어버렸고, 표서량은 내내 전장을 떠돌고 나서야 겨우 황제의 배려로 표기장군에 오를 수 있게 되었다.

파군.

황태자와 표서량이 자신들을 증명하기 위해 적들의 앞에 섰다.

"공격하라! 죽이라!"

챙! 챙!

"으아아아아-!"

비명이 난무했다. 죽이는 이들도, 죽는 이들도 모두 고통스러운 비명을 질렀다.

병사들은 광기에 젖은 얼굴로 소리를 지르며, 한 손으로 튀어나오는 내장을 움켜잡고 다른 손으로 무기를 휘둘렀다.

전쟁이란 그러한 것이었다.

"흐아아아! 죽어라! 죽어!"

사방에서 소리치는 저주의 목소리.

코를 파고드는 피비린내.

제정신으로는 보기 힘들 정도로 끔찍한 광경들.

그 속에서 황태자는 한껏 커진 동공이 담아내는 전장의 모습에서 고개를 돌리지 못하고 있었다.

넋을 놓은 듯한 얼굴이었다.

"전하, 전하, 정신 차리십시오! 이곳은 전장입니다!"

대장군 표서량이 황태자를 향해 소리쳤다.

그제야 황태자가 멍한 얼굴로 표서량을 보았다.

"외……숙?"

"전하, 정신 차리셔야 합니다. 이제 겨우 첫 전투입니다! 신 제국의 공세가 만만치 않으니, 전하께서도 굳건하게 버티셔야 합니다."

"어, 언제까지요?"

"……북이 울릴 때까지입니다."

멍청한 얼굴로 묻는 황태자의 모습에 표서량이 입술을 굳게 다물었다.

'충격이 크군. 오늘은 틀렸어.'

표서량이 굳은 얼굴로 돌아섰다.

표서량은 충격에 빠진 황태자가 더 이상 전장에 있는 것이 좋을 게 없다는 판단을 내렸다.

'더 있어 봐야 멍청한 모습만 더 보일 뿐이야.'

표서량이 혀를 한 번 찬 뒤 부관을 불렀다.

"전하를 안으로 모셔라."

"충."

표기군의 군사마 위기린이 황태자를 안으로 데려갔다.

그리고 표서량은 곧장 전장으로 뛰어들었다.

"놈들을 죽여라! 한 놈이라도 더 죽여!"

거대한 창이 병사 둘을 한꺼번에 꿰뚫고, 표서량은 그대로 창을 휘둘러 창에 끼어 죽은 병사들을 전장 한복판으로 던졌다.

한 제국의 젊은 맹장으로, 북방의 반란군들이 창대만 보고도 오금을 저린다는 혈랑신창 표서량의 신위가 펼쳐졌다.

사기가 오른 표기군이 표서량의 뒤를 따르며 신 제국 병사들을 밀어내기 시작했다.

신 제국과의 전쟁 첫째 날이 그렇게 지났다.

다음 날.

성을 공략하려는 신 제국의 공격이 다시 시작되었다.

"못난 모습을 보였습니다. 오늘은 이곳에서 병사들과 함께 싸울 것입니다."

"본래 전장을 처음 마주하면 그렇게 충격을 받기 마련입니다. 전하께서 일찌감치 그 충격을 떨쳐 내셔서 다행입니다. 과연, 천무장이라 불리던 폐하의 아들답습니다."

다부진 얼굴로 성벽에 선 황태자에게 표서량이 자애로운 얼굴로 웃어 보였다.

표서량은 전날 큰 충격을 받아 전장을 벗어났던 사람이 이렇게 곧바로 다시 전장에 선다는 것은 대단한 일이라며 황태자를 칭찬했다.

표서량의 칭찬에 황태자는 황제의 아들다운 모습을 보일 것이라며 각오를 다졌다.

둥- 둥- 둥-.

전장이 열린다는 걸 알리는 북소리.

까맣게 밀려드는 적군을 보며 황태자가 마른침을 삼켰다.

그리고 자꾸 고개를 돌리려는 제 안의 공포와 싸우며 적군들을 노려보았다.

"지금입니다."

표서량의 목소리에, 황태자가 검을 들었다.

"적이 온다! 화살을 날려라!"

적절한 명과 함께 황태자는 성벽을 기어오르는 적군의 앞에 섰다.

물론 그의 주위에는 표기군의 정예 편장들이 호위를 서고 있었지만, 황태자의 시선은 오로지 적들만을 향해 있었다.

쿵. 쿵. 쿵. 쿵.

긴장 때문인지, 두려움 때문인지.

황태자의 귀로 제 심장 소리가 북소리보다 크게 울렸다.

황태자는 이를 악물었다.

그리고 눈멀고 귀가 먼 사람처럼 오로지 벽을 오르는 적을 향해 검을 휘두르는 데만 집중했다.

거짓말처럼 점점 심장 소리가 멀어졌다.

황궁.

그날 마지막 허미인을 심문하는 곳에는 황제가 왕부에서부터 신임해 온 네 명의 중신들이 있었다.

태사 조위례와 대사농 정조인, 중서령 사마윤과 위장군 원수경.

그중 태사 조위례와 위장군 원수경은 지금의 황제를 그 자리에 올리는 데에 가장 큰 역할을 한 가문들의 수장이자, 황자들의 외척이었다.

다른 것이라면 몰라도 그날 허미인이 한 말은 다른 후계자를 밀고 있는 외척이 들어서는 안 될 말이었다.

혈성(血星)이라 불리는 불길한 핏줄이 황궁에 있다니.

그것도 폐서인 표씨의 핏줄이라니.

황제는 허미인이 냉궁으로 들어간 뒤 네 명의 대신들을 은밀하게 불렀다.

"어찌하면 좋겠소?"

"송구하옵니다, 폐하."

황제의 물음에 네 명의 대신들이 약속한 듯 고개를 숙였다.

"아직 그때의 일이 황궁에 돌고 있진 않더군."

덤덤한 목소리가 보이지 않는 칼날을 품고 있는 듯했다.

굳이 확인하지 않아도 조위례와 위장군은 그들의 머리로 꽂힌 황제의 시선을 느낄 수 있었다.

'이황자도 같이 들었지.'

위장군의 눈이 슬쩍 조위례를 향했다.

조위례는 고개를 숙인 채 바닥만 보고 있을 뿐이었다.

'속을 알 수 없는 늙은이 같으니!'

조위례의 얼굴 표정, 시선, 태도에서 어떤 의미도 읽을 수 없었던 위장군은 속으로 혀를 차며 눈을 돌렸다.

"계속해서 입을 다물고 있는 것이 좋을 것이오. 짐은 아직 어떤 것도 결정하지 않았으니."

"폐하의 명을 받들겠나이다."

황제가 아직 어떤 결정도 하지 않았다.

황제의 결정이 있기 전까지 용혈의 거취에 관해 어떤 말도 나와선 안 될 것이라는 황제의 경고에, 네 명의 대신들은 그저 깊이 허리를 숙여 받들 뿐이었다.

"태사만 남고, 나가 일들 보시오."

"그럼, 물러나겠사옵니다. 황제 폐하, 만세, 만세 만만세."

이번에도 대신들은 황제의 명을 받들었다.

하지만 굳이 태사 조위례만 남기는 황제의 명에, 대전을 나가는 위장군의 눈초리가 매섭게 변했다.

'다 같이 있는, 내가 있는 자리에서 굳이 태사만을 남기셨다라…….'

위장군 원수경은 황제의 명 이면에 깔린 그의 의도를 읽으려 애쓰며 부지런히 걸음을 옮겼다.

귀빈전으로 가지는 않았다.

경고를 받기까지 했으니 당분간 귀빈전 근처로는 얼씬도 하지 말아야 할 것이었다.

물론, 그렇다고 귀빈전과 연락할 방법이 전혀 없는 것도 아니었다.

모두를 내보내고 태사 조위례만을 남긴 황제가 한숨을 쉬며 물었다.

"대체 어찌해야 할 것 같소?"

"송구하옵니다."

"짐이 태사에게 그런 말을 듣고자 남긴 것 같소?"

조위례가 말을 아끼자, 황제가 짜증스러운 얼굴로 그를 재촉했다.

그러자 조위례가 고개를 들어 황제와 눈을 마주쳤다.

"……황태자 전하께서는 아직 아무것도 하지 않으셨나이다."

덤덤한 눈빛과 평온한 목소리.

잠시 시간을 두고 꺼낸 조위례의 말에 황제의 표정이 굳었다.

"귀천성, 그 역도들이 찾고 있다는 팔현성 중 하나였소. 하나같이 지독한 운명의 굴레로, 진화마저도 그 속에 잡아 두고 있더군. 벌써 짐의 자식들 중 둘이야! 허, 발칙한 놈들!"

"이황자님도 그렇고, 무림 전체가 마제라 불리는 자들을 죽이고 있다더군요. 하지만 황태자 전하는 그들이 찾는 운명일 뿐, 아직 마제가 된 것이 아닙니다."

"알고 있소. 하지만…… 녀석은 진화와 다르오. 알지 않소, 표서은 때문에 황태자에게 붙은 소문을!"

"……마제가 되지 않더라도 다음 황제가 혈성을 타고났다면, 그 자체로 신료들이 가만있지 않겠지요."

황제가 고민하는 이유였다.

감히 황제의 자식을 노리는 역도의 무리야 결말은 죽음뿐이었다.

하지만 황태자는…….

"원귀빈이 가만히 있지 않을 것이오. 여론을 형성하고 황태자를 흔들기 시작하면, 이번에는 정말로 위태로워질 것이오."

황제가 근심 어린 얼굴로 말했다.

위태로워질 것이라…… 분명 그러할 것이다.

조위례도 황제의 말에 동의했다.

황태자의 유약한 성정으로는 바람처럼 흔들어 대는 여론에 심기를 굳건히 하지 못할 것이었다.

하지만 지금 황제가 걱정할 것은 그것이 아니었다.

"황태자 전하께서 또 상처받으실 겁니다. 폐하의 근심을 이해합니다. 하지만 혈성이 깨어나면 어찌 되는 것입니까? 이 제국의 황제로서, 폐하께서는 그 불안한 혈통에 제국의 미래를 맡길 수 있으시겠습니까?"

조위례의 말이 황제의 근심을 꿰뚫자, 황제가 아무 말도 하지 못했다.

사실 이미 황제도 알고 있었다.

아들인 황태자를 향한 황제의 근심 이면에는, 자신의 손으로 아들을 폐해야 할지 모른다는 슬픔이 깔려 있었던 것이다.

"후우, 태사는 속일 수 없군. 그렇소. 수많은 희생을 치르고서야 겨우 다시 세운 제국이오. 불안한 혈통에 제국의 미래를 맡길 순 없소."

황제가 한숨을 쉬며 말했다.

황제는 깊은 심중에만 가지고 있던 무거운 결심을 이렇게 뱉고 나니 한결 속이 편안해졌다.

"아직 어떤 것도 결정하지 않겠소. 불안한 혈통에 제국을 맡길 순 없지만, 반대로 그 역당들에게 휘둘리지도 않을 것이오. 황태자의 안에 정말 그런 것이 있는지 확인부터 해야겠소."

"현명하신 결정이옵니다."

황제의 결정에 태사 조위례가 은근한 미소를 지으며 깊게 허리를 숙였다.

황도 저잣거리의 한복판.

사람들이 몰려든 아침 식사 시간, 죽집 구석에 앉은 사내들이 주변의 눈치를 보다 목소리를 높였다.

"자네들, 그거 들었나? 저번의 그 난리. 육황자 저하도 독에 당하신 거라며?"

"그러니 황제 폐하의 진노가 보통이 아니었지!"

"그러면 그것도 들었나? 사황자 저하께서 동생을 살렸다는 거?"

"그래?"

"에휴, 외가가 멸문지화를 당했는데, 두 분 황자님들이라도 우애가 좋아서 다행이지."

소란스러운 식당 안에서도 사내들의 목소리가 인근 식탁까지 퍼졌다.

식사를 하던 사람들은 아닌 척하면서 사내들의 대화가 귀를 쫑긋 세웠다.

하늘같이 높은 윗전의 비밀스러운 이야기야 늘 흥미로운 이야깃거리 아니겠는가.

식사를 마친 사내들이 식당을 나가고, 남은 이들이 사내들의 대화를 가지고 수군거리기 시작했다.

그리고 식당을 나온 사내들은, 어쩐지 피곤한 얼굴이었다.

"……."

"……목 아프네. 몇 집째지?"

"네 번째. 다음 집은 어디 탁주집이라도 가지. 목이 아파

안 되겠네."

"아침에 여는 탁주집이 어딨다고. 그런데 이게 효과는 있는 거야?"

"모르지. 우리 같은 말단은 그냥 위에서 시키는 대로 하는 거지."

사내들은 기어코 다섯 번째 아침 식사를 하기 위해 식당을 찾아 나섰다.

어슬렁거리는 발걸음은 그들의 부른 배만큼 무거웠다.

황궁 건희전.

진화를 비롯한 적호단 십 조원들은 '대기'라는 명령 아래 모처럼 휴식일을 맞이했다.

팽수, 팽신 형제와 나하연은 평소처럼 정원 바위를 뽑아 놀거나 수련을 빙자한 신체 학대를 계속했고, 당혜군은 궁녀들이 심혈을 기울여 관리하는 정원의 화초를 구경하는 척 뽑지 못해 안달이었다.

거기에 현오는 건희전 숙수들과 경쟁하듯 먹어 대고 있었고, 제갈상과 관서겸은 휴식이라는 명목 아래 침상에서 벗어나지 않았다.

남궁구와 남궁교명은.

"……내려와 봐."

한숨 섞인 진화의 목소리에 남궁구와 남궁교명이 지붕에서 내려왔다.

"무슨 일이야, 도련님?"

"대체 왜 자꾸 황궁 지붕에 올라가는 거냐?"

진화가 미간을 찌푸리며 내내, 심지어 밤중에는 교대로 건희전 지붕을 지키는 이들에게 이유를 물었다.

그러자 남궁구와 남궁교명은 질문을 하는 진화가 의아한 듯 물었다.

"당연한 거 아니야?"

"황궁 안에는 얼굴이 익숙하지 않은 궁인들이 너무 많아서, 한시라도 주의를 게을리할 수 없습니다."

"……."

생각지도 않은 말에 진화가 잠시 할 말을 잃었다.

설마 자신을 지키려고 그런 것일 줄이야.

남궁세가의 사람으로서 자발적으로, 몸에 밴 습관처럼 남궁을 지키고 보호하는 것.

이전 삶에서 늘 진화가 다른 남궁세가 사람들에게 해 왔던 일이라, 본인이 받을 것이라곤 상상도 못 한 일이었다. 특히나 과거 진화의 원망 대상이자 보호 대상이기도 했던 남궁교명의 모습은 진화에게 바뀐 삶을 실감하게 했다.

어색한 얼굴을 하고 있는 진화의 모습에, 그의 생각을 눈치챈 남궁구가 분위기를 풀어 보고자 화제를 돌렸다.

"그런데 도련님, 손에 든 그거는 뭐야?"

"아, 나가래."

"응?"

"너희들 데리고 정자에 가서 다과라도 즐기다 오라며 동 태감이 들려 주더군. 건희전 지붕 위에 있는 것이 거슬렸나 봐."

"……은신을 어떻게 알아차리셨지? 동 태감님이 은둔 고수 뭐 그런 건가? 하하하."

분위기가 더 어색해졌다.

결국 진화와 남궁구, 남궁교명은 말없이 정자로 향했다.

어느덧 셋이 함께한다면 무엇을 하든 전혀 어색하지 않았다.

"그런데 독부가 정말 올까? 게다가 혈성도 죽이든 살리든 해결을 해야 할 텐데……."

남궁구가 진화의 눈치를 보며 물었다.

어쨌든 어미는 다르지만 형제지간이 아닌가.

하지만 진화는 혈성이라는 말에 전혀 개의치 않는 모습이었다.

"정의맹에서도 이 문제에 대해 먼저 나서기 곤란해. 어쨌든 상대가 황태자니까. 자칫하다간 황실 아니, 제국의 적으로 몰릴 수도 있다. 결국 그 문제는 황실의 결정을 기다리는 수밖에 없어. 그러니 혈성은 황실에 맡겨 두고 우린 독마제라도 놓치지 말아야지."

"마녀는 뭐래?"

"하오문과 황도 개방 지부에서 소문을 만들어 풀고 있고, 적호단과 사례군이 황도를 샅샅이 수색 중이라고 한다."

"소문이 효과가 있을까요? 오히려 공자님이 독부의 독을 해독했다는 것이 알려지면 공자님까지 위험할 수 있습니다."

남궁교명의 염려에 남궁구와 진화가 동시에 고개를 끄덕였다.

하지만 그 의미는 전혀 달랐다.

"안 그래도 내가 해독했다는 사실은 빼고, 육황자가 깨어났다는 사실과 사황자와의 우애를 중점으로 말을 흘리고 있다. 독부는 아직 혈성이 누구인지 모르니까, 그걸 알아내기 전에 독부의 관심을 육황자에 집중시키려는 의도다. 자신의 독에 자부심이 높은 여자라면 육황자가 깨어났는지 반드시 확인하려고 하겠지."

사람들은 윗전이 행복한 이야기보다 윗전의 비극적인 이야기에 더 귀를 기울인다.

특히 황실의 피비린내 나는 비극이라면 언제든 사람들의 흥밋거리가 될 수 있었다.

정의맹과 하오문은 그런 사람들의 속성을 꿰뚫어 교묘하게 진화에 대한 말을 숨겼다.

"황궁엔 비밀이란 것이 없다 하니, 혈성에 대한 것도 언제 새어 나갈지 몰라. 독부가 그걸 알고 황도를 벗어나기 전에 잡아내야 한다."

"황궁의 비밀이 새어 나가기 전에 우리가 먼저 독부를 속여야 하는군."

십 조 일행이 건희전에서 휴식을 취하고 있는 동안에도 황궁 바깥에서는 적호단뿐 아니라 정의맹 소속 문파와 하오문, 군부까지 독부를 찾기 위해 애쓰고 있었다.

소문을 풀다 보면 소문의 근거지로 찾아올 것이라는 계산이었는데, 아직까지는 독부의 흔적을 찾지 못하고 있었다.

"궁인들에 대한 감시는 황궁 궁내부 자체에서 해 주고 있지만, 우리도 언제든 독부의 등장에 대비할 수 있어야 해."

"그건 그렇……습니다만."

진화의 말에 고개를 끄덕이려던 남궁교명의 표정이 이상해졌다.

동시에 남궁구가 진화의 눈치를 보았다.

"도련님, 그 전에 우리가 쫓겨나면 어떻게 되지?"

남궁구의 말에, 진화가 그들의 시선을 따라 자연스럽게 고개를 돌렸다.

그곳에 있는 일행의 모습을 발견한 진화는 의아한 얼굴을 했다가, 곧 할 말을 잃었다.

"으아아! 제발 멈추십시오!"

그곳엔 팽가 형제와 나하연이 거대한 바위를 들고 뛰어다니고, 그 뒤를 내관들이 어쩔 줄 모르며 따라다니고 있었다.

그러고 보니 돌 하나, 화초 하나도 풍수와 지리, 화초의 상생 조화에 따라 꾸며 놓은 건희전 정원이 미묘하게 지저분하고 어수선해져 있었다.

"아앗! 그 바위, 거기 놓으시면 안 됩니다! 중원 제일의 풍수사인 진법 선생이 악풍이 통하는 길이라며 열어 둔 곳이란 말입니다!"

"으악! 그거 뽑으시면 안 됩니다. 황궁 제일의 정원사이신 대자성 어른이 직접 심은 화초들입니다. 소성초가 있어서 그곳에 있는 금매화와 수선화가 상생하여 함께 자랄 수 있는 거란 말입니다!"

내관들의 비명과 정 상궁의 고함이 곳곳에서 울렸다.

진화와 남궁구, 남궁교명 사이에 다시 침묵이 흘렀다.

그때, 현오와 제갈상, 관서겸이 그들에게 다가왔다.

"앗! 자네들, 나 빼놓고 뭘 먹었나?"

"……."

현오는 건희전 숙수들을 얼마나 혹사시킨 것인지, 어느새 살이 통통하게 올라 있었다.

황궁의 화려한 요리에 넋이 나가 살이 오른 것은 제갈상과 관서겸도 마찬가지였다.

"저……하."

동 태감이 이전보다 십 년은 더 늙은 얼굴로 진화를 찾아

왔다.

"사황자님과 육황자님이 인사를 위해 뵙길 청한다 하옵니다."

"그…… 내가 찾아간다고 전하게."

"예, 저하!"

진화의 작은 배려에 동 태감이 촉촉한 눈으로 웃었다.

"제발 하오문이 소문이 효과가 있어야 할 텐데."

"그 전에 우리가 쫓겨날 가능성이 더 높겠지만."

진화와 남궁구, 남궁교명이 걱정스러운 눈빛으로 동 태감의 뒷모습을 지켜보았다.

황궁의 비밀은 진화 일행이 생각한 것보다 훨씬 빨리 새어 나갔다.

아니, 애초에 비밀을 지킬 생각이 없었다고 해야 할까.

허미인의 일이 있고 난 후, 황제의 유일한 후궁이 된 염녕전에는 훈풍이 불고 있었다.

염녕전 주인인 원귀빈의 기분이 요즘처럼 좋은 때가 없었기 때문이다.

"후후후, 혈성이라니…… 애초에 폐서인의 핏줄 따위 일찌감치 제거했다면 이런 문제가 없잖아?"

"하오나 황제 폐하께서는 아직 결정을 내리지 않으신다 하셨답니다."

원귀빈이 사가에서부터 데려온 기 상궁이 조심스레 말했다.

하지만 원귀빈은 여유로운 웃음을 잃지 않았다.

"어찌 되었든 내 부군이시다. 내가 그분을 모를까. 세상 그 무엇보다 제국을 아끼는 폐하시다. 폐하께서는 이미 결정을 내리셨어. 다만 역도들에게 휘둘리기 싫은 것뿐이지."

"위 장군님의 생각에는 폐하께서 이것에 대한 확인을 이황자에게 맡길 가능성이 크다 하십니다."

"이황자가 황실과 무림 모두에 발을 걸치고 있으니 그리되겠지. 후후후, 걱정 마라. 박쥐같이 양쪽에 발을 걸친 것이 조정 신료들의 눈에 좋아 보이겠느냐? 이황자가 나서서 황태자를 내려앉힌다 해도 우리에겐 나쁠 것이 없으니."

황도와 황궁, 대전을 벗어난 것들은 모조리 아래로 보는 신료들이었다.

그치들의 눈에 천한 무부들과 어울리는 황자가 결코 좋아 보일 리 없었다.

나중에는 필시 황위에 대한 욕심으로 황태자를 넘어뜨렸다는 말이 나올 게 분명하니, 오히려 삼황자는 이 일에서 조금 떨어져 있는 것도 나았다.

계산을 마친 원귀빈은 시종일관 기분 좋은 얼굴이었다.

"황태자가 아직도 가끔 악몽을 꾼다지?"

"그렇다고 합니다."

기 상궁의 말에 원귀빈의 입술이 비릿하게 올라갔다.

툭. 툭.

원귀빈의 날카로운 손톱 장식으로 탁자를 두드리자, 기 상궁이 품에서 뭔가를 내놓았다.

"자색 합판화입니다."

"악몽초라 불리기도 한다지? 후후후, 부군께서 굳이 확인을 해 보겠다 하시니, 아녀자로서 그걸 돕는 것도 도리가 아니겠어?"

원귀빈의 매서운 눈매 끝에 섬뜩한 독기가 번뜩였다.

"중독과 착란을 일으키는 것이니, 황태자의 수면향에 섞어 넣으면 될 것입니다."

스윽.

원귀빈이 기 상궁이 내놓은 보자기를 그대로 앞으로 내밀었다.

그녀의 앞에는 호양공주 한외련이 창백하게 질린 얼굴로 앉아 있었다.

"왜요? 공주께서도 이전의 권세를 찾으시려거든 줄을 다시 서야 하지 않겠습니까? 이 정도는 해 주셔야 저도 공주를 한편으로 믿을 수 있지 않겠어요?"

은근히 설득해 오는 원귀빈이 목소리에 호양공주는 목이

졸린 듯 아무 말도 하지 못했다.

그런 호양공주를 보며 원귀빈은 슬쩍 입꼬리를 올렸다.

'고민은 그 전에 끝냈어야지. 네년이 여길 찾아왔을 때 이미 네년은 뱀의 똬리에 스스로 기어들어 온 거야.'

원귀빈은 호양공주가 제 제안을 거절하지 못할 걸 확신했다.

지아비도 자식도 없이 황제의 총애마저 잃었으니, 아무리 황제의 유일한 동복 남매인 호양공주라도 끈 떨어진 황족들의 비참한 말로를 따라가지 않으려면 결국 제 손을 잡아야 할 것이었다.

"잡아요, 공주. 딱 한 번, 공주가 할 수 있는 일입니다. 어차피 꺼꾸러질 황태자입니다. 지금 공주가 나서지 않는다면, 공주는 다시는 이런 기회를 얻지 못할 것입니다."

원귀빈은 한 번 더 호양공주의 선택을 재촉하며 그녀를 압박했다.

창백하게 질린 얼굴로 원귀빈이 내놓은 주머니에서 눈을 떼지 못하고 있던 호양공주는, 결국 벌벌 떨리는 손으로 그 주머니를 잡고 말았다.

"후후후, 그래요. 좋은 선택을 했어요. 이왕이면 황태자에게 혈성의 일을 알리는 것도 좋겠군요."

"……!"

원귀빈의 말에 호양공주가 놀란 눈으로 그녀를 보았다.

"황태자도 제가 왜 그렇게 되었는지 알고는 있어야, 나중에 억울하지 않을 테니까. 응?"

원귀빈은 마지막까지 잔인한 미소를 지으며 호양공주를 압박했다.

호양공주의 눈이 갈피를 잡지 못하고 하염없이 떨렸다.

하지만 이미 그녀의 손에는 독초가 쥐여 있었다.

호양공주에게는 다른 선택지란 없었다.

"어차피 영원한 편은 없다는 황궁입니다. 황태자도 공주를 원망하진 못할 겁니다."

원귀빈의 말에 호양공주가 독초를 쥔 손에 힘을 주었다.

해가 어둑하게 진 밤.

쨍그랑–!

"에구머니나!"

황도 저자에서 포목점이 쭉 이어진 골목.

가게를 정리하기 위해 나왔던 여주인이 소스라치게 놀라며 비명을 질렀다.

제 가게 뒷문 옆으로 널브러진 형체를 보았기 때문이다.

가게 주인이 뒷문을 열면서 힘없이 밀려난 모양새와 언뜻 보인 치맛자락, 곱게 땋은 머리카락까지. 아무리 봐도 저녁

부터 술 한잔 걸치고 아무 데나 널브러진 취객같이 보이지 않았다.

본능적으로 불길한 예감이 가게 주인의 뒷골을 치고 지났다.

툭.

간신히 앉아 있는 듯 보였던 인형이 완전히 쓰러졌다.

여주인이 사색이 되어 소리쳤다.

"여, 여보, 여기 사람이! 사람이 죽었어! 여-보!"

가게 주인의 외침에 물론이고 근처 가게의 사람들까지 뛰쳐나왔다.

그들 사이로 두 명의 사내가 급히 튀어나왔다.

"이런! 궁녀다!"

해가 진 골목의 어둠 속에서도 사내들은 용케 죽은 여인의 복장을 알아보았다.

"문주님께 알려라! 어서!"

"예!"

사람들 속에 있던 하오문도들이 다급하게 움직이고, 곧이어 하오문주의 명을 받은 이가 당문에 있는 적호단을 찾았다.

그리고 적호단원이 급하게 궁으로 달려갔을 땐, 구름 사이로 달이 떠오른 후였다.

완전하게 어둠이 내려앉은 까만 밤.

귀한 초를 태워 밤을 밝히는 황궁에서도 자시가 되면 불필요한 곳에는 불을 끄기 마련이었다.

그 불필요한 곳에는 당연히 냉궁도 포함되어 있었다.

냉궁은 아무도 찾지 않는 외로운 궁이라는 뜻도 있었지만, 애초부터 징벌을 목적으로 한 곳이라 초는커녕 불을 피울 수 있는 장작 하나 남겨 두지 않는 곳이었다. 밤의 추위를 고스란히 견뎌야 하는 곳이라 겨울에는 죄인이 얼어 죽은 채 발견되기도 했다.

"으으으…… 으으으으……."

허미인은 덜덜 떨리는 턱을 주체하지 못하고 이를 부딪쳤다.

밤마다 온몸이 저릴 정도로 움츠러들게 하는 추위는 배고픔보다 견디기 힘든 것이었다.

대낮에도 내내 응달진 냉궁에서 조금이라도 온기가 닿는 곳을 찾아 달빛이 비치는 곳을 찾았지만, 시린 달빛이 언 몸을 녹여 줄 리 만무했다.

"하아으으으. 폐……하…… 아……."

허미인은 눈을 감고 잠이 들려 애쓰는 와중에도 황제를 찾아 댔다.

숨 쉬는 것 외에 할 것이 없는 이곳에서 허미인은 내내 황제를 생각하며 몸단장을 하다가 정신이 들면 제가 처한 상황에 절망하며 흐느꼈다.

냉궁에 갇힌 지 며칠이 지났을까.

달빛 아래로 검은 때가 묻은 초췌한 얼굴, 헝클어진 머리, 검게 변한 소복 깃이 드러났다.

허미인은 벽에 머리를 기댄 채 초점 없이 흐린 눈을 그저 뜨고만 있었다.

누군가에겐 고작 며칠이었지만, 허미인이 무너지기엔 충분한 시간이었다.

시간을 알 수 없는 어둠 속에서 그녀는 이 절망이 영원할 것처럼 느꼈을 테니 말이다.

"꼴이 말이 아니네."

스윽.

어둠 속에서 누군가 허미인의 앞으로 모습을 드러냈다.

"……."

허미인이 눈동자만 돌려 인영을 확인했다.

그리고 달빛에 여인의 검은 손이 드러나자마자 허미인의 눈이 커졌다.

"너……는?"

"많이 망가졌네. 형편없어졌어."

독부 은요.

은요는 허미인의 처지를 보며 아무렇지 않게 말을 던졌다.

"너……!"

허미인이 갑자기 기운이 솟은 듯 빠르게 은요의 앞으로 기어갔다.

허미인은 은요의 이름조차 알지 못했지만 본능적으로 그녀가 뭔가를 해 줄 수 있다는 건 알았다.

그것이 자신에게 좋은 일일지 아닐지는 모르지만, 지금 당장은 지푸라기라도 잡고 싶었다.

"날 구해 줘! 여기서 나가게 해 줘!"

허미인의 요구에 은요가 붉디붉은 입꼬리를 말았다.

"나가면? 어디로 갈 건데?"

"……뭐?"

은요의 물음에 허미인이 멍한 얼굴로 되물었다.

허씨 가문은 이미 멸문지화를 당해 어떤 것도 남아 있지 않았다.

하지만 은요가 말하는 것은 그런 것이 아니었다.

"너, 여길 나가서 황제가 없는 곳으로 갈 수 있어?"

"……."

은요의 말에 허미인의 눈동자가 하염없이 떨렸다.

그런 허미인을 보며 은요가 요염하게 웃었다.

절망적인 상황, 목숨이 달린 순간조차 벗어날 수 없는 사랑이라니.

은요의 미소가 어쩐지 자조적이었다.

하지만 은요가 허미인에게 어떤 동질감을 느꼈다고 해서 그녀를 구해 줄 생각은 없었다.

"어떻게 된 거야? 정말 육황자가 깨어났어?"

은요의 물음에 허미인이 번쩍 고개를 들었다.

'육황자!'

모성을 이길 정도로 제 사랑을 중시했지만, 모성이 아예 사라진 것은 아니었던 걸까.

아주 잠시였지만, 육황자라는 말을 들은 허미인의 눈에 정광이 돌아왔다 사라졌다.

"……몰라."

허미인이 나른한 얼굴로 성의 없이 내뱉었다.

그러자 은요가 눈매를 가늘게 좁히며 다시 물었다.

"몰라?"

"몰라! 나도 못 봤는데 내가 어떻게 알아?"

허미인이 신경질적으로 소리를 질렀다.

"그 살모사 같은 한유영 놈이 착한 인아를 두고 거짓말을 했을지도 몰라! 그래, 분명히 그럴 거야. 우리 인아는 착하게 침대에 누워서 어미를 기다리고 있을 거야."

허미인이 사나운 얼굴을 했다가 갑자기 돌변하여 멍한 얼굴로 중얼거렸다.

불안한 듯 손톱까지 깨물자, 그제야 집요하게 그녀를 살피던 은요의 시선이 떨어졌다.

허미인의 손톱을 깨무는 습관은 가까운 궁녀들만 알던 것으로, 그걸 전해 들은 은요도 일단은 의심의 눈초리를 거두었다.

'인아도 죽이려고? 인아는 안 돼! 인아는 내가 깨워 주기로 했단 말이야!'

허미인이 연신 불안한 듯 은요를 살폈다.

그러다 갑자기 무언가를 떠올렸는지 허미인의 눈빛을 번뜩였다.

"혈성!"

"……!"

허미인의 말에 은요가 눈을 크게 떴다.

"호호호, 어때? 거래를 하겠어?"

"혈성을 찾았어? 아니, 이미 알고 있었던 거야?"

은요가 매섭게 허미인을 추궁했다.

허미인은 그 모습에 제 꾀가 통했다고 생각했다.

"이미 알고 있었든, 찾았든. 어, 어떻게 할 거야? 나랑 거래해!"

"……."

은요가 조용히 목소리를 낮추고 허미인을 살폈다.

진짜 알고 있는 걸까. 아니면 내 관심을 끌려고 그냥 한 말일까.

거래를 할까. 아니면 고문을 해서 알아낼까.

망가진 허미인을 보며 조용히 고민하던 은요가 결정을 내렸다.

여기서 허미인의 거취를 고민하기엔 시간도 없고, 냉궁을 지키는 병사들이 뭔가 눈치를 챌 수도 있었다.

"어떤 거래를 원하는 거지? 여기서 나가지도 않을 거라며."

안 되면 죽여 버리고 말리라.

은요가 섬뜩한 마음을 숨기고 물었다.

그러자 허미인의 대답은 실로 의외였다.

"날 죽여 줘."

"……뭐?"

"호호호, 혈성을 알려 줄게. 그러니까 날 죽여 줘. 더 이상 고통스럽지 않게, 마지막까지 아름답게!"

허미인이 강렬한 눈빛으로 은요를 향해 말했다.

어차피 죽는다.

황제도 오지 않는 냉궁에서 나날이 비참하게 말라비틀어지다가 추한 모습으로 황제의 앞에서 죽게 될 것이다.

그럴 바에는 차라리, 황제에게 비치는 마지막 주검마저도 아름답겠다.

허미인의 눈빛에서 강렬한 열망이 느껴졌다.

'아아, 이 여자, 나와 정말 비슷하구나.'

허미인의 눈빛에 은요의 마음이 흔들렸다.

“그래서 혈성은 누구야?”

“아름답게 죽여 줘. 그러면 마지막 숨으로 그 이름을 뱉어 줄게.”

은요와 허미인의 눈이 마주쳤다.

그러길 잠시.

은요가 붉은 입술을 요염하게 끌어 올렸다.

“여기. 온몸이 얼어붙은 듯 차갑게 죽을 거야. 그리고 썩지 않고 황제를 만나겠지.”

은요가 검지에 있던 손톱 장식을 허미인에게 건넸다.

허미인은 떨리는 손으로 그것을 받아 들고 한참 바라보았다.

“아아…….”

죽음 앞에서는 누구든 담담할 수 없었다.

하지만 허미인은 슬픈 듯 눈물을 뚝뚝 흘리는 동시에 파르르 떨리는 입꼬리로 활짝 웃었다.

“좋아.”

뚝.

허미인이 손톱 장식의 끝을 부러뜨렸다.

동시에 무언가가 그녀의 눈과 코, 피부로 깊이 파고들었다.

“아!”

털썩.

허미인이 쓰러졌다.

곧바로 온몸이 뒤틀리는 듯 경련하는 그녀를 은요가 다정한 손길로 어루만졌다.

양팔을 억지로 가슴에 모으고, 엉망으로 묶인 머리를 풀어서 가지런하게 정리했다.

그러는 사이 허미인이 점점 굳어 갔다.

"……누구야?"

은요의 조용한 물음에 허미인의 눈동자가 그녀를 향했다.

허미인이 굳기 시작한 입을 움직였다.

"한……유강…… 태, 태……."

"태자 한유강?"

"……."

또르르르.

대답 대신 눈에 맺혀 있던 눈물이 떨어져 내렸다.

그것을 끝으로 허미인의 숨이 멎었다.

"허! 한유강이라!"

드디어 알고 싶은 것을 알아낸 독부 은요의 눈에 희열이 가득했다.

그때, 밖에서 다급한 인기척이 몰려들었다.

독부 은요가 어둠 속으로 몸을 숨겼다.

"어서, 문을 열어라!"

안에서 절대 나올 수 없도록 냉궁의 문은 밖에 잠금쇠와 함께 사슬이 감겨 있었다.

병사들이 급하게 열쇠를 열고 사슬을 풀었다.

그때.

휘이이익---!

탓. 탓.

뒤쪽에서 달려온 누군가 냉궁의 담을 뛰어넘었다.

"앗!"

놀란 병사들이 뭔가 소리치기 전에, 환한 횃불과 함께 이황자 한진화와 무림인들이 모습을 드러냈다.

"열어라."

진화의 명에 팽가 형제가 앞으로 나섰다.

촤-앙! 촹!

덜컹! 쿵!

손을 대자마자 순식간에 사슬이 끊어지고, 문이 열렸다.

아니, 떨어져 나갔다.

"화, 황자님!"

뒤늦게 달려온 중랑장이 급하게 진화를 불렀지만, 진화와 일행은 이미 안으로 들어간 후였다.

진화가 냉궁 안으로 들어가자, 먼저 담을 넘었던 남궁구와 남궁교명이 밖으로 나왔다.

"없어."

"허미인은?"

"……."

진화의 물음에 남궁구가 덤덤한 얼굴로 고개를 저었다.

안으로 들어가자 당혜군이 허미인의 시체를 살피고 있었다.

반듯하게 누워 있는 모습이, 창백한 피부와 눈을 뜨고 있는 것만 아니었다면 잠이 든 줄 알았을 것이다.

"……독인가?"

"정확하게 뭔지는 모르겠지만요."

당혜군이 자존심이 상한 듯 입술을 깨물며 말했다.

진화도 당황스럽긴 마찬가지였다.

"육황자가 아니라 허미인 쪽으로 오다니."

육황자가 깨어났다는 소문을 들었다면, 눈을 뜬 육황자를 확인하기 위해 당연히 그쪽으로 올 것이라 생각했다.

그래서 십 조원들을 번갈아 보내 육황자를 지키게 했는데, 설마 이미 죽을 날을 받아 놓은 허미인 쪽을 노릴 줄이야.

'익숙한 쪽을 택한 건가? 허미인에게 육황자를 내가 살렸다고 하긴 했지만, 그저 그것뿐이었다. 허미인은 육황자의 해독에 대해 아는 것이 없어. 독부가 허미인에게서 알아낼

것이 전혀 없는……!'

독부 은요가 허미인을 노린 이유를 생각하던 진화가 화들짝 놀라 죽은 허미인을 보았다.

"설마, 혈성에 대해 알아낸 건가?"

"혈성?"

"아! 허미인에게 그것에 대해 말하게 했을 가능성도 있겠군요!"

진화의 혼잣말을 들은 남궁구와 남궁교명도 놀란 눈으로 허미인을 보았다.

시체로 발견된 허미인.

정확하게 무슨 일이 있었는지는 앞으로 알아볼 일이었지만, 독부 은요가 허미인에게 알아낼 것은 그것밖에 없었다.

"젠장, 하오문의 소문 작전이 전혀 통하지 않았군."

"멀리 가지 못했을 거다. 퇴로를 중심으로 흩어져 찾아라! 궁 안에서 우리보다 빨리 움직이는 존재는 드물 거다."

"알겠어!"

진화의 말에 십 조 일행이 밖으로 나갔다.

"궁 문을 닫고 궁의 모든 곳을 수색하라!"

"충!"

뒤늦게 사태를 파악한 중랑장이 군사들에게 명을 내리고, 황궁 전체에 환하게 불이 들어왔다.

"시신은 최대한 보존해. 황실에서 확인할 거다."

"네."

허미인의 시신을 살피고 있는 당혜군을 남겨 두고 진화도 밖으로 나왔다.

넓은 황궁.

하지만 사람이 출입할 수 있는 곳은 한정되어 있고 황궁 경비를 서는 무위군의 감시를 피할 수 있는 곳은 없었다.

무공 고수라면 황궁 담을 넘는 법도 있겠지만, 황궁에 있는 무위군들의 수가 적지 않았다. 게다가 궁인들이 서로를 살피는 것은 물론이고 무위군들도 각 구역 궁인들의 얼굴도 익히고 있었다.

황궁이 넓고 사람이 많은 것에 비해, 낯선 사람이 발각되지 않을 가능성은 거의 없었던 것이다.

진화의 '자신들보다 빠르게 움직이는 사람을 찾으라.'는 명도 그래서였다.

낯선 얼굴, 낯선 기척, 낯선 움직임. 그리고 궁중 법도에서 어긋난 모든 물건의 배치까지.

남궁도와 남궁교명의 은신이 동 태감의 눈에 발각된 것처럼, 예리한 궁인들의 눈을 피해 갈 수 없을 것이었다.

아니나 다를까.

"침입자다-!"

"아아악-!"

고함과 비명이 들렸다.

진화는 곧장 소리가 들린 쪽으로 몸을 날렸고, 주변에서 십 조원들도 달려오는 것이 보였다.

쉐에에엑--!

"으아악!"

"쳇!"

아찔한 실수였다.

독부는 왼팔을 휘둘러 옷자락으로 날아드는 화살을 막고, 모여든 병사들을 향해 오른팔을 휘둘렀다.

오른손에 있던 손톱 장식 두 개가 흩어지며 독부의 기운을 따라 병사들의 호흡으로 파고들었다.

"억! 끄으으!"

"컥! 도, 독……이다!"

"크어억! 커헉!"

수십 명의 병사들이 순식간에 눈과 코, 입, 귀로 피를 흘리며 쓰러졌다.

'귀찮은 것들!'

쓰러지는 병사들을 뒤로하고 독부가 곧바로 몸을 날렸다.

은신을 들킨 것은 예상치 못한 일이지만 이미 봐 둔 퇴로가 있었다.

쉐에에엑---!

바위 장식 하나, 계단이 이어진 문 하나만 넘으면 될 일이었다.

하지만 그 전에 날아든 푸른 기운이 독부의 등을 노렸다.

휘이이익!

펑!

독부가 옆으로 몸을 굴려 피하자 그녀를 노렸던 검기가 바위를 때렸다.

바위가 산산이 부서져 흩어지고, 독부가 매서운 눈으로 뒤를 돌아보았다.

그곳에 달빛마저 산개할 정도로 눈부시게 아름다운 얼굴이 그녀를 노려보고 있었다.

"누구…… 남궁진화?"

얼핏 소문으로 들었던 이름이 독부 은요의 입 밖으로 나왔다. 하지만 그 이상 이어지진 못했다.

쉐에에엑-!

파파파파팟---!

푸른 검기가 사방에서 은요를 향해 날아들었다.

'잡는다!'

검은 머리칼에 창백한 피부, 나른한 눈과 조금 긴 코, 요염한 입술까지.

진화는 처음 만나는 독부의 얼굴을 머릿속에 새기며 검을 휘둘렀다.

휘이이익!

파파팟– 파앗!

독부가 팔을 휘둘러 진화의 검기를 막았다.

"크읏!"

독부의 입에서 신음이 흘러나왔다.

믿을 수 없었지만 내력에서 밀렸다.

독부는 입술을 깨물며 보법을 밟아 진화의 힘을 흘렸고, 동시에 옷자락에 숨겨진 오른손의 손톱 장식 두 개를 깨었다.

스스스스.

깨어진 손톱 조각이 바람을 뚫고 진화를 향해 날아들었다.

동시에.

파지지지직!

손톱 조각의 존재를 알아차린 진화가 뇌전을 넓게 펼쳐 그것을 태웠다.

그것을 본 은요의 눈이 커졌다.

'어떻게……!'

무색무취.

가루처럼 흩어지는 손톱 조각을 경계할 만한 어떤 이유도 없었다.

심지어 독을 태우다니.

은요가 놀란 듯 진화를 확인했다.

그 순간.

"진화야!"

"도련님!"

뒤늦게 도착한 십 조원들이 독부를 포위하듯 둘러쌌다.

남궁구가 진화의 곁으로 서고, 영리한 남궁교명과 제갈상이 그녀의 퇴로를 막았다.

"이런 젠장……!"

은요가 낭패한 얼굴로 주변을 둘러보았다.

남궁진화 하나를 상대하기도 버거운 마당에, 어느새 수백의 병사들이 사방을 벽처럼 가로막고 적호단의 애송이들이 은요를 둘러싸고 있었다.

"후후, 귀찮은 애송이들이 달라붙었군."

주변을 살피던 은요가 어쩔 수 없다는 듯 미소를 흘렸다. 그와 동시에 그녀의 눈동자에 시퍼런 녹광이 번뜩였다.

스스스스스.

은요가 양팔을 휘두르고, 음습한 살기가 진화와 일행이 있는 공간을 덮쳤다.

"독공이에요!"

'불길한 기운!'

숨이 막힐 듯 불길한 공기와 기묘하게 뒤틀린 기운.

뒤늦게 달려온 당혜군이 다급하게 외치는 것과 동시에 진화가 뇌전을 뿜었다.

빠르게 사라지는 독부의 기척과 제 곁에 선 사람들.

이전과 달리 진화는 망설이지 않고 함께 선 사람들을 위해 움직였다.

천뢰제왕검법 무수전뢰-!

진화가 검을 땅에 박아 넣자, 땅에서부터 번개가 솟아올랐다.

파지지지지직---!

땅에서부터 솟아오른 번개가 진화와 십 조원들은 물론 병사들의 머리 위로 퍼졌다.

새파란 불꽃이 사방에서 번뜩이고.

불쾌한 냄새와 연기가 자욱하게 퍼졌다.

쉐에에에엑---!

퍼어어엉!

진화의 왼팔에서 푸른 강기가 날아가며 바위를 때렸다.

하지만 그곳엔 독부가 바위 뒤쪽으로 몸을 날린 후였다.

"젠장, 도망쳤나!"

진화가 매서운 눈으로 독부가 몸을 날린 곳을 노려보았다.

새하얗게 탄 독연의 흔적이 바위가 부서진 곳을 가리고 있었다.

"도련님!"

"어쩔 수 없었어요. 저런 지독한 독은……!"

당혜군이 시선이 부서진 바위 옆쪽을 향했다.

진화의 뇌전이 막지 않았던 공간.

순식간에 삭아 버린 화초가 잘게 부서지고, 검게 녹아내린 흙이 아래로 흘러내리고 있었다.

두려울 정도로 지독한 독이었다.

이렇게 넓은 공간에, 그렇게 순식간에 풀어 내기엔.

"조금이라도 저 독에 닿았더라면……."

저렇게 검게 녹아내리는 것은 자신들, 저 병사들, 여기 있는 모든 사람들이 되었으리라.

끔찍한 상상이 드는 순간 당혜군은 온몸에 소름이 돋는 듯했다.

'이런 독공을 들어 본 적 없었어. 어쩌면 가주님보다 더.'

당혜군은 더 이상 생각하지 않으려는 듯 독의 흔적에서 눈을 돌렸다.

그때까지도 진화는 독마제가 빠져나간 산을 노려보고 있었다.

'이것으로 된 건가?'

곧바로 뒤를 쫓으려는 일행을 막아서며 진화가 조용히 돌아섰다.

"젠장! 어디서 저런 괴물 같은 놈이!"

독부가 당황스러웠던 순간을 떠올리며 뒤를 돌아보았다.

설마 황궁에 제 독공을 막아 낼 사람이 있을 줄이야.

방심했다고 하기에도 억울할 정도로 예상치 못한 일이었다.

이제까지 숱한 무림 고수들조차 제 독은 피하는 것이 전부였기 때문이다.

'남궁진화!'

이황자가 된 남궁진화에 대한 말은 혼현마제나 수하들을 통해 들은 적이 있었다.

번번이 혼현마제의 계획을 망쳐 몇 번이나 입에 오르내리던 인물.

하지만 이제까진 다른 모든 것과 마찬가지로 독부의 관심을 끌진 못했다.

그것이 독부의 발목을 잡을 뻔했던 것이다.

"두고 보자, 애송이."

독부가 다음을 기약하며 부지런히 걸음을 움직였다.

잠시도 지체할 틈이 없었다.

황궁과 황도에 쫙 깔린 정의맹과 사패천 놈들이 쫓기 시작한다면 아무리 독부라도 곤란할 수 있었기 때문이다.

그렇게 독부가 나무 사이를 뛰어넘으며 나뭇가지를 손으로 잡으려는 순간.

툭.

단 두 개 남아 있던 손톱 장식 중 하나가 부러져 나갔다.

"무슨……!"

독부의 눈이 찢어질 듯 커졌다.

독부의 머릿속에 어떤 기억이 스쳐 지나갔다.

마지막에 저를 노리던 그 뇌전.

그것을 쳐 내려 뻗었던 손.

투둑. 툭. 툭!

독부의 손톱 장식이 산산조각으로 흩어졌다.

"……그놈! 남궁진화라 했지?"

독부가 녹광이 번뜩이는 눈으로 산 아래 불이 밝혀진 황궁을 노려보았다.

피부가 나무껍질처럼 갈라지고 검게 변한 손.

습관적으로 새까맣게 변색된 손톱끼리 부딪치며 달그락거린 순간, 그녀가 잡고 있던 나뭇가지가 순식간에 삭아서 흔적도 없이 사라졌다.

독부도 조용히 모습을 감추었다.

한편.

진화는 당장 독부를 쫓으려던 십 조원들을 데리고 물러섰다.

'정말 이것으로 된 걸까?'

진화도 자신이 없었다.

하지만 진화는 급하게 군을 움직이려는 중랑장 또한 불러 세웠다.

"날이 밝는 대로 폐하께 허락을 구해도 늦지 않을 것이다."

"하오나 침입자가 이대로 산을 빠져나가기라도 한다면 큰일이 아니옵니까."

"그래서일세. 침입자에게 달아날 시간을 주려 함이니."

"네? 혹시 폐하께서는……?"

"이미 알고 계시네."

"아!"

'뭔가 있구나!'

진화의 말에 중랑장이 탄성을 뱉었다.

"알아들었다면, 그대는 저들이 이상하게 생각하지 않을 정도로만 움직이도록."

"예, 저하."

중랑장이 우렁찬 소리로 답하고는 병사들을 움직였다.

독부가 넘어간 곳은 황족들의 안녕을 빌기 위해 세워진 사당과 절이 있는 성산이었다.

황족을 제외하곤 황제나 황후의 허락 없이는 그 누구도 출입을 금하고 있는 곳이니, 중랑장은 병사들을 이끌고 산 밑을 둘러싸는 척을 하며 황제의 허락을 얻을 때까지 시간을 끌 것이었다.

이것으로 오늘의 목표는 달성하였다.

하지만 진화의 얼굴이 그리 밝지 못한 것은 목표를 달성하는 모든 과정이 성공적이진 않았기 때문이다.

건희전으로 돌아가던 진화가 고개를 돌려 잠시 성산을 쳐다보았다.

독마제, 독부 은요가 황도에 있다는 것을 알게 된 것이 시작이었다.

정의맹 적호단은 당문과 사패천 하오문, 월하회 그리고 황실과 협력하여 독부를 찾아내는 임무에 참여했다.

거기에서 두 가지 변수가 생겼다.

하나는 그동안 어떤 정보도 없었던 혈마제가 황실에 있다는 것.

나머지 하나는 비밀리에 적호단과 함께 황도로 왔던 천수현인 제갈길현과 홍랑대부가 생각보다 더 일찍 독마제의 비록을 해석해 낸 것이었다.

"독부는 아무 의심 없이 빠져나간 듯합니다. 그런데 이게 과연 잘된 일인지 모르겠습니다."

적호단주가 미간을 찌푸리며 고개까지 갸웃거렸다.

책상 위에 잔뜩 늘어놓은 죽간을 살피고 있던 천수현인 제갈길현이 그 모습을 보고 웃음을 터뜨렸다.

"흐흐, 모르겠다니? 그냥 솔직하게 말하게. 적호단주는 일이 영 잘못된 것 같은 모양이군."

"사실은…… 예, 저는 그렇습니다! 우리의 계획은 '독을 해독한 사람은 숨기면서 독부의 독이 해독되었다.'는 사실만 알리는 게 아니었습니까? 그런데 독부가 마지막에 육황자가 아닌 허미인을 만났다고 합니다. 필시 혈성에 대해 알아 갔을 겁니다! 이건 계획에서 완전히 어긋난 일이 아닙니까?"

제갈길현이 옆구리를 찔러주자 적호단주가 기다렸다는 듯 말을 쏟아 냈다.

"그래서?"

"그래서긴 뭐 그래서입니까? 괜히 귀천성 놈들만 좋은 일 시켜 준 것 같단 말입니다, 젠장!"

그래도 천수현인인데 이러면 안 되지 않나 싶었지만, 말을 하다가 점점 열이 오른 적호단주는 '에라 모르겠다.'는 심정으로 던져 버렸다.

왜 제갈길현과 이야기를 하다 보면 이렇게 열이 오르는 건지.

욕지거리까지 뱉은 뒤 적호단주가 슬쩍 제갈길현의 눈치를 보았다.

제갈길현은 뭐가 그렇게 재밌는지 웃으면서 그를 보고 있었다.

"왜, 이제 좀 실수했다 싶어? 흐흐흐, 고놈, 참, 톡- 건드리면 화들짝 놀라 퍼드득거리는 게 꼭 멧돼지 같구나!"

"아, 천수현인 어른!"

"이놈아, 내가 사지는 곪았어도 귀는 안 먹었어!"

천수현인에게 놀림을 당했다는 걸 깨달은 적호단주가 버럭 소리를 질렀지만, 성질머리로는 천수현인을 이기지 못했다.

"흐흐흐, 이놈아. 세상일이 어디 계획대로 되는 것이 있는 줄 아느냐? 계획이라는 것도 결국은 목적을 이루기 위해 수단을 강구한 것에 불과하다."

"하지만 혈마제는……."

"과정은 좀 틀어져도 된다. 목적만 달성할 수 있다면!"

여전히 납득하지 못하는 적호단주에게 제갈길현이 버럭 소리를 질렀다.

이번에는 그냥 성질머리를 부리는 것과 달랐다.

제갈길현에게서 적호단주마저 움츠러들 만큼 강렬한 안광이 뿜어져 나왔기 때문이다.

한쪽에 조용히 앉아 있던 홍랑대부 초산하도 고개를 들었다.

"우리가, 정사 연합이 귀천성 놈들을 어떻게 멈췄을까. 그 놈들과 정면으로 부딪치고자 했다면 우리 모두가 죽었을 것이다. 우리가 잠시라도 그놈들을 멈출 수 있었던 건, 무수히 많은 희생을 치르면서 역천마제를 직접 노렸기 때문이다!"

"……."

수십 년 전 귀천성과의 전쟁을 이끈 사람이 하는 말이었다.

순식간에 중원의 절반을 빼앗기고 필패가 불 보듯 뻔한 상황에서 전설적인 대반전을 이뤄 낸 책사의 말이었다.

적호단주가 입을 다물고 제갈길현의 말에 귀를 열었다.

“귀천성을 따르는 무리의 숫자도 숫자지만, 중원이 밀린 건 결정적으로 단 세 명 때문이었다. 역천마제는 말할 것도 없고, 광마제와 검마제. 그 세 놈은 우리가 열두 번 죽었다 깨어나도 상대가 안 될 듯이 강했다. 무서운 힘, 무서운 무공, 무서운 재능! 그놈들을 멈추기 위해 수백 번을 좌절하고, 수천 명도 넘는 이들을 잃었다.”

역천마제 하나를 죽이기 위해 일곱 명의 중원 최고 고수들이 덤볐고 그중 셋이 죽었다.

천하제일이라 떠받드는 제왕검조차 이전에는 그 일곱 명 중 하나였을 뿐이었다.

“그런데, 이 와중에, 셋 중에 한 놈을 죽일 기회를 찾았다! 혈마제? 독마제? 그놈들은 언제고 다시 죽일 기회가 생기겠지! 하지만 세 놈은 아니다! 어떤 희생도 없이 놈들의 죽일 기회를 만들 수 있다면, 그 대가가 무엇이든 감수할 가치가 있는 것이다!”

제갈길현의 눈에는 광기마저 번들거리는 듯했다.

제갈길현은 명성과 자존심, 복수심과 원한, 그 모든 것을 뒤로하고 오직 귀천성을 무너뜨리기 위해 현실을 직시했다.

제갈길현의 냉철한 판단 이면엔 처절함마저 느껴지는 듯했다.

"갑자년 임신월 신사일 술시, 천애와 월애의 천문을 가진 것이 독마제다. 태양과 달은 결코 만날 수 없는 비극적인 애정이니. 청 쥐는 흰 뱀을 위해 검은 원숭이를 죽이고 스스로를 죽일 것이다!"

제갈길현이 잔뜩 흥분하며 말했다.

"임신년 경오월 갑자일 술시! 개벽을 지키는 수문장의 천문. 역천마제를 지키는 검마제의 운명이다! 그리고 그 검마제, 임신년의 검은 원숭이를 독마제가 죽이는 것이지! 독마제가 우리의 기회를 만들 것이다!"

제갈길현의 눈에 살기가 번뜩였다.

운명이 만들어 낸 기회.

제갈길현은 독마제가 검마제를 죽이고, 결국엔 역천마제를 향해 가는 문을 열 것이라 믿었다.

그것이 이번에 정사 연합이 독마제를 놓친 이유였다.

적호단주는 온몸으로 살기를 뿜어내는 제갈길현을 걱정스럽게 보았다.

그는 광기마저 보이는 제갈길현의 모습에, 그가 역천비록에 너무 빠져든 것은 아닌지 미심쩍었다.

"이전과는 다릅니다. 역천비록에 적힌 운명도 중요하지만 눈앞의 기회도 놓칠 필요는 없지 않습니까. 다른 건 몰라도 남궁진화는, 결코 그들에게 부족한 재능이 아닙니다."

"그러니까! 을해년 정사월 계유일 묘시! 광마제의 운명을 함께하며 역천마제를 죽일 아해다! 그러니 녀석을 더 아껴줘야지. 하늘이 내려 준 무림의 기회가 아니더냐."

"무인의 기회는 뼈를 깎는 수련에서 나오는 것이라 생각합니다."

적호단주가 제갈길현과 눈을 마주쳤다.

어떤 것도 숨기지 않고 올곧이 직시해 오는 강직한 눈에 깊게 가라앉아 있던 노회한 군사의 눈빛이 일렁거렸다.

어느새 제갈길현이 덤덤하고 서늘한 얼굴을 했다.

거친 말투와 다혈질 같은 성미, 다양하게 꾸며진 표정, 모든 겉치레가 사라진 제갈길현 본연의 모습이었다.

적호단주를 보던 제갈길현이 슬며시 입꼬리를 끌어 올렸다.

"그렇기 때문에 더욱더 완벽한 기회를 만들어야 한다. 이전에는 제왕검, 신검, 성검, 의천검 그리고 지금은 남궁진화와 자네 같은 젊은 단주들. 그대들이 온전하게 제힘을 발휘하여 싸울 수 있도록, 어떤 방해도, 장애물도 없이, 등 뒤에 지켜야 할 사람들을 두고 싸우지 않도록."

"……."

제갈길현의 말에 이번에는 적호단주의 눈이 흔들렸다.

등 뒤에 지켜야 할 이들.

입 밖으로 말은 하지 못했지만, 한 번도 싫다거나 버겁다 생각하지 않았지만…… 때때로 등 뒤에 남겨진 이들은 격렬한 전투에서 약점이 되기도 했다.

"전장에 선 이들이 완벽한 상태로 싸울 수 있는 기회를 만드는 것이 나와 같은 책사들이 해야 할 일이지. 믿고 따르게. 온전한 전장을 만들어 주겠네."

"……늘 믿고 따르고 있습니다."

적호단주는 제갈가주와 제갈길현이 많이 다르다고 생각했다.

하지만 자신의 생각이 틀렸다.

무인들이 온전한 힘을 다해 싸우는 것이 무얼 위해서겠는가.

모두 살아남기 위해서다.

언제나 얼음같이 고요하고 냉정한 제갈가주는 모든 상황에서 정의맹 무인들의 희생을 최소화하는 데에 집중했다. 그래서 어떤 상황에서도 그를 믿고 따를 수 있었다.

이제 보니 천수현인 제갈길현도 그와 조금도 다르지 않았다.

적호단주가 나가고 월하회에 마련된 집무실이 다시 고요해졌다.

하나둘 죽간을 쌓던 홍랑대부 초산하가 슬쩍 웃음을 흘렸다.

"후후후, 오랜만에 깨어나 보니 이전과는 다르지요?"

"흐흐흐, 꼬랑지에 불붙은 망아지 같은 놈들이 꽤 많아졌어."

"무인의 기회는 뼈를 깎는 수련에서 나온다, 멋진 말이 아닙니까."

"흥, 골백번 뼈를 깎아도 소용없는 일이 있다는 걸 모르는 애송이의 항변이지."

"그래서 좋지 않습니까?"

"그건…… 그렇지. 귀천성이 두려워 겁을 먹는 놈들이 없어. 참으로 괜찮아졌어."

제갈길현의 입가에도 미소가 맺혔다.

그런 제갈길현을 보며 홍랑대부 초산하가 슬쩍 농담을 던졌다.

"제갈가주의 공이 큽니다. 다음에 만나면 칭찬해 주시지요."

"별 개소리는."

"후후, 그렇게 칭찬에 인색하니 자식 교육에 실패하시는 겁니다."

"……."

진심 아니, 진실이 담긴 농담이라, 제갈길현이 심기 불편한 얼굴로 입을 다물었다.

그 모습을 보며 고소를 짓던 홍랑대부 초산하가 다시 말을 던졌다.

"역천마제가 정말 이 모든 걸 모르고 있을까요?"

"……모를 리가 없지."

덤덤한 제갈길현의 말에 홍랑대부 초산하의 얼굴이 대번에 굳었다.

"문제는 놈이 어디까지 두고 볼 것인가 하는 것이네. 놈이 어디까지 용인할지 지금 당장 예측할 순 없지만, 반드시 검마제를 죽이도록 상황을 만들어야겠지."

"기회를 만드는 것이군요."

제갈길현의 말에 홍랑대부 초산하가 고개를 끄덕이며 다시 죽간으로 고개를 돌렸다.

산더미처럼 쌓여 있는 죽간을 눈이 빠져라 살피는 것도 모두 그 기회를 만들기 위해서였으니까.

낙타가 들어갈 바늘구멍을 만들어야 했던 이전에 비한다면 지금은 죽간 속에 파묻혀 있어도 웃을 수 있었다.

허미인의 장례가 냉궁에서 조용히 치러졌다.

"냉궁에서 나와 사사되었어야 할 폐서인 허씨가 냉궁의 혹

독함을 이기지 못하고 명을 달리했다 한다. 죄인 된 몸으로 형벌을 다 마치지 못한 것 또한 불충의 죄이니, 죄인의 시신은 위패도 남기지 않고 모두 태우도록 하겠다. 다만, 짐의 자식을 낳은 공로가 있으니, 그것으로 형벌을 다 마친 것으로 하겠노라."

"황은이 하해와 같사옵니다, 폐하."

"황제 폐하, 만세 만세 만만세!"

조정의 발표대로 허미인의 시신은 화장되었다.

다만 황제의 특별한 배려로 사황자와 육황자가 그 자리를 지킬 수 있었다.

허미인의 바람과 달리 황제는 끝끝내 허미인의 주검을 보지 않았다.

장례가 끝나고 사황자와 육황자가 건희전을 찾았다.

"형님께서 저희를 찾아 주신다 하셨지만, 저희가 직접 찾아오는 것이 도리인 듯하여 이리 들렀습니다."

"……괜찮다."

때아닌 손님이라. 대답을 하기 전 진화가 은근히 동 태감의 눈치를 보았다.

다행히 오늘은 아무도 사고를 치지 않은 듯 동 태감의 얼굴이 편안했다.

"감사합니다. 구명지은을 입었습니다."

"한유인이라고?"

"아, 소제가 실수를 하였사옵니다. 소제 육황자 한유인이라 합니다."

서 있는 것마저 위태로워 보일 정도로 마른 체격이 먼저 눈에 들어왔다.

그래서 이름을 물은 것이었다.

이토록 위태로운 상태에서도 어머니의 장례를 갔다가 제게 인사를 하러 온 사람의 이름 정도는 기억해 주는 것이 예의인 듯하여.

그런데 민망한 듯 얼굴을 붉히며 웃는 모습을 보자니, 마른 얼굴 뒤 앳된 모습이 이제야 눈에 들어왔다.

'겨우 열여섯. 병석에 누웠던 시간을 생각해 보면 지금보다 더 어릴 때 어미와 형을 위해 독을 마셨겠구나.'

육황자를 보는 진화의 눈빛이 한결 호의적으로 변했다.

"일전에도 말씀드렸지만, 이 은혜는 무엇으로든 갚을 것입니다."

육황자의 손을 잡고 사황자가 다부지게 말했다.

그는 허미인의 일을 벌써 극복한 듯 밝은 얼굴이었다.

"전에도 말했다만, 은혜랄 것 없다. 너는 적호단을 도왔고, 나는 그 보답을 돌려주었을 뿐이니."

"헤헤, 그래도요."

진화의 말에 사황자가 기분 좋게 웃었다.

실처럼 휘어지는 눈이 여우처럼 교활해 보이던 것은 온데간데없이, 이제 보니 개구진 청년 그 자체였다.

진화는 제가 '대가'가 아닌 '보답'이라 말한 것을 눈치채지 못했지만, 사황자는 그 단어의 변화를 의미 있게 받아들였다.

"곧 떠나신다지요?"

"폐하께서 파군의 전장을 도우라 하셨다."

"아! 그렇군요……."

허미인이 혈성에 대해 말을 할 때 그 현장에 함께 있었던 사황자였다.

그는 '파군의 전장'이라는 말에 황제가 진화에게 무엇을 맡겼는지 알아차린 듯 말끝을 흐렸다.

"무탈하게 돌아오시기를 바라겠습니다."

"전장이라니……. 부디 무사히 공을 가지고 돌아오십시오."

사황자가 진화의 안녕을 바라고, 함께 듣고 있던 육황자도 진화에게 인사를 건넸다.

말에 담긴 무게는 서로 달랐지만, 진화는 형제의 인사가 듣기 나쁘지 않았다.

남궁진휘나 남궁진혜와는 다른, 혈연으로 연결된 형제의 인사였다.

갑자기 혈연의 정을 느끼거나 형제의 의리가 생긴 것은 아니지만, 이 정도 거리는 진화도 편안하게 받아들일 수 있었다.

"다음에는 더 건강한 모습으로 보지."

진화도 덤덤하게 형제의 안녕을 바라며 인사를 건넸다.

며칠 후.

"아아, 황자님, 제발 무탈하게 돌아오십시오!"

"건희전이야말로 집이 아닙니까. 꼭 집으로 돌아오십시오."

동 태감과 건희전 궁인들이 황궁을 나갈 때까지 진화와 일행을 배웅했다.

눈물을 지으며 손을 흔드는 모습이, 그간 정이 많이 든 모습이었다.

그런데 어째서…….

"다른 분들도, 부디 무사히 집으로 돌아갈 수 있도록 바라겠습니다!"

"꼭이요!"

궁인들의 입꼬리가 미묘하게 올라간 것은 착각일까.

진화는 근래 동 태감의 기분이 나쁘지 않았던 이유를 알 것 같았다.

"……다음에는 혼자 오도록 하지."

"황자님!"

진화의 말에 동 태감이 눈물을 글썽이며 감격해했다.

이번에 진화가 황궁에 왔을 때 어떻게든 오래 계시도록 하겠다며 각오를 다시던 모습과 사뭇 다른 모습이었다.

건희전 궁인들의 복잡미묘한 배웅을 받으며, 진화와 일행이 적호단에 합류했다.

적호단의 옆에는 북회군 사마 원자기와 북회군이 기다리고 있었다.

그들이 이번 파군 원정에서 진화와 함께하게 되었다.

"저 새끼들은 뭐 주워 먹을 게 있다고……."

"흐흐, 황태자를 살피러 가는데 저놈들이라니. 여정이 참 재밌겠네."

남궁교명과 남궁구의 대화를 들으며 진화가 적호단과 북회군의 앞으로 갔다.

진화는 이번 임무의 정식 책임자가 되어 적호단과 군을 이끌게 되었다.

적호단주 팽치가 콧김을 뿜으며 아니꼬운 눈빛으로 진화를 노려보고 있었다.

진화는 어려운 여정이 될 것이라는 남궁구의 말에 동의했지만, 그게 북회군 때문만은 아닐 듯했다.

다음 권으로 이어집니다

ROK MEDIA
로크미디어
One for all
원포올
일라잇 스포츠 장편소설
작렬하는 슛, 대지를 가르는 패스
한계를 모르는 도전이 시작된다!
축구 선수의 꿈을 품은 이강연
냉혹한 현실에 부딪혀 방황하던 중
운명과도 같은 소리가 귓가에 들어오는데……
당신의 재능을 발굴하겠습니다!
세계로 뻗어 나갈 최고의 축구 선수를 키우는
'One For All' 프로젝트에, 지금 바로 참가하세요!
단 한 번의 기회를 잡기 위해
피지컬 만렙, 넘치는 재능을 가진 경쟁자들과
최고의 자리를 두고 한판 승부를 벌인다!
실력만이 모든 것을 증명하는
거친 그라운드에서 당당히 살아남아라!